U0096807

茅盾研究
八十年書系

錢振綱・鍾桂松◎主編

李庶長◎著

29

茅盾對外國文學的借鑒與創新

花木蘭文化出版社

國家圖書館出版品預行編目資料

茅盾對外國文學的借鑒與創新／李庶長 著 — 初版 — 新北市：
花木蘭文化出版社，2014〔民103〕
序 8+ 目 2+216 面；19×26 公分
（茅盾研究八十年書系；第 29 冊）
ISBN：978-986-322-719-9（精裝）
1.沈德鴻 2.西洋文學 3.文學評論
820.908   103010324

中國茅盾研究會《茅盾研究八十年書系》編委會

主　　編：錢振綱 鍾桂松

副主編：許建輝 王中忱 李　玲

特邀顧問：

邵伯周 孫中田 莊鍾慶 丁爾綱 萬樹玉 李　岫

王嘉良 李廣德 翟德耀 李庶長 高利克 唐金海

ISBN-978-986-322-719-9

9 789863 227199

茅盾研究八十年書系
第二九冊

ISBN：978-986-322-719-9

茅盾對外國文學的借鑒與創新

本書據山東大學出版社 1993 年 12 月版重印

作　　者　李庶長
主　　編　錢振綱 鍾桂松
總 編 輯　杜潔祥
副總編輯　楊嘉樂
編　　輯　許郁翎
出　　版　花木蘭文化出版社
社　　長　高小娟
聯絡地址　235 新北市中和區中安街七二號十三樓
　　　　　電話：02-2923-1455／傳眞：02-2923-1452
網　　址　http://www.huamulan.tw 信箱 hml810518@gmail.com
印　　刷　普羅文化出版廣告事業
初　　版　2014 年 7 月
定　　價　60 冊（精裝）新台幣 120,000 元

版權所有・請勿翻印

茅盾對外國文學的借鑒與創新

李庶長　著

作者簡介

李庶長，濟南人。山東大學教授，文科學書委員會委員，山東省茅盾學會副會長。著有《茅盾對外國文學的借鑒與創新》、《茅盾人格》，參與過田仲濟、孫昌熙主編的《中國現代文學史》和姜春雲任主編的「中華魂叢書」等的編寫工作。

提　　要

　　這本書稿，是我在「茅盾研究」教學中的一部分講稿，也是向「茅盾學術討論會」提交的學術論文。單看，獨立成篇；綜合起來，又構成體系。它的中心只有一個：探討茅盾怎樣接受外國文學的影響而形成自己獨到的文藝思想，文學批評和創作風格。尤其從微觀上深入探索了世界大師托爾斯泰、左拉、羅曼‧羅蘭、巴爾扎克、司各特、梅特林克以及西方現代派對他的影響，從而看到茅盾那海納百川、博採眾長的偉大胸襟，和嚴格認真創建中國現代文學理論、批評、創作的艱苦歷程。

開拓性的工程（代序言）

丁爾綱

　　迄今爲止，儘管茅盾研究已經有幾十年的歷史，但總結這漫長研究中累累碩果的史著，尚沒有一部。面對李庶長同志這部開拓性的工程——《茅盾對外國文學的借鑑與創新》，如果不從茅盾研究發展史的長河中作宏觀考察，就很難掂出它的份量，估量出它的價值。

　　在我看來，茅盾研究的歷史，大體可分爲三個階段。第一個階段是以作品評論爲主的初級階段。它包括了解放前和解放初。解放前的評論文章集結在《茅盾論》與《茅盾評傳》兩書中。這兩本論文選集中的文字互有交叉。由於書名關係，未睹其芳華者，常望文生義把它當作專著。其實，不僅解放前，就是解放初泥土出版社出版的吳奔星的《茅盾小說講話》（這是茅盾研究史上第一本專書），也還是單篇作品的分析評價，並沒有多少理論綜合概括。第二個階段爲時也較長，從 50 年代中期到 80 年代中期（其中文革十年是個空白）。這一時期的特點有兩個：一是幾本國內外頗有影響的「茅盾文學道路論」陸續出版和修訂再版；二是宏觀論述茅盾的文學思想、創作道路、藝術風格的文章逐漸多了起來。這樣，茅盾作爲文學家的整體形象，隨之也逐漸顯現。第三個階段是 80 年代後半期到現在。這個時期雖然比較短，但是出現了飛躍的趨勢。其標誌有三：一是專題研究的專著日益增多，使茅盾研究的重點、難點與薄弱環節得到波浪式的突破；二是茅盾與中外文化傳統的關係，特別是他與中外文化思潮關係的比較研究及親緣揭櫫，成爲學界的熱門話題；三是整合性的《茅盾評傳》開始出現，伴之以從評傳角度探討茅盾的政治思想、文化思想、美學思想、文學批評觀、文學思潮觀等等有份量的論文。目前這個階段方興未艾，大有全線突破現在格局，並開拓茅盾研究

新格局之勢。

李庶長同志長期從事現代文學教學工作。他原來的興趣在魯迅研究，曾寫過《故事新編》、《野草》、《朝花夕拾》方面的研究文章，後來因爲開設「茅盾研究」專題課的需要，才轉而研究茅盾。這個時間大致是上述二、三兩個時期之交，即從第二個時期末切入茅盾研究，經歷了第三個時期的全過程。這樣，他的研究成果就不能不打上改革開放新時期的時代烙印。他和茅盾研究格局的拓展同步，同時又投身其中，成爲這開拓性工程中的建設者。讀者面前的這部老到持重、紮實嚴謹，雖無驚人之筆，但新意時有所見的論文集，就是他的辛勤耕耘的見證與結晶。

從其研究過程言，開初未必設想過這部論文集的現有格局。但從研究結果看，它實際上卻構成了一部具有內在有機聯繫的專著框架。雖然隨寫隨發表，每篇都各自獨立，但合起來理出的頭緒，則是茅盾文藝思想發展歷史的宏觀透視與剖析。

茅盾是先當編輯，隨之搞理論批評，美學觀漸趨成熟才開始創作的。在其早期，他參與創建文學研究會和以「獨角戲」方式改革《小說月報》；由鄭振鐸接編後，他繼續以大批文章支持《小說月報》。這個階段，既是他政治上選擇了「馬克思底社會主義」，加入和從事中國共產黨的革命活動的階段，又是他把文學活動與政治活動交融起來，全面推動中國社會變革的階段。借鑑西歐與俄國、蘇聯，是其一大側面。宏觀地看，這是他自覺地推動東西方文藝思潮交融、高瞻遠矚引導文學新潮流的大舉動。對茅盾這個大舉動，在相當一段時間裡，集中筆力不斷推出研究成果，使人耳目一新的學者固然很多，但居全國前列者，在我看來主要是三位。即：北有首都的李岫；南有福建的呂榮春（筆名黎舟）；這當中呢，就是山東大學的李庶長同志。三位學者各有所長。李庶長的獨到之處，是從個別到一般，從側面到全局，最終爲茅盾及其思想、理論、創作，作一總體畫像。此書的推出，爲這開拓性工程劃了一個「分號」。我不說「句號」，是因爲這項工作他仍在繼續著。

這部論文集由五組文章構成。首篇可視爲全書的序言，末篇可視爲全書的結語。當中三部分，首先是六篇茅盾與外國作家的比較研究論，用以梳理了茅盾借鑑別人、滋養自己、生發創新而結出新的果實的淵源；其次，以五篇論文分別就茅盾文藝思想的早期、轉變期、成熟期的衍變作了分段論述，又從其現實主義理論與文學批評兩個側面加以整合，這就縱橫交織地把茅盾

始則倡導「為人生」的現實主義文學，終於在蘇聯的社會主義現實主義文藝理論與創作實踐的滋補下，構建起自己的具有中國特色的革命現實主義理論體系，並在創作中形成了與之相適應的美學風格；第三組文章是專研究茅盾創作的論文，雖只有兩篇，但是抓住了要點，進行了整合性研究，有其獨到之處，加之第一組文章中幾乎每篇都有專節來闡釋茅盾的創作，且採用的又是比較研究的方法，因而更能展現出茅盾創作個性與思想藝術風格。所以表面看來，本書是從茅盾的文藝思想研究轉入創作研究的，如果把上述情況考慮進去，則是渾然一體的，而且是理論與創作並重的。這就是全書的基本構架。

書中的各組論文，都不乏精彩的論述與理論的突破。如在《茅盾與托爾斯泰》中，正確指出了托爾斯泰是茅盾建立「為人生」的現實主義理論的基石，由此還使茅盾（並由他而及於中國現當代文學）與蘇俄輝煌的現實主義文學傳統結下了親緣關係。在《茅盾與羅曼·羅蘭》裡，又揭示出茅盾的現實主義，是與理想主義、浪漫主義相溝通而自具特點的歷史淵源；同時，對茅盾倡導和闡釋新浪漫主義的特定角度的評述，也多有新意，發人深思。總之，第一組論文，除《茅盾與托爾斯泰》外，都是學術界首次論述此問題的開篇作。各篇均有自己的特定角度，但又百川匯海，共同從本源上探討茅盾文藝思想的形成和發展，及其百川匯海後形成的博大精深的理論體系和氣勢恢弘的藝術特徵。

在第二組文章裡，在梳理茅盾早期文藝思想時，一方面論述了從 1920 年到 1922 年儘管三易其主張，但是他的「寫實主義——新浪漫主義——自然主義」不是分階段各自獨立的東西，作者仔細地剔抉辨析，發現了它內在的一致性，在研究茅盾與幾個重要的外國作家的淵源關係的基礎上，整合出了一個新的見解：茅盾早期的文藝思想，是「帶有浪漫精神的現實主義，而不是什麼自然主義或新浪漫主義」。我很贊成這個觀點。我在不同的文章中多次提出：如果從世界文學思潮的整體取向來看，在批判現實主義與社會主義現實主義（許多論者的「革命現實主義」的提法，其實就是斯大林和高爾基再三斟酌提出的這個範疇的又一說法）之間，有一個被美學界普遍承認或界定的中介形態：在中國是以被馮雪峰稱之為「清醒的現實主義」的魯迅前期小說為代表；在西歐，是被茅盾稱之為「新理想主義」的羅曼·羅蘭、巴比塞的作品為代表；在蘇聯，則是高爾基和 A·托爾斯泰等思想轉變期的那些作品為

代表。這裡被李庶長同志所界定的茅盾早期文藝思想的總體內涵，即「帶浪漫精神的現實主義」，其實指的就是上述那些作家、作品的同一內涵。這個問題的提出本身，就超出了茅盾研究的範圍，而帶有普遍的理論意義。應該引起理論界的注意。不過，李庶長同志對茅盾文藝思想發展所作的分期，似乎還有討論的餘地。早期的分界，即 1925 年以前，這是可以的。但轉變期從 1925 年劃到 1931 年，則似乎欠妥。事實上，從 1923 年起，茅盾的文藝思想就開始由資產階級革命民主主義向無產階級的方向嬗變，其質變的標誌當然是庶長同志所指出的《論無產階級藝術》、《告有志研究文學者》和《文學者的新使命》。這三篇文章都寫於 1925 年。庶長同志對其基本觀點的無產階級性質作了充分的論證，而且指出這是質變的標誌。三篇文章足以從總體上說明茅盾文藝思想至此已臻全新的階段。因此再把 1925 年至 1931 年劃進轉變期，就值得研究了。庶長同志的根據，是這個階段茅盾文藝觀的發展有些曲折；這當然是有道理的。但是這曲折是量變，而不是質變。我很贊成庶長同志把茅盾最受指責的寫小資產階級（題材的傾斜）和給小資產階級看（讀者對象）的主張所作的新解，這新解在很大程度上澄清了幾十年來從「左」的觀點出發加諸茅盾身上的那些不應有的指責。但庶長同志論及 1931 年《中國蘇維埃革命與普羅文學之建設》等文時，沒有指出茅盾的某些觀點也帶有「左」的印痕。實際上從大革命失敗到由日本歸國的頭一二年，茅盾的思想情緒和文藝觀點確實有些先右後「左」的小曲折，這不是「轉變期」的特點，而是質變由不成熟到成熟仍繼續發展過程中難以避免的現象。何況在中國現代文學史上，除了魯迅，茅盾所走的路子應該是最踏實、最穩健的了。從庶長同志的研究深度看，對茅盾早期研究用力較大較多，因此收效頗豐；相比之下，對其中後期的研究則相對不足。這也許和本書的佈局有關，不單是一種原因所致。

　　第三組文章中所論茅盾小說的理性化特徵，乃學術界一家之言，也為不少茅盾研究者所首肯。末篇《茅盾美學思想芻議》，雖然是與別人合寫，但實際上也代表著庶長同志全部茅盾研究所得的精闢整合。其「茅盾美學思想的基礎——歷史唯物論」、「個體與社會相統一的美論」、「對審美態度的兩重規定」（要求與為人生的藝術消除距離，與狹隘的功利目的保持距離）、「藝術創新性的生理——心理原因」及「茅盾美學思想的總特徵——客觀性與理性化」等小標題，大體上反映了此文的內容，也較為準確地把握與概括了茅盾的理

論批評與創作兩個方面反映出的審美意識的基質與特點。不論作為對茅盾的總結，還是對本書基本內涵的總結，都是十分妥當的。

庶長同志正確的指出，茅盾美學思想的基礎是歷史唯物論。但我以為，藉此觀點來概括庶長同志這部論文集，也是恰當的。近十多年來，是學術研究最活躍的時期，也是各種資產階級「新潮」紛至沓來造成思想最混亂的時期，庶長同志雖身居「鬧」潮而不為所動，始終一貫地堅持用歷史唯物論來研究茅盾，並把他與歷史上那些著名的大作家比較研究，從中引出比較科學的結論，實在令人感佩。

與此相聯繫的，是庶長同志一貫採用了社會批評與審美批評相結合的研究方法與批評方法。這就使他保持了清醒的頭腦與辨證的思維，面對複雜紛繁的歷史的、社會的、審美的複雜現象，剖析起來舉重若輕，從容不迫，娓娓而談，都能井然有序，切中要害。但達此功力又談何容易？

由是，使本書的思辨與論述，就出現了以下三個特點：一、辨實。在中國現代文學發展過程中，由於情況複雜，又經歷了由幼稚到成熟的曲折發展過程，許多現象不易把握；其實質也潛藏很深。茅盾的理論與創作也有此情況。本書面對這些難題，採取的方法是具體問題具體分析，從有關的全部材料中理出頭緒，找出關鍵環節，紮紮實實地做辨實的工作，不為紛繁的表象所蒙蔽。如論及茅盾倡導新浪漫主義的問題時，就以具體論述為依據指出：茅盾倡導的新浪漫主義，既不是現代派的一個階段或其分支的新浪漫主義，也不是革命浪漫主義，而是羅曼·羅蘭為代表的新理想主義。涉及羅曼·羅蘭時，又指出茅盾指的不是走向莫斯科之後的羅曼·羅蘭，而是以《約翰·克利斯朵夫》為代表的那一特定階段。於是兩者歸一，茅盾倡導新浪漫主義，與庶長同志對其早期文藝思想總體特徵的理論概括——「帶有浪漫精神的現實主義」與羅曼·羅蘭的血緣關係，也就顯示出來了。二、比較和印證。本書的結構線索是先探討茅盾借鑑外國文學之源，再論述茅盾文學思想發展之流，然後綜論其在茅盾理論批評與創作實踐中的表現。所以在論證過程中，既把茅盾與中外文學傳統作比較印證，也把他和許多有淵源關係的作家比較印證，這樣就突出了茅盾篩選、借鑑、吸納、創新的特點，從而說明，茅盾亦如魯迅所說：食用牛羊，但決不類乎牛羊，而是汲取其滋養，來發展自己的生體。三、出新。本書幾乎全面涉及茅盾的全部理論與創作實踐，而且旁及其社會政治活動及其與文藝實踐的關係。但是作者在整體把握茅盾及茅盾

論著的某些觀點之同時，並未停滯在如實描述、淺嘗輒止的層次，而是從茅盾幾十年的實踐活動中，努力總結出對時代、對文壇、對後來者有啓迪意義的真理性因素；並力求在前人研究的基礎上，挖掘出屬於自己獨到的新見。例如在論述茅盾與司各特的關係時，本書的解釋就視野開闊，指出茅盾這麼看重司各特的歷史小說，不僅有其社會客觀原因，也有自身歷史意識的長期積澱（由此追溯到茅盾小學國文課中諸多史論對茅盾歷史意識的形成，是內在的遠因）；有自身創作實踐追求社會性與史詩性的契合，也有自己後來的發展脈絡（由此甚至考察到茅盾的專著《關於歷史和歷史劇》中的見解及其與上述內容的關係）。這種考察論釋，給人以汪洋恣肆之感。而其骨子裡，則是以創新的卓見為主幹。其他如論述茅盾文藝思想注重社會性與個體性相結合的特徵，論述茅盾小說的理性化特徵等等，都具上述長處。這樣，就使這本論述具體作家作品的論文集，具有較強的理論性與思辨性，文字質樸而內涵蘊藉。相信讀者會從中得到許多教益和啓發的。

當然，金無足赤，人無完人，一部書也不可能盡善盡美。從對論述對象的剖釋看，本書對茅盾的局限與不足所論甚少。例如上文已經提到過的，在茅盾文藝思想和理論批評發展過程中，由於時代思潮的影響，也幾度表現出「左」的偏向，本書所論諸題，有幾次應該接觸此問題的地方卻沒有論及。也許是為賢者諱，也許是見所未及。再如，可能由於本書文章係不同時期所寫的緣故，所以其中的文章，篇幅、佈局不甚勻稱，深度和質量也互有一定距離。如果本書有再版的可能，也許作者會有從容的時間加以調整彌補的。

李庶長同志不是一位才華橫溢的理論家，他是一位認真、嚴謹、紮實，幾十年鍥而不捨，靠忘我的投入、獻身的追求而開出學術之花、結出良知之果的學者。透過這部 20 多萬字的論著，可以使人掂得出文品與人品的沉甸甸的份量。

當前不僅出版面臨危機，治學也面臨危機。不僅出書要補貼，而且在有的刊物上發表文章也要補貼了！所以不僅書難出版，文章也難於發表。學者的勞動價值，竟然在「流通」過程中出現了負面現象，這怎能不大大地挫傷了精神生產力，損傷了嚴肅的學子那顆自尊心！因此同行中不乏正值黃金年華卻被迫封筆者。庶長同志在辛勤執教的同時，卻能筆耕不輟。這種甘耐寂寞與不怕坐冷板凳的奉獻精神，本書的字字句句皆可以為證。

起碼我對這種執著追求的精神是十分欽佩的，何況從中還可得到教益。

我和庶長同志是同輩學子，常常切磋而互有啓發。爲序本是長者的事，我有什麼資格？但他的感情難卻，我又多少瞭解一些他的衷曲，勉強從命，藉此備忘而已。

1993 年 6 月於千佛山下

目

次

一、博採眾長　發展自己
——茅盾向西方文學借鑑的經驗

　　在中國近現代歷史上，由於帝國主義「炮艦政策」的教訓，向西方學習，向先進的國家學習，幾乎成了一種時代的風尚，成了解決中國貧窮落後問題的必經之路。大勢所趨，不可阻擋。然而在向誰學、學什麼和怎麼學的問題上，由於立場和態度之不同，便見仁見智，眾說紛紜，出現了較大的差別，也結出了不同的果實，其中的經驗教訓是深刻的，很值得認真總結、記取。作為新文學先驅和奠基者之一的茅盾，在向西方學習借鑑的問題上，就採取了比較正確的立場、態度和方法，因而學有所成，為新文學的創建和發展作出了卓越的貢獻，也為我們留下了如何向外國學習的寶貴經驗。

開放的心態與中有所主

　　封閉保守的心態是不可能產生向外國人學習的意向和動力的。所以，解放思想，銳意改革，就成了向別人學習、向外國人學習的前提。從茅盾的生活和創作道路來看，在維新派父親的影響下，他自幼的心態就是開放的，而非封閉保守的；同時，又是中有所主的，而非盲從的。所以，從小學到中學，他不但對英語、聲光化電等新興學科饒有興趣，取得了較優異的成績，而且對傳統的文化課程，也往往能以開明的眼光批判地進行學習，目的是通過學好各種知識，為中華民族的振興富強貢獻一份力量。當他 12 歲參加烏鎮童生會考時，就在《試論富國強兵之道》這樣的大題目裡，寫出了維新的主張，最後以「大丈夫當以天下為己任」作結，表明了自己的偉大志向。在平日作

文寫的「史論」中，也能比較正確地評價歷史，吸取應有的經驗教訓。所以老師在批語中稱讚他「好筆力，好見地，讀史有眼，立論有識，小子可造，其竭力用功，勉成大器。」後來，他在傳統文化的大量閱讀中，也基本避免了其中的一些消極影響，取其精華，為我所用，打下了比較深厚、比較紮實的文化根柢。

茅盾這種開放心態和改革願望，與「五四」新文化運動一拍即合，他很快就參加到這場「反對舊道德，提倡新道德，反對舊文學，提倡新文學」的運動中來，而且，不久便成了運動的中堅。破舊立新，就要向西方先進的國家學習；學習先進的文化和科學技術，以促進中國社會和文化的現代化，使中華民族走上繁榮和富強之路。他在 1917 年末和 1918 年初發表的《學生與社會》和《一九一八年之學生》這兩篇論文中，就充分反映出年輕茅盾對破舊立新的緊迫感和向西方學習的強烈願望。他說：「二十世紀之時代，一文明進化之時代也。全世界之民族，莫不隨文明而急轉。」如我們依然「陳舊腐敗」，「不謀急進」，「必不能立於世界」。所以他向全國學生發出了「革新思想」、「創造文明」、「奮鬥主義」三大呼籲，希望國人樹立「自主心」、「自信心」，努力學習外國新知識，「造成高尚之人格，切用之學問」，「以戰退惡運，以建設新業」，表現了他那種恢宏的氣度和開放的心態〔註1〕。就在這種遠大志向和開放心態主使下，從 1917 年開始，茅盾便以極大的精力從事於外國文學的介紹和翻譯。其計劃之大，介紹的範圍之廣，翻譯之多，在當時是很少有人堪與匹敵的。他就是要通過廣泛的學習借鑑，取精用宏，以便根據當時改造中國社會的需要，結合傳統文學之特質，創造出自己特有的新文學來。他反對把眼睛只盯在一處，囿於一得之功，一孔之見，主張放開眼界，廣採博取，鑑別篩選，為我所用，發展自己。所以他又認為，「向西方學習」不是目的，而是手段；學習的目的全在於創造自己的新文學，新天地。他在大張旗鼓地宣傳向西方學習的同時，又明確表示：反對機械模仿、照抄照搬和「全盤西化」的主張。針對當時的「趕時髦」和機械模仿西洋的風氣，他理直氣壯地說：「常此摹擬，何以自立？」並奉勸學生們說：「當以摹擬為愧恥，應具自行創造之宏願」。因為「20 世紀之世界，文明日進無止境，徒效他人，即使能近似，已落人後，況取法乎上，僅得乎中哉！」〔註2〕由此

〔註 1〕 《學生雜誌》，商務印書館 1918 年出版，第 5 卷第 1 號。
〔註 2〕 《學生與社會》，載商務印書館出版《學生雜誌》，1917 年第 4 卷第 12 號。

可見，在向西方學習的問題上，茅盾的心態既是開放的，又是中有所主的。因而他能把學習借鑑與改革創新結合起來，立足於國情，學以致用，用以創新，為我們國家的振興和世界的文明進步，做出我們應有的新貢獻，成了中西文化交匯中的創造者。這種心態，就是以我為主，廣採博取，消納創新，發展自己。

根據這種心態和識見，當時茅盾給文學設計的借鑑原則是：（一）在翻譯上，要根據中國社會和文壇的情況，「選最要緊最切用的先譯」，以便急用先學；但又不能太偏頗，只顧急功近利，還要注意照顧外國文學自身的系統性〔註3〕，長計劃短安排。如果不選「切要」的先譯，而是主觀地按個人愛好亂譯，或經院式地從古至今地「系統」翻譯，必然「不合時代」的要求，「不合我們社會的需要」；而單單注意「切要先譯」，缺乏長遠打算，又無系統安排，那也是雜亂的、短視的，難於做到對外國文學的「探本窮源」和「取精用宏」。所以，必須根據中國社會和文壇的需要，「審度事勢，分個緩急」，急用先譯，然後逐步擴大，使其條貫系統。這就是急用先譯又顧及系統性的原則。根據當時社會反帝反封建的需要和文壇上反對「文以載道」及鴛鴦蝴蝶派的需要，茅盾認定要從西方「寫實派、自然派介紹起」，同時對「非寫實的文學亦應充其量輸入，以為進一步之預備。」此外，還要編寫或翻譯一部「近代西洋文學思潮史」，以便大家有個系統瞭解〔註4〕。（二）是在介紹評論時，要比較鑑別，吸取其精華，剔除其糟粕，決不囫圇吞棗，更不能鬍子眉毛一把抓。他在從浩如煙海的西方文學中篩選譯介重點時，已表現出這一原則精神；就是對自己選定的譯介重點，要求在介紹評論時，不要全盤肯定，盲目推崇，而應比較鑑別，有批判地吸收消化。如他對自己所選中的「寫實主義文學」，在介紹和倡導時，就明確指出：它大膽揭露社會的黑暗，「對於惡社會的腐敗根極力抨擊，是一種有實力的革命文學」，振聾發聵，原自可取。然而它「徒事批評」，不給黑暗中的人指明出路，只問病源，不開藥方，就「使讀者感著沉悶煩憂的痛苦，終至失望」。而浪漫派文學，雖然因為缺乏寫實派的「重人生」和平民化傾向而「輸給寫實文學了」，但它的重自由重創造的精神，「永為文學進化之原素」，「萬世之後」，仍是有價值的。

〔註3〕《茅盾文藝雜論集》（上）第15頁，上海文藝出版社1981年出版。
〔註4〕《小說新潮欄宣言》，載上海文藝出版社1981年出版《茅盾文藝雜論集》（上）
　　　　第8～11頁。

由此可見，他在倡導西方的現實主義文學時，並沒有照抄照搬，而是批判了它的消極因素，吸收了它的積極精神，並想借用浪漫主義的積極因素來彌補現實主義的缺點，從而確立適合中國需要的現實主義原則。這就是借鑑汲取中的改造和加工，也是為發展自己的一種創造。（三）是在借鑑汲取外國有益的東西的同時，也要研究繼承中國傳統中有用的東西。因為今天的文學革新，並「非徒事模仿西洋而已」，而是要「創造中國之新文藝，對世界盡貢獻之責任」；而「欲取遠大之規模盡貢獻之責任，則預備研究，愈久愈博愈廣，結果愈佳」。所以，「我們相信現在創造中國的新文藝時，西洋文學和中國文學都有幾分幫助。我們並不想僅求保守的而不求進步，我們是想把舊的做研究材料，提出它的特質，和西洋文學的特質結合，另創一種自有的新文學出來。」〔註5〕這就是說，創造新文學，不能離開傳統文學的「特質」；只能將這種特質與「西洋文學的特質」結合起來，才能創造出一種「自有的新文學」來。這裡需要付出艱巨的創造性勞動，決不是「慕歐」和「趨時」所能濟事。因為借鑑西方文學經驗不過是手段，而不是目的，目的是要使中國文學的現代化，不是簡單地「移植」某種西方文學。

就是在上述原則的指導下，茅盾對外國文學進行了大量的翻譯、介紹和評述，付出了艱辛的勞動，為中國新文學的創建和發展做出了不朽的貢獻（參閱本書附錄《茅盾主要著譯書目》）。

在汲取消納中改造創新

茅盾最先與外國文學打交道，是協助孫毓修老先生翻譯外國的科普小說和兒童文學，還看不出他對外國文學的理論見解和基本態度。最早表明他對外國文學見解和態度的，是 1919 年發表的《托爾斯泰與今日之俄羅斯》。他說，中國的「五四」新文化運動引起他思想感情大變的，「是讀了苦苦追求人生意義的十九世紀的俄羅斯古典文學」。而十九世紀的俄國文學，名家倍出，「譬猶群峰競秀，托爾斯泰其最高峰也」，故通過托爾斯泰的評述，來表明自己的文學見解和主張。這篇文章，主要從文學與社會關係的角度，探討了托爾斯泰創作對社會思潮的影響，進而追溯了俄國十月革命的「動力」和「遠因」，表明了茅盾對文學本質的初步認識和對社會改革的關心。他認為

〔註5〕《茅盾文藝雜論集》（上）第 7 頁，上海文藝出版社 1981 年版。

托爾斯泰面對沙皇統治下的黑暗現實，就「敢於撕下一切假面具」，揭露「上流社會的腐敗和下層人民的不幸」，「於人生之究竟道得極為透徹」，因而他的作品「深痛懇摯，令人震撼」〔註6〕。不過，他為社會改革所開的「藥方」「不抵抗主義」，卻是完全行不通的「烏托邦」。因此，通過具體分析，茅盾只肯定並吸取了以托爾斯泰為代表的俄國作家「為人生的寫實主義」文學觀，而不贊成在創作中宣傳「基督主義」，而主張宣傳帶有啟蒙意義的「新思想」。所以，在不久寫的《現在文學家的責任是什麼》及《新舊文學平議之評議》中，就提出了文學必須以「宣傳新思想」為己任，要求新文學家要有「表現人生、指導人生的能力」，從而「使文學成為社會化」的，「為平民的」，「不是供貴族階級賞玩的」，「是『血』和『淚』寫成的，不是『濃情』和『艷意』做成的，是人類中少不得的文章，不是茶餘酒後消遣的東西」〔註7〕。這就是茅盾根據當時中國國情，從外國文學的研究借鑑中初步確立的「為人生」的寫實主義文學觀。

　　此後寫的《文學上的古典主義浪漫主義和寫實主義》一文，又從西洋文學流派的發展演變中，來探尋中國新文學應有的「體格」，從而進一步肯定並補充了從托爾斯泰等那裡借鑑來的「為人生」的寫實主義文學觀。他說：古典主義文學的「風流」、「典雅」，講究形式美，注重煉字煉句的手段，「使文學中的藝術增加了不少，這是萬世之後，亦不能否認的」。但是因為它「束縛個人自由思想」，所以隨著社會的進化，它就「立不住腳」了。而浪漫主義文學，「是極力提倡思想自由，極力發揮作者的創作才能的文學」，所以便取「古典主義」而代之了。但是，它的貴族化傾向和創作中的隨意性，又「輸給寫實文學了」。寫實主義注重客觀觀察和描寫，注重人生意義的探求，有平民化傾向，敢於對黑暗現實揭發批判，是有實力的革命文學，「原自不可菲薄」。但是，它「徒事批評而不出主觀的見解」，使讀者感到「仍無路可走」。「這是一個老大毛病」。所以今後文學的發展，就「不能無理想做個骨子」。這就看出，茅盾希望能在現實主義文學中加上理想因素，並盡可能吸收「古典主義」、「浪漫主義」的優長。這是綜合，也是創造發揮。至於這「理想」因素是什麼？結合茅盾的社會觀來看，自然還沒有超出「民主」、「自由」

〔註6〕　《托爾斯泰與今日之俄羅斯》，載於商務印書館1919年出版《學生雜誌》第6卷4～6號。

〔註7〕　《茅盾文藝雜論集》（上）第5頁，上海文藝出版社1981年出版。

的範疇。

正因為考慮文學中的理想因素，所以又研究起「理想主義」作家羅曼·羅蘭和巴比塞來，想把他們作為新文學借鑑的榜樣。然而卻給他們掛錯了招牌，說他們是「新浪漫主義」的代表，於是便又提倡起「新浪漫主義文學」來。他說：只有「新浪漫主義的文學」，才是「幫助新思潮的文學」，才是「引我們到真確人生觀的文學」。〔註8〕在這裡，茅盾的意向是清晰明確的，舉出羅曼·羅蘭的大作當楷模，大體也符合他當時對「新思想」的理解；以之作為新文學的「理想」因素，在當時也不能算落伍。只是不該把羅曼·羅蘭劃歸「新浪漫主義」流派。因為「新浪漫主義」文學流派，主要是指「現代派」，羅曼·羅蘭是不能劃在其中的，茅盾後來有詳細說明〔註9〕。這是一種歷史的誤解（當時文壇都這麼歸類，所以茅盾也這麼提倡）。不過從茅盾文藝觀的發展軌跡看，這一主張，這種提倡，還是有很大積極意義的。

當時茅盾的文藝思想正處於初步形成過程中。所以，他雖然積極肯定並倡導了以羅曼·羅蘭為代表的「新浪漫主義」，但是很快就發現，「新浪漫主義」對當時中國文壇上的兩大積弊——遊戲消遣的文學觀念和向壁虛造的創作方法，並沒有多少衝擊作用，所以便立即改弦易轍，轉而大張旗鼓地提倡起「自然主義」來。他說：不管自然主義有多少缺點，但它對救治中國文壇的兩大積弊，卻是再好不過的對症良藥〔註10〕。所謂「自然主義的缺點」，除了他說過的缺乏「理想」因素外，就是「專在人間看出獸性的偏見」和「機械定命論思想」；所謂「對症良藥」，就是指「自然主義」特別強調的「實地觀察和客觀描寫這兩件法寶。」〔註11〕這就是說，茅盾提倡「自然主義」，不僅是根據了當時文壇的實際需要，而且對「自然主義」也是進行了分析鑑別的；批判了它的「人生觀上的自然主義」，只提倡它的「文學上的自然主義」，亦即在肯定生活是創作的源泉的前提下，來藉重它的「實地觀察和客觀描寫這兩件法寶」。果然，通過這樣提倡「自然主義」，確實猛烈衝擊了當時文壇

〔註8〕 《茅盾全集》第18卷第44頁，人民文學出版社1989年出版。

〔註9〕 見《近代文學面面觀》（1929年）、《西洋文學通論》（1930年）、《夜讀偶記》（1958年）諸專著中。

〔註10〕 《自然主義與中國現代小說》，載上海文藝出版社1981年出版《茅盾文藝雜論集》（上）第98頁。

〔註11〕 《自然主義與中國現代小說》，載上海文藝出版社1981年出版《茅盾文藝雜論集》（上）第98頁。

上的「兩大毛病」，並且鼓勵引導著開創了一代新的文風。這是為歷史所證明了的。從這裡可以看出，茅盾提倡的「自然主義」，實質上仍然是現實主義；而且經過這樣的強調和提倡，倒使他的現實主義理論具有一種一絲不苟的嚴峻性質，開闢了中國新文學中的現實主義道路。這種現實主義文學，既不同於西方的批判現實主義或自然主義文學，又不同於舊浪漫主義或「新浪漫主義」文學，而是帶有理想色彩的現實主義文學。雖然它與革命現實主義文學還有明顯的差距，但已有不少相通之處。這就是茅盾早期對中國新文學的構想，也是他為發展自己而向西方創造性學習借鑑的初步成果。

由於中國革命蓬勃發展的需要和茅盾對政治及文學研究的不斷深入，他的文藝思想又邁上了一個新的高度：1925 年，在緊張的政治鬥爭之餘，他通過對蘇聯文學的系統考察，寫了《論無產階級藝術》、《告有志研究文學者》、《文學者的新使命》等論文，提出了建立無產階級文學的主張。這是要用「為無產階級的藝術」來充實和修正「為人生的藝術」，便「對無產階級藝術的各個方面試作一番探討」，從而初步確立了馬克思主義文藝觀，由「帶理想色彩的現實主義」轉變為「革命現實主義」了。無疑，這是茅盾文藝觀的一個質的飛躍。

從文學的本體論考察，茅盾早就認為它的內容和形式，目的和手段，一直是變動不居的，故一時代有一時代的文學，一時代有一時代的文學定義，絕不能把它看成僵死的固定不變的東西。但是，這種變化發展的內在原因是什麼，當時他並沒有進行深入探討。這時，他從文藝是意識形態的角度，考察了不同社會、不同階級的不同審美標準，對文藝的不同要求，看出了社會對文藝的選擇，是體現著統治階級對文藝的要求和審美趣味的，故「社會上每換一個階級來做統治者，便有一個新的文藝運動起來」，便有一個新的文學的定義〔註 12〕。「騎士文學盛行於中古」，「浪漫派文學盛行於 19 世紀前半」資產階級個人主義興盛期，現實主義文學盛行於資產階級日趨衰敗期（對資產階級墮落進行批判），無產階級處在資產階級支配一切的社會裡，自然「難望茁壯成長」，只有無產階級革命成功的蘇聯，才能「獨多無產階級文藝」〔註 13〕。在這種「社會選擇」的過程中，文藝批評起著明顯的作

〔註 12〕　《告有志研究文學者》，載上海文藝出版社1981年出版《茅盾文藝雜論集》（上）第 210 頁。
〔註 13〕　《論無產階級藝術》，載《茅盾文藝雜論集》（上）第 188 頁，版本同上。

用，因爲它是治者階級文藝觀之系統的表現。因此，我們處於無產階級革命時代的人，一面固然應該對歷史上起過進步作用的文藝給以公正的評價，不可一概抹殺，一面更應該理直氣壯地提倡適應新時代需要的無產階級文藝。

關於無產階級文藝，絕不僅是「描寫無產階級生活的」文藝，而是「以無產階級精神爲中心而創造一種適應於新世界的藝術」。正像狄更斯、左拉不同於高爾基一樣，他們雖然都描寫了無產階級的生活，但狄更斯、左拉是站在旁邊高唱：「你們看，無產階級是這般這般呀！」〔註14〕高爾基卻是站在無產階級立場上，寫出無產階級生活的體驗，表現出「無產階級靈魂的偉大」，指示出「無產階級所負的巨大的使命」〔註15〕。這是偉大的階級意識到自己的歷史使命在文藝上的自覺表現，所以它不僅是個轉換題材的問題。

雖然採用什麼題材與無產階級文藝有一定關係，但其決定因素是有無表現出「無產階級的靈魂」。以解放全人類爲自己歷史使命的無產階級，有無比寬廣的胸懷，它是「以全社會全自然界的現象爲汲取題材之泉源」，決不能「只限於描寫勞動者的生活」。蘇聯最初的文學創作，「只寫勞動者的生活及農民憎恨反革命軍隊」的題材，就比較「單調」和「淺狹」。這雖然是可以理解的，也是初級階段不可避免的缺點，但決不能以此自限，作繭自縛〔註16〕。這就是說，無產階級的文藝，必須在廣闊的現實圖景中揭示出社會的發展規律，指出一個美好的未來，而不是空洞的說教或單純的「刺激」。這比後來創造社、太陽社倡導無產階級文學所宣傳的「過左」理論，要正確深刻得多，從而打下了他後來批判公式化概念化創作傾向的理論基礎。

在藝術形式問題上，茅盾認爲，無產階級藝術的完成，不但有待於內容之充實，也有待於形式之創造。形式和內容是「一體兩面」，必須使之相互諧和。但是它們又各具相對的獨立性。從文藝自身的發展規律看，形式不可能像內容那樣「突然翻新」。「形式是技巧堆累的結果，是過去無數大天才心血的結晶」。我們無理由不去利用前人的經驗，而硬生生地憑空去「創造」。我們必須抱著「先去利用已有的遺產，不足則加以創新」的態度來對待藝術形式問題〔註17〕。因此，怎樣學習繼承前人的遺產又成了藝術創新的關鍵。

〔註14〕 《現成的希望》，載《茅盾文藝雜論集》（上）第174頁，版本同前。
〔註15〕 《論無產階級藝術》，載《茅盾文藝雜論集》（上）第183頁，版本同前。
〔註16〕 《茅盾文藝雜論集》（上）第192～193頁，版本同前。
〔註17〕 《茅盾文藝雜論集》（上）第196頁，版本同前。

在這裡，茅盾第一次嚴厲批判了當時正在西方出現的未來派、意象派、表現派等「最新派」的文學觀，否定了原先向「新浪漫主義」學習的主張，認為這些「新浪漫主義」藝術，「都是變態心理的反映」，是已經腐爛的「藝術之花」，不配作新興階級精神上的滋補品，不足成為無產階級所應承受的文藝遺產〔註18〕。與其向這些「最新派」學習，莫如向這些新派所詈罵的過了時的浪漫主義和現實主義藝術學習，因為浪漫主義和現實主義藝術是一個社會階級健全心靈的產物。我們從借鑑健康的藝術以為開始，然後根據內容的需要去逐步創造出新的形式，使新內容與新形式完全和諧一致。

由此可見，他這時已用歷史唯物主義的觀點來考察文學的本質了，因而確認了文學的階級性，同時也不忽略文學的藝術特徵。此後，他又寫了《近代文學面面觀》、《西洋文學通論》〔註19〕等論著，進一步論證了上述觀點，並明確指出，「能夠在現實主義分析批判基礎上建立健全的人生的文藝的，不是這班新主義者（即現代派），而是在蘇俄出現的社會主義現實主義文學家」〔註20〕。於是在借鑑吸取社會主義現實主義的基礎上，形成了中國化的無產階級文藝觀，這就是革命現實主義。

這種革命現實主義的文藝觀，要求作家從現實生活的發展中，歷史地具體地反映出社會本質的真實，揭示出社會生活的發展方向，以便教育人民推動歷史的前進。因此，這時茅盾特別強調作家要反映出時代特徵，揭示出歷史的發展方向。而要做到這一點，作家樹立科學的人生觀、世界觀就成了先決條件。而科學世界觀的獲得，除了認真研讀馬克思主義書本理論之外，還要向生活學習，向人民群眾學習。

此後，茅盾在文論中經常強調的就是：「正確的觀念，充實的生活，和純熟的技術；然而最重要的還是充實的生活。」因為「只有從生活中把握到的正確觀念方是真正的『正確』，也只有從生活中體認出來的技術方是活的技術。社會科學給你的只是一個基礎。西歐文學名著只是一部習字帖；自然，基礎和習字帖都是十二分的需要，但不能視為唯一的『枕中秘』呀！」〔註21〕這就深刻闡明了生活與藝術、物質與精神的辯證關係，並進而強調了作家深

〔註18〕《茅盾文藝雜論集》（上）第196頁，版本同前。
〔註19〕《近代文學面面觀》，1929年5月世界書局出版；《西洋文學通論》，1930年8月世界書局出版。
〔註20〕見茅盾《西洋文學通論》第129頁。
〔註21〕《關於創作》，見《茅盾文藝雜論集》（上）第310～311頁，版本同前。

入火熱的鬥爭生活，在社會實踐和創作實踐中學習和創新的重要性。

這時，他對現實生活的理解也比過去深刻透徹得多了。他認為作家在觀察體驗生活的時候，不但要「廣」，而且要「深」；不但要看「正面」，而且要看「反面」；不但要看表面的、顯著的，也要注意內在的、隱微的；不但要看得具體，而且能夠概括；不但要看清事物間的橫向聯繫，也要看清事物縱向發展的因果關係。這就是立體而又全方位的看待生活。只有這樣，才能真正理解並把握住「全體」。而理解並把握住了「全體」，才能比較容易地看透「一角」，更正確更深刻地反映「一角」。只有從「全般的社會現象」和「全般的社會結構」中去「努力探求人們每一行動之隱伏的背景，探索到他們的社會關係和經濟基礎，才能選出最有普遍性、最有典型性的題材，創作出無愧於時代的偉大作品。」這就把客觀生活的規律性與主觀認識的科學性統一了起來，也把認識生活的方法與表現生活的方法結合了起來，完全符合馬克思主義對文藝的本質認識和根本要求，足見茅盾的革命現實主義理論是相當深刻和完整了。

此外，還有兩點值得一提：一是在抗日戰爭時期關於大眾化、民族化問題的討論，茅盾是既堅持了「五四」以來文學的戰鬥傳統，肯定了向外國學習的必要性，又認為面對中國廣大讀者和觀眾的現實必須建立自己的民族形式的，突出表現了他向外國學習的堅定態度和學習目的是為了發展自己的一貫立場。二是在堅持革命現實主義創作方法的同時，又積極汲取西方象徵主義等表現手法，表現出他那種中有所主，又廣採博取的胸懷。

在創作方面，茅盾的編年史式的社會分析小說，描繪了中國人民革命的宏偉歷史畫卷。「其局面之宏大，思想之縝密」，猶如托爾斯泰與司各特；其色彩之瑰麗，文勢之奔放，又如梅特林克與大仲馬；其編年史式的寫法，社會分析之深刻，更像巴爾扎克與左拉。還有托爾斯泰、巴爾扎克的「客觀」敘述方式，莫泊桑的柔婉筆調，莫不看出他對外國文學吸收消化後在創作中所留下的痕跡。他是博採眾長，又「中有所主」地進行消納、融合、改造、創新，才形成了自己獨特的藝術風格的。他有點像這，又有點像那，然而綜合起來誰都不像，他就是他自己，他有自己的創作個性，是中國大地上成長起來的茅盾，然而卻不單是傳統文化培育出來的茅盾。正像他在評論大仲馬的《三個火槍手》時所說的：作品中的主人公，「達特安個性很強，然而又最善於學習他人之所長。達特安從他的朋友們（三個火槍手）身上學取了各人

的優點，但朋友們這些優點到了達特安那裡就更成達特安固有的東西了，我們並看不出他有任何地方像他的朋友，達特安還是達特安，不過已經不是昨日的達特安。」〔註22〕

地位和作用

通過對外國文學的學習和消納，根據中國改革的需要，茅盾創創建了現實主義的文藝理論體系，引導並推動著現實主義藝術蓬勃而健康的發展，他的風格特異的文學創作，又為革命現實主義提供了寶貴的藝術經驗，因而在中國新文學的發展史上，佔有不可替代的重要地位。

在其前期建立的「為人生」的現實主義文藝理論指導下，基本上批倒了泛濫於當時文壇的「遊戲消遣」的文學觀念，改變了「不知道客觀的觀察，只知道主觀的向壁虛造」的創作積弊，打倒了苟延殘喘的「文以載道」的舊傳統，有效地抵制了新舶來的「為藝術而藝術」的文藝思潮，開闊了新文學廣闊發展的道路，指引並推動著現實主義作家為第一個十年取得了輝煌的成就，使現實主義文學成了新文學的主流。

在中期，即1925年以後，茅盾對文學的階級性的發展和在創作上對時代性的強調，為在中國建立真正的無產階級文學奠定了理論基礎。雖然後來創造社和太陽社提倡「革命文學」時，曾把茅盾劃歸為「小資產階級文學家」，但他們的理論和創作，比起茅盾的理論和創作來，就顯得單薄和偏狹一些。所以，茅盾跟魯迅一起，就能遊刃有餘地批判「革命文學」倡導者們的偏頗，身體力行地創建真正的無產階級革命文學，糾正了他們創作上的失誤——公式主義的結構和臉譜式的人物，建立起了真正的革命現實主義文學。不僅他的《子夜》、《春蠶》、《林家舖子》等成了「革命文學」的典範，而且他的理論和批評，還指導並培育了一大批革命文學家。他對革命現實主義文學的貢獻，是卓著不朽的！

他在成熟期的文學理論，雖然在1942年後被毛澤東的《在延安文藝座談會上的講話》所涵蓋，但他仍能在更深的層次上探討著，闡發著，閃爍著熠熠耀人的光輝。譬如在如何深入觀察、分析、理解現實生活的問題上，開闊著具體而微的途徑；在怎樣反映、怎樣表現生活的藝術方法上，提供著自己

〔註22〕《茅盾文藝雜論集》（下）第1004頁，版本同上。

和前人的成功經驗；當國際國內出現了不健康的文藝思潮時，他又能撥亂反正，正本清源，糾正著「左」的或右的偏頗：在萬紫千紅的文藝園地裡澆花鋤草，辛勤耕耘，爲繁榮社會主義文藝做出了新的貢獻，因而他跟魯迅、郭沫若一樣，不僅是中國新文學的拓荒者、奠基人，而且還是中國新文學的捍衛者。

在改革開放日益深化的今天，從茅盾學習創新的成功經驗裡，我們是會受到很多啓示的。

1989 年 7 月 26 日初稿
1989 年 8 月 18 日定稿

二、茅盾與托爾斯泰

　　「五四」運動之後，中國文學發生了翻天覆地的巨大變化，產生了與古典文學迥然不同的現代文學。這一變化固然在本質上還是由社會發展規律所支配，然而作為外部條件的外國文學的積極影響，也是絕對不可缺少的催化劑。可以說，沒有外國文學的自覺引進、消納和繼承，就不會如此迅速地建構起自己現在這樣的現代文學。試看支撐現代文學大廈的各位文學大師們，哪一個不是自覺接受外國文學的影響而建立起自己的文學園地的？這是歷史的選擇，因為它捷便而有效。只不過由於他們的學識經歷、志趣愛好之不同，因而選擇的對象、學習的角度及所受影響的方面有所不同而已。有的偏愛果戈理、契訶夫，有的偏愛歌德、惠特曼，有的偏愛托爾斯泰、巴爾扎克，有的偏愛左拉、屠格涅夫，有的偏愛狄更斯、馬克‧吐溫，有的偏愛莎士比亞、奧尼爾，有的偏愛普希金、拜倫、雪萊等等。然而他們的選擇，大多不是單一的，而是多向的。茅盾就是廣採博取又能融匯消納的一個。

　　茅盾是系統研究過西方文學的大評論家，也是受西方文學影響較深廣的大作家。在他特別喜愛的幾位歐洲著名的作家中，托爾斯泰對他的影響是最大的。這不僅因為他最先研究的外國作家是托爾斯泰，對他建構自己的「為人生」的現實主義文學觀起了奠基作用，而且還因為他在創作時「更近於托爾斯泰」，更多地表現出托爾斯泰的藝術風格。

　　茅盾研究托爾斯泰的專論有：《托爾斯泰與今日之俄羅斯》、《文學家托爾斯泰》、《托爾斯泰的文學》、《托爾斯泰評傳》、《戰爭與和平》評介、《復活》評介等。此外，在其他文論和介紹創作經驗時，談到托爾斯泰的地方更是不勝枚舉。通過這些文章和論述，我們既可看到他對托爾斯泰的中肯分析和評

價，又可窺見他在文藝思想和創作風格上所受的托爾斯泰的影響。

一

列夫・托爾斯泰是俄國最偉大的批判現實主義作家，創作極為豐富，其代表作品是《戰爭與和平》、《安娜・卡列尼娜》和《復活》三部長篇小說。他的創作標誌著歐洲批判現實主義文學的高峰，在俄國和世界文學史上佔有極重要的地位。在全世界文藝界集會熱烈祝賀他八十壽辰的時候，列寧在《無產者》報上發表專論，盛贊「列夫・托爾斯泰是俄國革命的鏡子」，給予了極高的評價。

托爾斯泰是個偉大的人道主義者。他不僅以自己的作品揭露批判沙皇政治的黑暗腐敗和封建農奴制的罪惡，而且身體力行，抗暴扶弱，試行著農奴制的改革。他散財扶貧，為農奴子弟辦學、辦醫院、辦遊樂場所；主張不勞動者不得食，要求貴族淨化靈魂，參加勞動，自食其力，只講奉獻，不講索取；他不喝酒，不吃肉，生活節儉，甚至為此與家庭鬧翻，跑出家門，凍死在小火車站上。這種道德精神是偉大的，然而他的主張卻是行不通的，結果是沙皇政府和農民「兩不聽之」，使自己成了個「傻頭傻腦的地主」。

托爾斯泰這種思想主張和創作實踐，雖然不能完全符合「五四」時期中國社會和文學革新的需要，但與其他外國作家比較起來，卻最切近中國的國情，最能振聾發聵，驚醒沉睡中的人們的心，所以引起了社會和文化改革者的普遍關注，茅盾便是首先注意研究介紹托爾斯泰的代表。

通過潛心學習和研究，茅盾發現托爾斯泰的思想和創作，不但是俄國革命的「遠因」，會影響歐洲和世界，而且是建設中國新文學的指路燈。以此為契機，與文學研究會同仁取得共識，便大張旗鼓地提倡起「為人生」的現實主義文學來，從而在中國逐步建立起了現實主義理論體系。

茅盾認為，托爾斯泰的文學是「極端的為人生」的，是探討人生之真諦的。他的作品全是「由良心上的直覺」而創造的。他在創作上「真實不欺」，「天真爛熳如小兒」，「決不因眾人之指斥，而委曲其良心上之直觀」；他「嫉惡如仇」，敢於揭破現實的黑暗，「撕下一切假面具」，站在平民的立場上，將親歷親見的上流社會的荒淫和下層社會的不幸深刻地表現出來，「富於同情」，「深痛懇摯」，「於人生之究竟，看得極為透徹」。他為救治人生之痛苦，大聲疾呼，躬身實踐，取農民生活方式做楷模，自食其力，節儉勤苦，又扶

貧濟困，散財助人，改革農奴制度，主張博愛寬恕，恢復人的「天性」，反對
以強凌弱、以富欺貧，反對暴政，反對死刑等等。這都是茅盾極力稱讚、極
力肯定的。但是，托爾斯泰所開的救治社會病苦的藥方，則爲茅盾所否定，
所不取。什麼呼喚「人性」復活，「悔過」從善，「淨化靈魂」，什麼「勿以暴
力抗惡」的「原始基督主義」，在嚴酷的階級矛盾、階級鬥爭的現實面前，完
全是行不通的幻想。所以茅盾當時就指出，托爾斯泰主義是「政府與革命黨
兩不聽之」。這就是說，茅盾肯定並且採納的，是托爾斯泰貼近人民、反映黑
暗現實、「爲人生」的現實主義原則，否定並且揚棄的，是托爾斯泰爲救治社
會病苦而開的「無抵抗主義」的藥方。這樣分析批判，取其精華，去其糟粕，
是符合當時的時代潮流的，也是相當深刻的。這就爲茅盾早期「爲人生」的
現實主義文學觀的建立奠定了堅實的基礎。所以茅盾當時的文論就主張：「文
學是爲表現人生而作的」，「是爲平民的非爲一般特殊階級的人的」，是「血」
與「淚」寫成的，不是「濃情艷意」做成的。進而要求文學家要有「表現人
生指導人生的能力」，敢於揭破假面，「描寫全社會的病根」。當然，茅盾早期
的文藝思想中還有所謂「新浪漫主義」、「自然主義」的影響，但其核心和主
體，則是從托爾斯泰那裡借鑑來的「爲人生」的現實主義。

　　如果說托爾斯泰畢其一生都在探索「人生的眞諦」，其重要作品便是他探
索的歷史記錄，那麼，茅盾對其作品的研究與借鑑，便是抓住了這個中心，
按跡尋蹤，進行了廣泛而深入的發掘。在《戰爭與和平》這部宏偉巨著中，
托爾斯泰寫出了一百多個活生生的人物，其中有皇帝、軍事統帥、各級軍事
指揮員、戰士、宮廷官員、貴族、平民、老人、青年、婦女等等，但茅盾的
研究並未全面分析這些人物，而只集注於正在成長與發展的「一代新人」身
上，尤其集注於不斷探尋人生意義的彼爾和安德烈身上，介紹他們的故事，
分析他們的成長和發展，這樣就抓住了作品的核心，也讓我們看到了茅盾研
究托爾斯泰的角度和興趣所在。

　　他認爲《戰爭與和平》中的彼爾，「是一位富有博愛、自由、平等思想
的貴族子弟，他渴望知道『人爲何而生活』，但是，人生是什麼？社會是什
麼？乃至當前的政治如何？」〔註1〕他開始都是茫然的。但他不斷地探索，
不斷地追求，也不斷地幻滅，不斷地動搖。厭惡了庸俗無聊的貴族生活，便
參加了「共濟會」的活動，迷戀於「共濟會」的教義，熱心於爲「全人類謀

〔註1〕茅盾：《世界文學名著雜談》，百花文藝出版社1980年版第208頁。

幸福」，但不久即發現了「共濟會」的欺騙行為，於是又幻滅、動搖。拿破崙攻占莫斯科以後，他又計劃行刺拿破崙，但是未遂而被捕；在俘虜營裡受到了卜拉東・卡勒的感化，才恍然於「人生之大路」，乃是「愛鄰人，愛敵人，……什麼都愛；什麼侮辱、暴力都不要抵抗」〔註2〕。對於這種「人生之大路」，茅盾是否定的，因為它只是使心靈淨化，使心理平衡，不會觸動黑暗現實的一根毫毛；但對彼爾的熱情追求精神，茅盾則是積極肯定的，因為有了這種執著追求的精神，才可找到人生的真正出路。所以茅盾獨具慧眼地指出：雖然托爾斯泰叫彼爾找到的人生目的是「原始的基督教教義，是無抵抗主義」，然而實際上，彼爾並不是一個「純然的無抵抗主義者」，因為他還在積極地追求，熱心地探索，他在「尾聲」中參加了十二月黨人的活動，就說明他的思想還在發展，並沒有讓托爾斯泰的主觀設想所束縛，這也就是現實主義創作方法的勝利。

安德烈雖不如彼爾那樣熱情，但卻理智；雖不如彼爾那樣富於理想，但卻實際。「他是熟諳上流社交的禮儀，然而不願隨俗虛偽，他是幹練而凝重，矯然不群而又不露鋒芒的一位青年貴介」〔註3〕。一生多不得意。最後雖然悟得了「寬恕」的真蘊，但卻太遲了。茅盾認為，安德烈的悲劇生涯所以使我們那麼感動，不在他最後的「寬恕」與否，而在一生中「老感得『現實生活』的不對」，「只打算用刺戟（戰爭）來排解。」〔註4〕因此，他雖然「不是托爾斯泰所喜歡的人物」，但卻是更有現實意義的人物。托爾斯泰對他的批評以及終於使他感悟，是沒有多少價值的，正如讓彼爾發現「人生之大路」本身並無價值一樣。《戰爭與和平》的真正價值與教育意義，主要在於真實地寫出了19世紀俄羅斯貴族知識分子的精神面貌與成長變化，而不在於托爾斯泰在作品中的「說教」。

茅盾的這種分析角度和褒貶評價，既反映了他對現實主義的嚴格恪守，也表現了他對人生意義的理解迥異於托爾斯泰。「說教者」托爾斯泰是將他塑造的人物引上「心靈淨化」的路，茅盾則是希望現實中的人們在社會鬥爭中尋找「正確的道路」。這是中國當時所處的歷史條件決定的。無怪茅盾創造了那麼多焦灼苦悶、彷徨中路的人物——沉淨理智的靜女士，熱情勇敢的孫舞

〔註2〕 茅盾：《世界文學名著雜談》，百花文藝出版社 1980 年版第 252 頁。
〔註3〕 茅盾：《世界文學名著雜談》，百花文藝出版社 1980 年版第 213 頁。
〔註4〕 茅盾：《世界文學名著雜談》，百花文藝出版社 1980 年版第 254 頁。

陽，焦灼頹廢的章秋柳〔註5〕，雖則多少保留了托爾斯泰追求人生意義的影子，但是他們沒有一個想在「心靈淨化」上下功夫，都是程度不等的含蘊著怒火、憤懣、焦灼在追尋前進的「突破口」，雖則當時還沒有找到，但卻改變了托爾斯泰筆下人物的探索方向。我想，這大概就是歷史唯物論者的茅盾不同於抽象人性論者托爾斯泰的地方吧，也是在意識形態上茅盾超過托爾斯泰的地方吧。也就是說，茅盾對托爾斯泰，既有借鑑繼承，又有改革創新，從而建立起了中國化的現實主義理論。

二

在創作風格、藝術技巧方面，茅盾也受到了托爾斯泰的深刻影響。茅盾說：「我曾經熱心地——雖然無效地而且很受誤會和反對，鼓吹過左拉的自然主義，可是到我自己來試作小說的時候，我卻更接近於托爾斯泰了」〔註6〕。這不僅因為他和托爾斯泰一樣，都「是經驗了人生以後才來做小說」，而且因為他的藝術風格、創作技巧都受到了托爾斯泰的影響。茅盾是潛心研究過托爾斯泰藝術的。他在《愛讀的書》這篇文章中說：「我覺得讀托翁的大作，至少要做三種功夫，一是研究他如何佈局（結構），二是研究他如何寫人物，三是研究他如何寫熱鬧的大場面。」〔註7〕這就是他研究托氏藝術的重要心得，也是他在創作中受托氏影響的主要方面。聯繫他們的創作實踐，從以下四個方面來比較說明。

（一）他們的作品都有「描寫社會全般」的氣魄，宏偉廣闊的規模，史詩般的藝術風格。

在俄國，甚至在歐洲，似乎還沒有一個人能像托爾斯泰那樣，對自己的國家、民族和時代特點作出如此宏偉廣闊的藝術反映；在中國，也確實沒有哪個現代作家能像茅盾那樣描繪出中國「如此遼闊多彩的畫面」和「幾乎代表著社會生活各個方面的如此五光十色的人物畫廊。」〔註8〕

《戰爭與和平》主要描寫1805年至1813年俄法戰爭時期俄國的社會生活，人們的精神面貌。時間跨度達8年之久（加上「尾聲」部分，共計15年

〔註5〕茅盾所著《蝕》中的人物。
〔註6〕《茅盾論創作》，上海文藝出版社1980年版，第28頁。
〔註7〕《茅盾文藝雜論集》（下），上海文藝出版社1981年版，第1005頁。
〔註8〕Ｂ・索羅金：《紀念茅盾》，原載蘇聯《文學報》1981年4月8日。

之久），空間跨度幾乎包容了整個俄羅斯城鄉和東歐的若干國家。不僅寫出了霍拉勃倫、鮑羅金諾、莫斯科失陷等幾個重大而壯闊的戰爭場面，而且寫了國王會議、貴族壽誕、茶會、喪事、舞會、打獵、男女戀愛等眾多的生活場景。19 世紀初的俄國政治事件和社會現象，幾乎包羅無遺。至於人物，更是上自皇帝、貴族、將軍，下至工人、農民、士兵、僕役，三教九流，無所不包。然而貫串這一切的中心線索，就是「拿破崙的戰事」怎樣影響了俄國人的生活，以及各色人等對拿破崙戰爭的感受和態度。這就寫出了特定歷史時代的社會特徵，使作品具有了史詩的性質。後來的《安娜·卡列尼娜》與《復活》，繼承了《戰爭與和平》的史詩風格，從原來計劃描寫一個貴族婦女普通的婚姻悲劇和一個貴族分子的懺悔故事，變成了反映 19 世紀後半葉「一切剛剛翻了一個身」的俄國廣闊社會生活圖景的史詩般巨著。

茅盾極為佩服托爾斯泰作品中的「才氣縱橫」、「局面宏大」、「思想縝密」〔註 9〕。所以他也力圖「大規模地描寫中國的社會現象」，打算對急劇轉變中的中國社會面貌作出全景式的描繪。《子夜》、《霜葉紅似二月花》、《鍛煉》等作品，就是這種打算的實踐。《子夜》原想寫出 1930 年前後「中國城市和農村的交響曲」〔註 10〕，《霜葉紅似二月花》本打算寫出「從『五四』到二七年這一時期的政治、社會和思想的大變動」〔註 11〕，《鍛煉》則計劃寫五部連續的長篇，把「抗戰開始至『慘勝』前後八年中的重大政治、經濟、民主與反民主、特務活動與反特務活動等等作個全面的描寫」〔註 12〕。這是何等的胸懷與氣魄！只不過在創作過程中，或因某些生活經驗的缺乏而縮小了一些規模（如《子夜》），或因完成了第一部之後的風雲變幻而停筆（如《霜葉紅似二月花》和《鍛煉》）。然而就其寫出的規模看，當時乃至後來出現的同類題材的長篇，也很少有人能夠企及。

誠然，規模宏大、場景廣闊、事體紛繁、人物眾多是史詩作品的重要特徵。但是，「全景式」地描寫社會生活並不等於對生活中的一切現象做平面的記錄，而是在盡可能完整描繪社會生活的基礎上反映出錯綜複雜的社會關係，以及這些關係的聯繫、衝突和鬥爭過程，並以此揭示出社會生活的本質

〔註 9〕 茅盾：《論托爾斯泰與今日之俄羅斯》，載《學生雜誌》1919 年第 6 卷 4～6
號。

〔註 10〕 《茅盾論創作》，上海文藝出版社 1980 年版，第 60、89 頁。

〔註 11〕 《茅盾論創作》，上海文藝出版社 1980 年版，第 60、89 頁。

〔註 12〕 茅盾：《我走過的道路》（下）第 127 頁，人民文學出版社 1987 年出版。

規律和歷史發展方向。托爾斯泰曾聲明過：「在我所寫的一切，幾乎是一切之中，引導我的是力求那些在相互聯繫中表現出來的種種想法加以概括。……這種聯繫不是思想上的，而是由於其他什麼東西，想用語言直接說明造成這種聯繫的基礎是無論如何也辦不到的，只能用間接的方式，即通過語言描寫形象行動和事態。」〔註 13〕這就是說，托爾斯泰看到了社會事變對人們物質生活與精神生活的影響，看到了這種影響在人與人的關係上的種種表現，感到了 19 世紀俄羅斯大地的騷動、不安和變化，感覺到其中有個「什麼東西」在起作用，但是他還沒有認識到它究竟是「什麼東西」，因而他看不出社會發展的正確方向，指不出人們應該前進的正確道路。但是，由於他看到了人類社會的整體性及其內在聯繫，發現了其中有個「什麼東西」在左右著人們的思想和行動，所以就能「立體」地反映全部社會生活關係及其整體面貌，「反映出革命的某些本質方面」（列寧語）。具體說來，在《戰爭與和平》裡，作者以倫理道德為尺度，通過對拿破崙戰爭及當時社會生活的廣闊描繪，歌頌了俄羅斯人民和軍隊的愛國主義激情與英雄氣概，讚揚了貴族階級中那些勇於探索人生真諦的優秀青年，控訴了法國侵略者的罪行，也批判了那些自私自利、虛偽卑劣的貴族分子。在「尾聲」中彼爾參加了十二月黨人，暗示了俄法戰爭後俄國社會的變化和一代新人的成長。《安娜·卡列尼娜》則通過一個女人的悲劇，勾勒出了俄國 19 世紀 70 年代各種階級關係和錯綜複雜的矛盾，反映了俄國社會的動盪和不安。《復活》則更全面更深刻地揭露了沙皇的政治制度、官僚機構同人民群眾的尖銳對立和矛盾。如此這般，於是這些作品就成了「俄國革命的一面鏡子」。

茅盾所汲取的，正是托爾斯泰長篇小說這種善於概括「極其紛繁的社會現象」，「揭示出各種複雜現象之間的內在聯繫」，「提出許多重大的社會問題」的史詩風格的精髓，而且由於茅盾能以馬克思主義的唯物史觀去考察認識社會問題，因而他在概括和反映社會現象時就能全面透徹地揭示其本質和必然的發展方向，從而就更具有現代意義上的史詩風格。

儘管茅盾的長篇小說沒有一部達到《戰爭與和平》、《安娜·卡列尼娜》的巨大篇幅，宏偉的規模，但它們反映社會的全面性，深刻性，以及揭示社會發展方向的正確性，卻是托爾斯泰作品所不能比擬的。托爾斯泰真實地表

〔註 13〕轉引自《列夫·托爾斯泰在〈安娜·卡列尼娜〉中的道德探索的表現》，載蘇聯《俄羅斯文學》雜誌 1960 年第 3 期。

現了貴族地主與農民階級和資產階級商人之間的矛盾和鬥爭，卻從來沒有去
注意並表現城市工人與資本家的矛盾和鬥爭，也沒有去反映農民的起義及革
命者爲推翻沙皇統治而進行的武裝鬥爭。他對社會歷史的觀察並沒有達到歷
史唯物主義的高度，所以就大大影響了他反映現實的透徹性，也削弱了其史
詩風格的社會價值。茅盾的小說，大多採用了從側面、局部反映社會整體的
方法，即使像《子夜》這樣較大規模的長篇，主要描寫的也不過是民族資產
階級與官僚資產階級的矛盾和鬥爭，工人階級與資產階級的對立和衝突，其
次才是展現 30 年代初中國社會上其他階級、政治勢力的錯綜關係和鬥爭：軍
閥混戰，民族資本家內部的聯合與鬥爭，農民階級與地主階級的鬥爭，革命
隊伍內部共產黨人與托陳取消派的鬥爭，工人群眾與工賊的鬥爭等。《子夜》
中的故事，時間長度只有兩個多月，茅盾卻從這些錯綜交織、相互影響的矛
盾鬥爭中，形象而眞實地揭示出中國社會的性質及其必然發展趨勢：即在帝
國主義、封建主義、官僚資本主義的統治下，中國民族資產階級不可能取得
政治與經濟的獨立，不可能走西方資本主義國家發展的老路，從而證明中國
社會是半殖民地半封建的社會，而不是資本主義社會，其發展前途，只能是
在工人階級領導下，不斷鞏固和發展工農聯盟的革命力量，取得新民主主義
革命的勝利。由此可見，茅盾在概括並表現全般社會生活時的藝術功力，是
超越於托爾斯泰的，從而證明唯物史觀在創作中無比重大的指導作用。

　　（二）從人物形象方面考察，由於他們所依據的社會現實不同，因而塑
造出的人物性格也絕少相似，甚至不存在什麼可比性。然而細察他們塑造人
物的方法，卻又存在著明顯的共同點，這大概就是茅盾研究托爾斯泰「如何
描寫人物」所產生的影響吧。

　　統觀他們的作品就會發現，在塑造人物的方法上，他們都不把叱咤風雲
的「時代大勇者」作爲長篇小說的主人公，也不把卑微瑣屑、處於社會底層
的「小人物」，或者作者要無情揭露抨擊的反面人物作爲長篇小說的主人公，
而是把具有廣泛社會聯繫、思想性格複雜、又富於行動的各色人物作爲長篇
小說的主人公。

　　這不是偶然的巧合，而是他們在創作上追求史詩風格的必然結果。要展
開廣闊的歷史畫面，就必須塑造與社會發生廣泛聯繫，能圍繞他來描繪整個
時代風貌的人物。無論是托爾斯泰的時代，還是茅盾的時代，與社會有著廣
泛聯繫的人物，既不可能是進行秘密活動的少數革命者，也不可能是生活在

社會底層、生活圈子狹小、精神麻木的「小人物」，而是由於階級出身、社會地位、個人經歷、思想性格等原因而處於多種社會關係交叉點上的人物。托爾斯泰筆下的彼爾、安德烈、列文、聶赫留朵夫，在階級地位、思想性格上屬於「懺悔貴族」，是社會的「零餘者」，但與奧勃洛摩夫、奧涅金等「零餘者」比起來，卻富於行動，與社會發生著極其廣泛的聯繫；寫他們的思想和行動，就可以描繪出廣闊的社會面貌。如《復活》中的聶赫留朵夫，他出身上層貴族，本也無所事事，但為了贖年輕時犯下的罪惡和拯救無辜判刑的瑪絲洛娃，便到莫斯科和彼得堡上訪，到獄中探視犯人，到農村處理財產，目睹了沙皇政府和法律的黑暗腐朽，農民的悲慘處境，從而構成了作品的廣闊社會生活畫面。正如高爾基所說：「十六年來，聶赫留朵夫公爵馳騁於俄羅斯，到各處去看」，「跟一切現象發生接觸」，使我們看到了「一幅題材甚廣，生動而鮮明的描寫俄國一切階層生活的畫面。」

茅盾創造的「時代女性」和形形色色資本家的形象系列，其階級地位、思想性格均不同於「懺悔貴族」，但他們卻同樣處於新舊矛盾、階級矛盾、生活矛盾的交叉點上，是聯繫著社會生活方方面面的人物；寫他們的遭際，就可以反映出廣闊的社會生活。如《虹》中的梅行素女士，是個「認定目標不回頭」、「永遠往前衝」的青年女性。在「五四」運動衝擊之下，她為選擇理想的愛人歷盡曲折、終成悲劇，於是她離開「謎之國」成都到瀘州，又從瀘州到上海。隨著她的足跡，可以窺見從「五四」到「五卅」這一歷史時期五光十色的社會面貌，也可以看出社會前進的面影。通過她的廣泛聯繫，我們看到了當時的種種社會相：有被「五四」運動喚醒的各種青年——利他主義者，利己主義者，玩世不恭者，有庸俗瑣屑的小商人，有提倡婦女解放而藉此恣意玩弄女性的新軍閥，有滿口「打倒封建禮教」而滿腦子封建思想的中學校長和先生，有封建買辦走狗國家主義者，也有甘冒生命危險去為人民謀解放而勇敢奮鬥的共產黨人。這是一軸五彩繽紛又十分廣闊的時代畫卷。《子夜》中的吳蓀甫，是民族資本家的代表。他在中國 30 年代的特殊地位，決定了他與封建階級、官僚資產階級有著千絲萬縷的聯繫，又有反對帝國主義、買辦階級壓迫，發展民族工業的強烈願望；為了增加財富和挽救破產命運，他又加緊剝削工人，與工人階級有著與生俱來的矛盾。總之，他與各種社會力量的關係，就特別具備了充當「史詩」主人公的條件。他一心想當法蘭西式的工業王子，又有魄力，有手腕。因此，要想發展自己的事業，就必

須同時在幾條戰線上作戰——與買辦階級趙伯韜決鬥，與其他資本家又聯合又吞併，對付工人罷工和農民起義等等。從他這裡輻射出去，就可以反映廣闊的社會面貌；各種矛盾集注起來，又可以多層次地刻劃人物性格。這就是選擇吳蓀甫這樣的人物來做作品主人公的優越性所在。

還需要進一步探討的是，茅盾與托爾斯泰作品中的人物，不僅外在行動上成為各種社會關係的聯結點，而且內在心理活動也具有錯綜複雜的性質。這些人物的思想矛盾與心理衝突，往往典型地體現了他們所處時代的思想意識的矛盾與衝突。在托爾斯泰小說中，無論是彼爾、安德烈，還是列文、聶赫留朵夫，他們都是思想複雜、感情豐富的人物。他們出身貴族，都曾按照貴族傳統生活過，卻又受新思潮的影響，不滿意周圍的一切，感受到了時代的變化，焦灼惶惑地尋求自我價值與人生的出路，對道德、宗教、哲學、政治進行「尋根究底」的探索。茅盾作品中的「時代女性」也是一些思想複雜感情豐富的人物。而他們那種幻滅的悲哀、沉淪的憤慨、追求的焦灼等心理，在 1927 年大革命失敗後又具有普遍的性質，簡直成了一種「時代病」。茅盾就是敏感地捕捉住這種複雜的心理，與外部行動相結合，從而反映當時的社會特徵的。

如果說托爾斯泰是「描寫人物心理的聖手」，那麼茅盾就是深得要領，擅長心理描寫的大師。

他們描寫人物心理的共同特點是：

1、善於描寫人物心理的時代性和社會性，而不是描寫瑣瑣碎碎的個人小悲歡。托爾斯泰在《戰爭與和平》中所表現的，是由拿破崙的侵略戰爭而激起的俄國人民的民族意識的覺醒和愛國熱情的空前高漲，以及在這種社會環境中一代新人對人生意義的苦苦追求。茅盾在《鍛煉》中反映的，是在中華民族存亡的關鍵時刻，上海各階層人民同仇敵愾，「打倒東洋鬼子」，以保衛國家的愛國熱情：愛國知識分子陳克明教授不顧生命危險、忍辱負重地創辦刊物宣傳抗戰；進步學生蘇辛佳、嚴潔修到難民救濟所慰問難民，宣傳抗戰；民族資本家嚴仲平經過動搖猶豫，也決定將自己的工廠遷往內地，以實際行動支持抗戰；工人們更是一面堅持生產支持前線，一面日夜加班拆卸機器，將工廠遷往內地，抗日熱情更為高漲。這就是說，茅盾小說中的人物的思想情感，總是紐結著社會生活中的重大矛盾，具有鮮明的時代氣息。

2、他們描寫人物的心理，都是從動態的、與環境雙向交流的角度著筆，

而不是孤立靜止的描寫。這樣就在事變的演進中寫出了人物心理的發展變化，又在人物的心理發展變化中看出了對事變的影響。托氏筆下的彼爾，就是一個「時時在發展中的性格」。他開始滿腦子的「自由」、「民主」計劃，說拿破崙是個「偉大人物」。然而在莫斯科失陷以後，在事實的教訓中，他卻要刺殺拿破崙了。「行刺」未遂，被俘，又在「無抵抗主義者卜拉東」的影響下，他悟得了「博愛」、「寬恕」的「人生之大路」，於是又變成了個「博愛主義者」。茅盾不贊成彼爾的這種選擇，但卻佩服他這種執著追求探索的精神。茅盾在《虹》中刻劃的梅女士，就是由追求到碰壁，由碰壁摸索到找到了光明，寫出了她心靈發展的歷史，也寫出了社會的發展變化，心靈與現實是雙向交流、互為影響的，也是在現實的碰撞下鍛造得越來越成熟的，完全符合心靈發展的辯證法。

　　這裡必須明確的是，人物思想的發展演變並非簡單地從屬於歷史事件的發展，並不是在每種場合都同步對應的。在通常情況下，大多數人的思想是落後於現實的，也有一部分人是超越於現實的，他們是在同現實生活的碰撞中曲折前進的。所以，他們除了寫一些跟著時代前進的「新人成長」之外，也寫了些美好心靈被現實所窒息、所毀滅的過程，用以揭露社會現實的黑暗和腐朽，還寫了些逆時代之潮流而動的卑污靈魂，表現了作者對這些落後、反動人物的針砭、批判。貌美心善的安娜・卡列尼娜，在平等自由思潮的影響下，為追求個性解放和愛情自由而被貴族社會的偏見所窒息，最後走上了臥軌自殺的道路。這就把一個美好心靈的毀滅過程揭示給人看，讓人們看到了貴族社會的黑暗與罪惡，引起了對現存制度永久性的懷疑。章秋柳在時代的感召下，很想為社會做一番事業，然而這種向善的追求為黑暗環境所不容，於是就頹廢墮落；頹廢墮落雖則包含著反抗，然而終究不是正當的途徑。這就是她們受到出身和生活環境的制約，被孤芳自賞和脫離群眾的弱點所束縛，找不到正確的道路，只能在幻滅的悲哀和向善的焦灼中打發日子。這裡既有暴露現實黑暗的意義，又有批判人物自身弱點的意義，目的在指導她們走上正確的鬥爭道路。

　　由此可見，他們雖然都通過描寫人物的心靈歷程來折射社會的黑暗，但在解釋人物心靈悲劇的根源及如何消滅悲劇的主張上，卻存在著明顯的差異。托爾斯泰雖然敏銳地感覺到黑暗的社會現實是毀滅美好心靈的決定因素，表現出對現存社會的不滿與抗爭，卻從沒有看出隱藏在人們思想意識背

後的經濟因素，因而他不從經濟制度與政治制度上去尋找產生悲劇的原因，去尋求實際的解決辦法，只在人性道德上做文章。所以，他在肯定安娜追求愛情自由合理性的同時，又認爲安娜違犯了「愛一切人」的宗教原則，破壞了神聖的家庭道德觀念，讓愛情與幸福的渴求同在「上帝」面前的犯罪感一起支配著安娜的心靈，矛盾著，衝突著，一直無法和諧地解決。這是人道主義作家共有的通病，是他們思想上無法解決的矛盾。要解決這一矛盾，只能走「靈魂淨化」的道路。《復活》中的聶赫留朵夫，就是通過自我贖罪，爲瑪絲洛娃奔波，而求得良心的「復活」和精神上的自安的。而獲得了唯物史觀的茅盾，是根本不相信這些愛的囈語的。他反對用人造的光明來掩蓋現實的黑暗，更反對以宗教的愛來消彌人間悲劇的主張。他說，托爾斯泰爲他的主人公所找的「原始基督教義」和「無抵抗主義」，絲毫也改變不了現實的黑暗與主人公的悲劇命運。所以，他又借鑑了嚴格的「實地觀察」與「客觀描寫」的方法，極力堅持反映現實的嚴酷性、曲折性，決不要人爲地爲主人公製造「大團圓」的結局。他總是站在時代的制高點上，描寫外部黑暗現實毀滅主人公美好心靈的同時，還竭力暗示出這一毀滅過程的政治、經濟根源，揭示出主人公心靈中落後因素的制約作用，較全面深刻地展示悲劇的眞正根源。塑造章秋柳這類「時代女性」是如此，塑造吳蓀甫這種悲喜劇人物也是如此。吳蓀甫發展民族工商業的願望是不錯的，可惜生不逢時，遇上了帝國主義在華的代理人趙伯韜之流，使他大志難伸，難於招架；再加上他剝削壓迫工人的先天性弱點，自然要落個悲劇結局。這樣寫，不僅更符合歷史的眞實，也暗示出社會發展的必然方向。所以，茅盾塑造的人物比托爾斯泰塑造的人物有更深刻的認識價值。這也是馬克思主義的唯物史觀超過資產階級人道主義的關鍵所在。

（三）史詩般的宏偉規模和眾多人物的複雜關係及複雜的心理層次，必須使作品具有錯綜而複雜的結構形式。在《戰爭與和平》中，托爾斯泰創造了新穎的雙層複疊式網狀結構，即由外在鬆散的多條情節線與內在人物複雜心理活動線索相糾結交織而成的雙層網狀結構形式。在外層形式上，以俄法戰爭爲主要情節線索，交織出大大小小的戰爭場面及人們在戰爭影響下的種種活動；這是一幅色彩斑斕又無限廣闊的生活畫面。這裡有緊張激烈的戰爭場面，也有和平生活、政治鬥爭、家務糾紛、愛情的歡樂和痛苦等等。與此相伴隨，在內層結構形式上，又以彼爾、安德烈、娜塔莎等「一代新人」的

思想成長為線索，寫了他們波浪式前進的心理發展歷程。這些人物的內心世界與廣闊多變的外在情節相結合，織成了個縱橫交錯、能夠表現廣闊社會生活和複雜內心世界的宏大結構網。任何結構形式都是為了表達主題的。因此，不管結構多麼複雜，都「應當有這樣一個焦點：所有的光集中在這一點上，或者從這一點上放射出來。」〔註 14〕只有有了這樣一個焦點，紛紜複雜的生活素材才注入了生命，才能成為和諧有序的藝術形式。《戰爭與和平》的結構焦點，就是在戰亂年化、社會動蕩之際人們是怎樣思考的，尤其是青年一代的思考和追求，這就是當時時代思潮的核心問題。所有的情節線都往這裡集中，或者從這裡放射出去，形成了內在情節線比較集中，外在情節線比較開放鬆散的格局。

茅盾的《子夜》和《霜葉紅似二月花》，都寫了同時活動著的許多人物和紛繁的社會生活事件，呈現出與托爾斯泰相近的結構特點。但在內在情節線上，他以吳蓀甫想當法蘭西工業王子的美夢的破產和《霜葉紅似二月花》中所有的人「都沒有信心」為焦點，一切往這裡聚集，一切從這裡反射，形成了多條線索交叉發展的結構形式，又反映了具有時代特點的重大主題。這就是說，茅盾是深得托爾斯泰雙層複疊式網狀結構之要領的，因而使他的小說在結構上與托爾斯泰有很多相似之處：在內在情節線上很集中，主要描寫主人公的心靈歷程，反映時代所提出的重大社會問題；而外在情節線，則相對比較鬆散開放。它可以多方面選擇生活中的事件來寫，也可以只寫一兩件；它可以選擇時間跨度長的事件來寫，也可以選時間跨度短的；可以是有頭有尾的故事，也可以是無頭無尾的故事；它只是按照內在情節線的要求，截取一段社會生活表現出主人公的精神風貌，即算大功告成，而不去追求故事的完整。所以，他們有很多作品似乎是完成了，又似乎沒有完成。如托爾斯泰的《戰爭與和平》，應該說是完成了。然而它那 9 萬字的「尾聲」又證明還有很多內容可以展開續寫。茅盾的《幻滅》、《動搖》、《追求》中的人物，都沒有個結局，還可以再繼續寫下去，《大鼻子的故事》寫主人公經過思想鬥爭參加了遊行隊伍，也不過是一件事的開頭；然而它們卻都是完成的作品。而茅盾聲明尚未完成的長篇《霜葉紅似二月花》和《鍛煉》，就發表的部分來看，你又不能不說它已經相當完整。這大概就是他們所採取的這種結構方法所使然。正像外國一位研究茅盾的專家所說的：托爾斯泰小說是按照生活的永恒

〔註14〕《西方古典作家談創作》第 575 頁，春風文藝出版社 1980 年版。

流動性原則組織起來的，看不出從哪點上發源，也看不出在哪點上終止，在小說結尾時，「生活之流繼續滾滾向前」；這種特點在茅盾小說中也有明顯的表現。可見兩位藝術大師都是按照生活的流動性法則來進行藝術構思的，這就使已寫完的作品，感到「還沒有寫完全」；沒有寫完的作品，又叫人感到似乎也可以截止了。

　　（四）從作品描寫敘述的角度、方式上說，他們也有一致之處。他們多從流動的時間、變化的地點寫起，按照生活的本來面目原原本本地加以描寫和敘述，從不出面說三道四，而他們的情感和評價就滲透在這種客觀的描敘之中。如《春蠶》中的老通寶，坐在塘河邊想到外國商船傾銷商品和國民黨新軍閥禍害給人民帶來的經濟災難，顯然是茅盾想要說的話，但他不出面自己講，而讓老通寶聯想出來，又是他觸景生情非如此聯想不可的。這種表述方法，既避免了枯燥和冗長的說教，又讓讀者忘記這是作者的看法，從而覺得「事實正是如此」。捷克漢學家普實克說：「《戰爭與和平》的敘述風格是作者的觀點、語言與作品中人物的各種語言和想法的混合、聚集」〔註15〕，茅盾跟他是相同的。確實，茅盾與托爾斯泰的描敘方式都是盡可能地靠攏自己作品中的人物，不容易叫人察覺作者的存在。

　　這就是說，茅盾和托爾斯泰作品中作家的自我因素不見得比屠格涅夫、巴金的少，但他們的作品給讀者的印象卻很不同。屠格涅夫和巴金的小說，不管寫什麼人物，什麼事件，似乎作者時時都在坦開胸懷進行評說，抒發自己的情感，這些抒情和表白，使敘述之流常常被洶湧的激情所阻斷，使讀者受到強烈的感染，感受到作者的熱血在行文中流淌。而茅盾和托爾斯泰在敘寫的時候，「只能使你看見書本，忘掉了作者，作者擁有一項把自己化身為各色人等的非凡才能」〔註16〕。他們只是隱蔽地表現自己，準確而冷靜地講述著發生的事件。

　　茅盾與托爾斯泰這種敘述方法的好處是，使讀者只注意事件本身，把讀者全身心地引進作者所描述的生活領域，而不是引進作者感情的漩渦，便於讀者冷靜客觀地觀察認識世界。人們從他們描繪的藝術世界中，當然也會發現他們的社會觀和人生觀，這便是人們從托爾斯泰作品中看到的他的人道主

〔註15〕 李岫編：《茅盾研究在國外》，湖南人民出版社 1984 年版，第 628 頁。
〔註16〕 盧那察爾斯基：《托爾斯泰和我們的時代》，見《俄國作家和批評家論列夫‧托爾斯泰》第 83 頁。

義，從茅盾作品中看到的他對半封建半殖民地中國社會所作的精闢分析和深刻批判。

　　茅盾與托爾斯泰，一個是終身追求共產主義理想實現的革命戰士，一個是俄國宗法制農民思想的代表，他們的思想與個人經歷都是迥然不同的，所以這方面不存在直接的影響關係。但是，從思想的開闊與生活閱歷的豐富來說，他們又有相似之處，所以他們的長篇小說都能形成史詩般的風格。

　　他們作品的史詩風格是相似的，但決不雷同。茅盾在創立自己小說的史詩風格時，是學習並借鑑了托爾斯泰的藝術經驗的，但又有所創新。這種創新，不僅表現在世界觀的不同、立足點的高低對藝術風格的制約上，還在於他們都是各自立足於本民族的土地上，思想意識、心理素質、審美情趣、藝術手法不可能不受本民族傳統的巨大影響，他們所觀察描述的又是本民族特定時代的社會生活、思想情緒，所吟唱的都是自己同胞的悲歡與苦樂。所以，他們各自的史詩風格中必然帶有本民族的內容和色彩。這是不言而喻的。何況，茅盾史詩風格的形成，除了學習借鑑托爾斯泰外，還借鑑吸取了司各特，巴爾扎克、左拉、大仲馬等「規模宏大，文筆恣肆絢麗」的風格特點，這也是我們不能不看到的。

三、茅盾與左拉

　　因為茅盾曾一度提倡過「自然主義」，就說他是「自然主義的信徒」，這種淺薄的皮相之論，現在是再也沒有人相信它了。但是，說他受過自然主義的影響，在他的現實主義理論和創作中有明顯的自然主義因素，似乎還大有人在；而且，隨著自然主義聲價的逐步下跌，提到茅盾所受自然主義的影響，簡直就把它視同茅盾文藝觀中缺點錯誤的同義語。我認為這種籠統模糊的見解也是缺乏具體分析的，是不完全符合茅盾的文藝思想和創作的實際情況的。因此，我想從茅盾和左拉的關係上，探究一下茅盾究竟受了多大影響，這些影響在他的現實主義理論體系和作品建構中佔有什麼地位，它有沒有積極意義，它的積極意義和消極作用究竟是什麼，以便對這個問題有個比較清楚而準確的認識。當然，這也僅是探討性的，不妥之處還望同志們批評指正。

　　周揚同志在 1983 年 3 月召開的全國第一次茅盾學術討論會上說：茅盾「始終是個現實主義者，真正的現實主義者。他自己講話也許帶點自我批評性質，說『我搞過自然主義』，但是事實上他是現實主義者。現實主義裡面是否有自然主義因素？這是另外的問題。但整個說來，他是革命的現實主義者」〔註 1〕。這種評價，的確是全面而中肯的。然而在語氣上，仍然流露出與自然主義沾邊總是個缺點的意思。我認為這還是缺乏具體分析造成的。當然，周揚同志並沒有完全肯定茅盾的現實主義裡面有自然主義因素，只不過把它當作「另外的問題」提出來的供大家研究而已。然而事實上，茅盾受左拉自然主義的某些影響是應當肯定的，他的現實主義裡面有一定自然主義因

〔註 1〕 載《茅盾研究》，文化藝術出版社 1984 年 6 月出版，第 1 輯第 7～8 頁。

素也是無可否認的，問題是我們對這些「影響」和「因素」應該怎麼評價。所以本書的論述中心是：茅盾受了左拉一些什麼樣的影響？這些影響經過茅盾的改造又變成了什麼樣子？它在茅盾的現實主義理論體系中佔有什麼位置？積極意義和消極意義又如何？——通過這些問題的探討，以求得對茅盾與左拉的自然主義關係有個明確而具體的看法。

一

為了準確測定出茅盾所受自然主義影響的程度，首先必須對左拉的自然主義理論和創作有個概括的瞭解。

眾所周知，自然主義文學流派是在 19 世紀科學勃興和物質文明高度發達的時代氛圍裡出現的。左拉雖不是這個流派的創始人（創始人為泰納，不過泰納只有理論而無創作），但他卻是自然主義的集大成者（既有理論又有創作），因此，人們都把左拉視為自然主義的代表人物，把他稱作「自然主義主義的大師」。他的理論以孔德的實證主義哲學為指導，又用貝爾納的《實驗醫學導論》作基礎，提出了以「客觀」和「科學」為支柱的理論體系，用以反對以「主觀」和「想像」為基點的浪漫主義。這樣一來，它不僅同現實主義理論在當時攪混不清（當時西方現實主義也以實證主義哲學為基礎），就是在創作實踐上，也難以同現實主義涇渭分明（如左拉的小說，基本上都是現實主義的，泰納的自然主義理論又是從巴爾扎克等人的創作中概括出來的）。所以，自然主義理論同現實主義有其相似或相通之處，也有其迥異與差別之點，這是我們不能不看到的。

比如左拉所主張的客觀地再現生活的真實，表面上與現實主義的創作論就無什麼不同。他說：「小說家最高的品格就是真實感。」「真實感就是如實地感受自然，如實地表現自然。」又說：「小說的妙處不在於新鮮奇怪的故事，相反，故事愈是普通一般，便愈有典型性，使真實的人物在真實的環境裡活動，給讀者提供人類生活的一個片斷，這便是自然主義小說的一切。」〔註 2〕在這裡，我們幾乎看不出它與契訶夫、高爾基給現實主義所下的定義的區別〔註 3〕。

〔註 2〕 左拉：《論小說》。

〔註 3〕 契訶夫說：「現實主義就是按生活的本來面貌描寫生活。它的任務是無條件的直率與真實。」（《契訶夫論文學》，人民文學出版社 1959 年版第 39 頁。）高

　　基於這樣的認識，所以左拉特別強調作家的「實地觀察和客觀描寫。」他認為自然派作家既不能埋頭於歷史，也不能寫想像虛構的題材，他必須嚴密觀察現實，研究現實，然後用純客觀的態度把它表現出來，而不要夾雜個人的情感和評判。譬如寫一部對劇界的小說，最好作家認識某演員，甚或參與過一定表演。此外，他還得「去找十分熟悉這種材料的人說話，他得收集詞匯，故事和人物形象」，「去找文字材料，閱讀對他有用的一切東西。最後，他得到現場去觀察，到一個戲院中去生活一些日子，以便認識那裡的每一個最小的角落；到女演員的化妝室裡去過幾個晚上，盡可能地吸收那裡的環境氣氛」。而一旦他的材料齊備，他的小說就形成了。「一部作品，只是一種記錄，再沒有別的。它的功勞只是觀察的正確，分析的深入，事實的連貫，合乎邏輯。」〔註4〕這就是說，在獲得生活素材的途徑與表現的方法上，它與現實主義並無什麼不同。

　　但是，在「什麼是真實」、「環境是什麼」的問題上，自然主義與現實主義卻分道揚鑣了，左拉所指的「真實」，乃是人們行為的自然屬性，「環境」就是這些具有自然屬性的人所形成的相互制約，相互影響的關係。他在《盧貢——馬卡爾家族》計劃書中說：「我的研究只限於將世界的一角照原樣加以分析。我的目的純然是在實證某種現象。這只是把一個人放在一個環境中來研究，並不含什麼教育意義。如果我的小說，必須有一種效果的話，那麼，它的效果就是說出人類的真象，拆開我們人這部機器，指出遺傳性在其間的秘密運動，並使人看出環境的作用」。因此，作家應是「一個觀察者和一個實驗員合成的人」，「他只是一個滿足於說出他在人類屍體中所發現的東西的解剖學家。」〔註5〕他甚至認為，「只消把『小說家』這個名詞去代替『醫生』二字就夠了。」他還進一步指出：「這裡，可怕的是我們會得出『人形的獸』的結論。這種獸或者是穿著禮服或者是穿著短裝……我們對他們的解剖，始終是毫不留情的，因為我們一直要分析到人的屍體的最低一層。從上到下，我們所遇到的都是獸性的東西。」〔註6〕這就可以看出，左拉所指的「真實」，乃是脫離了社會關係的屬於人的自然屬性的「真實」。這樣一來，作家就只能

爾基說：「對於人和人的生活環境作真實的不加粉飾的描寫，謂之現實主義」。（《談談我怎樣寫作》）

〔註4〕 左拉：《實驗小說》。
〔註5〕 左拉：《自然派小說》。
〔註6〕 左拉：《實驗小說》。

記錄生活中的表面現象，勿須去進行藝術概括和加工，創造典型環境中的典型人物。同時，由於他把人和獸等同起來，認爲人只有感覺，只有本能衝動，不承認人有思想意識，不承認人有主觀能動性和自由意志。這樣，人就只能是被環境支配的動物，不會有任何自爲的改革。所以，人的命運決定於先天的氣質的定命論，就成了他的文藝思想的致命傷。

不過，左拉一面強調遺傳性或先天性的作用，一面也強調環境的重要性，這看來是矛盾的，其實也不矛盾。因爲他所說的環境，就是自然人的環境，並非社會人的環境。他說：「在研究一個家族，一群活著的人的時候，我相信社會環境是同等重要的。」然而他又接著說：「社會環境究其實，依然是一群活者的人造成的結果，而這群人則是絕對要受物理化學的規律所支配的，而這些規律，對於生物和非生物一樣起作用⋯⋯這就是實驗小說建立的所在。」〔註7〕那麼，人的性格是由先天性的遺傳造成的呢？還是環境造成的？左拉認爲二者皆有可能，只是先天遺傳在起決定作用。如娜娜的酗酒、放蕩是父母的遺傳，《萌芽》中的艾蒂納在正常情況下不酗酒，又是環境的影響，可是到罷工失敗之後，則又酗酒無度，證明還是遺傳在起作用。

現實主義對「眞實」和「環境」的看法絕不是這樣。它要求歷史地具體地把握人的社會生活的全部豐富性和複雜性，要求從具體的時代環境中理解眞實的社會人生，探討人生命運的社會根源，從歷史的鏈條中發現正在消亡和正在生長的因素，指導人生的前途，創造出典型環境中的典型性格。這樣一比較，自然主義就同現實主義大異其趣了。

其次，把「科學」觀念有意識地引進文學領域，這應該說是自然主義所獨具。左拉在《實驗小說》一文中說：「把近代的科學公式運用到文學上去，便是自然主義。」又在《盧貢——馬卡爾家族》創作計劃中說：「自然主義並不像浪漫主義一樣，在個人的天才裡體現出來，或從一個團體的狂颷運動中表現出來，它只表現出科學在文學中誕生。」近代物質文明的發展與科學的發展是密不可分的，因而科學在人類生活中佔有越來越突出的地位，崇拜科學，提倡科學，成了一個時代的社會風尚。所以，在這種時代氛圍裡，把科學成就或作用反映在文學作品裡，那是不足爲怪的。如左拉在《實驗小說》中就曾引證說：「地球繞日，這是已被證明了的；假如一位詩人卻採納舊說，說日繞地球，那麼你對這位詩人將有何感想呢？很顯然，詩人如果對任何事

〔註 7〕 左拉：《實驗小說》。

實都愛冒險去作個人的解釋，那麼他就應該選擇一件原因尚不明了的事實。」如果文學中的科學精神就指這個，那是無可非議的。但是，左拉的本意並不在此，他是要把「科學公式」引進創作，具體說就是要用遺傳學、生理學、病理學的理論來解釋人的命運，這就有點不怎麼科學了。固然用科學實驗方法來觀察和解釋人生，有其合理的形式，但實際上是行不通的，因為人是歷史的產物，並不是生活在玻璃試管裡，最有趣的是左拉的這種實驗方法，原本是從貝爾納的《實驗醫學導論》中借用來的，可是貝爾納本人卻斷然否認這種方法有應用到文藝創作上的可能性。就是把這部《實驗醫學導論》借給左拉的塞阿爾，也勸告左拉放棄這種荒唐的理論，因為這種理論恰好成為批評界攻擊的口實，叫他不要再搞什麼實驗小說。多方面讚賞左拉的福樓拜，對他的實驗小說理論也不以為然，三番五次寫信勸他停止這種「實驗」，說他在實驗中不會得出什麼結果，至多不過找到自己頭腦裡所想要的東西。然而左拉不顧這些朋友們的勸告，仍天真地相信小說中人物的行為是實驗的結果。

但是，他這套理論是很難貫徹於創作之中的，就是他本人也沒有完全做到。他的創作，大多數是現實主義的，只有《德萊絲‧拉甘》、《人形獸》、《土地》等少數作品是自然主義的，他的大部分作品，乃是屬於有些自然主義因素的現實主義作品，如「為人民大眾寫作」的《小酒店》，描寫法國產業工人罷工鬥爭的《萌芽》，揭露壟斷資本主義黑暗醜惡的《金錢》等。在這些作品中反映了較深刻的社會現實。左拉在《盧貢──馬卡爾家族》的創作計劃中說：這二十卷巨著，是「研究從政變起到現在止的第二帝國。用典型人物──凶犯或者英雄──把當代社會體現出來。通過各種事例，各種情感上的表現，通過若干巨大事變和風俗上的千萬種細節來描寫整個一代的社會。」不再強調自然主義的一套，而要「描寫整個一代的社會」，這不明明是現實主義精神的表現嗎？如從作品的實際情況考察，自然有偏於自然主義一邊的，也有偏於現實主義一邊的，但綜合起來看，揚棄甚至違犯自然主義理論原則是基本方面，所以不少評論家常說：左拉只有替自己或自己的信徒辯護時才強調自然主義，而在他的創作中，卻是個反映現實的小說家。這話是有相當根據的。他的小說既有力地暴露了資本主義社會的黑暗，也表現了對中下層人民的同情，有的作品甚至明確表示：社會的前途在工人階級身上，如《萌芽》。儘管他的描寫，在很多地方僅限於表面現象，他在偶然間提出的社會改革方案，也不過是一些改良主義或空想社會主義的設想，但他在描寫的過程中，

總是以憤慨、嘲笑、厭惡的態度去對付資產階級，卻把同情留給人民，對不合理的社會現實，總是加以嚴厲的批判。這就是他的作品的可取之處。

從創作實踐上考察，左拉不僅與現實主義有如此錯綜的瓜葛，就是跟浪漫主義也未脫盡關係。早期摹仿浪漫派的創作不必去說了，就在宏偉的「實驗小說」《盧貢──馬卡爾家族》中，也有《夢》這樣屬於浪漫主義範疇的作品。此外，在《人形獸》中對火車的描寫，在《女福商店》（有的譯作《婦女樂園》中對店舖陳設、規模的描寫，也都充滿著濃厚的浪漫氣息。特別是到晚年寫《四福音書》時，簡直就是個理想主義者了。在《四福音書》中，他描寫的是「理想的家庭」（《繁殖》），「理想的城市」（《勞動》），「理想的國家」（《真理》），「理想的世界」（《正義》）。可見，左拉在發揮他的理想主義時，就把自己的自然主義理論置諸九霄雲外了。這些作品中的人物沒有個性，完全由作家任意支配。作家所喜愛的人物，就讓他長命百歲（如《繁殖》中的馬太夫婦）；作家所厭惡的人物，就叫他不得好死（如《繁殖》中那個替人亂施手術的醫生）。作家是按自己的理想來安排人物的行為命運的，所以法朗士曾說：「左拉曾堅決地反對理想主義，但他自己卻是個偉大的理想主義者。」這對左拉後期的創作來說，是有相當道理的。

正是左拉理論和創作上的這種複雜性，就提供了師承者自由選擇的可能性。茅盾就是在這種複雜性中棄其所非，取其所需而後融於自己的現實主義理論體系的。

二

茅盾提倡自然主義的時間，是在 1921 年末到 1922 年 8 月，總共不到一年。而在此之前，他不但已研究過「文學上的古典主義，浪漫主義和寫實主義」，而且還專題研究過托爾斯泰，介紹並倡導過「新浪漫主義」，從而確立了他的「為人生的現實主義」文藝觀。因此他在提倡自然主義時就不是照抄照搬左拉的理論體系，而是有所取捨，有所改造和發揮。

一種外來理論能夠引起接受國的重視、研究和吸收，固然是由該理論本身的屬性和品格的誘發力所引動，但更是由接受國的具體歷史環境的需要所決定。五四時期，一些革命的小資產階級都曾接過一些在當時看來已經開始衰敗的歐洲資產階級學說，以之作為他們反封建的戰鬥武器，如魯迅之於尼采，郭沫若之於柏格森。他們當時還不能以馬克思主義的觀點、方法去考察

這些資產階級學說，也不一定深入研究過這些學說賴以產生的社會歷史背景及其所反映的階級關係，無法將這些學說作爲特定的意識形態的完整體系去把握和吸收，更不能站在歷史唯物主義的高度來取其精華，去其糟粕。但是另一方面，我們也看到這些具有徹底反帝反封建立場的知識分子，都能以此立場爲出發點，「爲我所用」地選取這些學說中引起自己共鳴符合自己意願的部分，按自己的理解加以應用。這些被拿來的思想片斷，固然還保留著原學說的某些特點，但已不是該學說體系的原貌；固然對接受者原有的思想體系有所充實、加強或作了部分調整，但總是受到拿來者自身世界觀、政治傾向和審美趣味的融合與改造，被他們加進了某些新的內容，塗上了新的色彩，進一步加強和突出了拿來者思想體系中的某個部分、某些因素，絕不會從根本上改變拿來者思想、立場的總體性質。茅盾接受和提倡自然主義的情況也大體如此。

在「五四」新思潮和文化革命的撞擊下，茅盾較早注目於以托爾斯泰爲代表的 19 世紀俄羅斯文學的研究，從而初步確立了「爲人生的現實主義」文學觀，這是人所共知的事實，1920 年 1 月他就指出，新文學必須有「表現人生，指導人生的能力」，並認爲這「表現人生，指導人生的能力」乃是新文學的基本要素之一；同時還提出了「『美』『好』是眞實」的著名論斷。這就是說，文學應該是反映現實的，又是指導人生的，它既不同於舊的現實主義，也不同於舊的浪漫主義，而是帶有理想因素的現實主義。那麼這種新的現實主義究竟是什麼樣子？當時並沒有範本可以借鑑，只好自己去摸索探求。他當時通過對西歐古典主義、浪漫主義和現實主義的研究，明確意識到這樣幾個要點：文學既不能「專重主觀」，也不能「專重客觀」，它既要反映下層人民的疾苦，又要灌輸一種新的理想，助進新思想的傳播。但是怎樣才能使「主觀」和「客觀」相結合，理想與現實相統一，他還提不出具體的方案。於是他從西洋文學的嬗變過程中找到了「新浪漫主義」。根據當時的理解，他以爲「新浪漫主義」是既不偏於主觀又不偏於客觀而能「綜合地表現人生」的理想主義文學，所以就提倡起「新浪漫主義」來。其實，他們對「新浪漫主義」是存在著不少誤解的，由於當時未曾覺察，所以在倡導過程中才發現它離中國文壇的現狀太遠，太脫離實際，於是這才放棄了「新浪漫主義」轉而提倡起自然主義來。這是歷史的制約，也是時代要求的表現。這次思考問題的最大特點是：他不再採用爲文學的本體論去尋找創作論的方法，而改用了拿本

體論觀照創作現實，從創作現實中找出問題，然後再爲現實問題尋求解決方案的辦法，也就是放棄了抽象思辯的辦法，採用了從實際出發，按實行情況解決問題的方法。他在「爲人生的現實主義」文學觀的指導下，發現當時創作壇上存在著兩大積弊：一是「以文學爲遊戲爲消遣」的舊觀念，二是「但憑想當然，不求實地觀察」的「向壁虛造」的創作方法。爲救治這兩大弊病，他「拿來了」「自然主義」，他當時就說：「不論自然主義的文學有多少缺點，單就校正國人的兩大病而言，實是利多害少」〔註8〕。他明知自然主義有不少「缺點」，還是要輸進它，因爲茅盾堅信自然主義是「校正國人兩大病」的「對症藥」。

根據當時的認識，茅盾批判並揚棄了左拉的「專在人間看出獸性的偏見」，也批判並揚棄了左拉理論中那種「機械的定命論」思想（即用生理學、遺傳學來解釋人的命運的理論），從而明確表示，他提倡的「並不是人生觀的自然主義，而是文學的自然主義。」〔註9〕這樣把認識生活與表現生活的方法分離開來，自然有割裂之嫌，但在當時的情況之下，也不失爲一種機智的變通。因爲這樣一分，茅盾就可以放手去提倡「文學上的自然主義」了。那麼，對「文學上的自然主義」，茅盾提倡了一些什麼具體內容呢？簡單說來，就是提倡了自然主義的「客觀描寫與實地觀察」這「兩件法寶」。在茅盾看來，有了這「兩件法寶」，就可以徹底糾正中國創作界當時嚴重存在的「記帳式」寫法和「向壁虛造」的毛病，就可以引導新文學作家對創作採取嚴肅認眞的態度，眞正「到民間去」觀察，體驗生活，並學會眞實細緻的客觀描寫方法，從而使創作界出現一片嶄新的氣象。這種看法顯然已經包含著茅盾對自然主義的選擇和改造，已經不太符合自然主義的原意，更多的倒像現實主義理論了。因爲在左拉那裡，「客觀描寫與實地觀察」乃是爲「實驗」服務的，而「實驗」的目的又是爲了證明所發現的「科學」道理的。左拉所指的「科學」道理，無非就是用生理學、病理學、遺傳學的理論來證明生理遺傳對人類命運的決定作用，而這是茅盾所絕對不能接受的。因爲茅盾所關注的是如何反映社會人生並引導人們從黑暗走向光明，而不是人類的自然發展史。所以，茅

〔註8〕 茅盾：《一年來的感想與明年的計劃》，《茅盾文藝雜論集》（上），上海文藝出版社1981年版第68頁。

〔註9〕 茅盾：《自然主義的懷疑與解答》，《茅盾全集》第8卷第206頁，人民文學出版社1989年出版。

盾揚棄了左拉自然主義理論中的核心部分，只借用了他的觀察生活和表現生活的方法，又加在論證中大量引用了巴爾扎克、福樓拜等現實主義大師作例證，就使茅盾的介紹充滿著現實主義精神。這固然與他早已確立的「為人生的現實主義」文藝觀密不可分，也與他和他的同時代人未能理清自然主義與現實主義的界限有關。當時陳獨秀、胡適、謝六逸、胡愈之等，都未能將自然主義與「寫實主義」（即現實主義）界說清楚，並且在概念上也是常常混用的（詳見本書八、《茅盾早期文藝思想的本質特徵》）。茅盾在一篇關於自然主義的答辯文章中也說：「法國的福樓拜、左拉等人和德國的霍普特曼，西班牙的柴瑪薩斯，意大利的塞拉哇，俄國的契訶夫，英國的華滋華斯，美國的德萊塞等人，究竟還是可以拉在一起的。請他們同住在「自然主義──或稱它們是寫實主義也可以，只能有一，不能有二──的大廳裡，我想他們未必竟不高興吧。」〔註 10〕同時，他還從理論上闡明：「自然主義者最大的目標是『真』；在他們看來，不真的就不會美，不算善。」〔註 11〕顯然，這裡又回到「『美』『好』是真實」的現實主義命題上來了。由此可見，茅盾所倡導的「自然主義」，與其說是抓住了它與現實主義相通的一面加以生發改造，毋寧說是借用了「自然主義」的符號，在大力提倡嚴格的現實主義。這正是周揚同志說的「他始終是個現實主義者」的根據所在，也是我們所要探討的茅盾在多大程度上受了自然主義影響的答案所在。茅盾絕沒有提倡過自然主義的整個理論體系，充其量也不過倡導了它與現實主義相通的某些側面；如果說自然主義對茅盾有所影響的話，其主導面也是積極的。當然，消極影響也不能說一點沒有，如他在強調「實地觀察」的時候，同意了自然主義「必須事事實地觀察」的主張；在強調「客觀描寫」的時候，又同意了自然主義「不涉一毫主見」的觀點。這就導致了茅盾當時對生活實感和印象經驗的片面強調，使他的創作理論蒙上了一層「純客觀」的色彩，而對作家的情感醞釀和藝術再創造則強調得不夠。但是，這種片面性的主張，對當時的文壇積弊卻有猛烈的衝擊作用，當時倒是看不出什麼消極作用來，不過，從理論體系上考察，這終究是一種偏頗。對於這種偏頗，茅盾到 30 年代就已經明確意識到並逐步加以糾正了。他在《中國新文學大系·小說一集·導言》中評價李渺世、徐玉諾等人的小說時，就明確指出他們的不足之處，是缺乏對自己可貴的直接

〔註10〕茅盾：《「左拉主義」的危險性》，《茅盾文藝雜論集》（上）第 108 頁。
〔註11〕茅盾：《自然主義與中國現代小說》，《茅盾文藝雜論集》（上）第 92 頁。

生活經驗進行分析、組織、透視和理解，因而使他們的小說顯得只是「印象的再現」或「印象的片斷」。這就可以看出，他已不再僅僅把作品裡有無逼真的「印象」作為批評的尺度，而是從作家能否把直接生活經驗與生活的內在本質聯繫起來，能否對素材進行深入地開掘與昇華的高度來審視作品的優劣了。在《創作的準備》中更明確地說：左拉的創作理論「只能說明那生活圈子的表面狀況，——是它的軀殼而非靈魂。因為這樣搜集所得只是印象，並且這樣的方法往往是把此一生活圈子從社會的總的生活關係游離開來而作單獨的隔絕的觀察，因而所得的結論也就不能正確。」〔註12〕這就糾正了過去只強調生活實感和印象經驗的片面性。不過，即使在這時，他對「親自觀察」之重視也未稍減。如在介紹《子夜》的創作經驗時，仍是反覆說明作家獲得「第一手材料」如何之重要，依靠「第二手材料」如何之不成。可見他並沒有從一種片面性跳到另一種片面性，而是從創作的實際出發、正確地總結經驗教訓，吸取「自然主義」的合理因素，從而使他的現實主義理論帶有一絲不苟的嚴峻性質，形成了自己的理論體系和創作實踐的鮮明特點。正因如此，所以他能在「革命文學」的論爭中凜然抵制「公式主義」和政治宣言式的創作主張，能夠長期反對公式化概念化的創作弊病，顯示出自己特有的現實主義風貌。

　　總而言之，由於茅盾倡導外國文學理論不是為了獵奇和照搬，而是立足於中國的社會現實和文壇現實，帶著強烈的歷史責任感來指導新文學的創作和欣賞，所以他能放眼世界文藝壯潮，注目中國文苑新苗，把新文學生機勃發的內容與外來理論形態緊密結合起來，以開拓者的雄姿，面向未來，注重創新。他為救治創作上的兩大積弊，介紹、提倡經他選擇和改造了的「自然主義」，實質上又成了他發展完善自己的現實主義理論的重要環節。這樣，就使人能夠越過自然主義這個空虛的理論符號，吸收其具體的現實主義養分，增加自己對現實主義文學的感受力、鑑賞力與創作力。因此，他這段提倡「自然主義」的歷史，雖然長期受到人們的誤解與非議，但如果放在當時的歷史條件下去考察，放在他的現實主義理論形成與發展的歷史中去考察，就不能不承認，這一活動是推動了中國現實主義文藝思潮的傳播，也充實了他的現實主義理論內容的。從某種意義上說，茅盾倡導自然主義，不但沒有背離現實主義道路，而且正是得力於它，才使茅盾的現實主義文學觀呈現出特有的

〔註12〕　《茅盾論創作》，上海文藝出版社1980年版，第462頁。

品格和風貌，爲中國現代文學理論寶庫奉獻了自己色澤迥異的思想結晶。

三

在創作上，左拉對茅盾有沒有影響呢？影響的幅度，情況又是怎樣的呢？這也是我們需要進一步探明的問題。

首先，我認爲影響是存在的，但不同意過去比較流行的兩種「影響論」：一是認爲茅盾作品中有關兩性關係的某些露骨描寫是來自左拉，二是《子夜》的創作直接接受到左拉《金錢》的影響。我認爲這兩種流行的見解是膚淺表面的，甚至嚴格說來是不符合實際情況的。

關於兩性關係（即所謂色情）的露骨描寫，在左拉的作品中是不乏其例的，但從總體上看，它並不占突出的地位，而且絕大部分還是寫得比較含蓄的。如《小酒店》中的綺絲維爾之對郎第耶和古波，《金錢》中的薩加爾之對嘉樂林夫人和桑多爾男爵夫人，《萌芽》中的艾蒂納之對卡特琳。作者對他們的性關係的描寫，可以說都是比較含蓄的，而且寫的都是貧苦群眾和上流社會中的人物，對小資產階級知識分子的性愛描寫較少，露骨的描寫更少。在《娜娜》中描寫娜娜的性欲和在《萌芽》中描寫一些青年女工的性行爲，是顯得比較露骨一些，但卻寫得比較粗野，醜陋，意在寫出他們的「獸性」和「遺傳」的影響。所以，在這種地方，左拉不是作爲「遺傳」的實驗來寫，就是作爲「病理」的觀察來寫，根本不寫他們的性感，更不寫他們的情愛，寫得比較醜陋。茅盾的寫法則完全不是這樣。無論是嫻嫻之於君實，桂奶奶之於青年丙（《野薔薇》中的人物），還是靜女士之於強連長（《幻滅》中的人物）、瑪金之於蔡眞（《子夜》中的人物），都是在性愛基礎上寫他們的肉欲色情，著重寫他們作爲「人」的性感，寫得都比較美。尤其不同的是，左拉只寫了「自然人」的性欲，是爲揭示人身上的「獸性」，茅盾則在這種自然性欲的背後揭示了它的深刻的社會內容，即揭示了人物的性格特徵，這就是他自己所說的，是「穿了戀愛的外衣」來揭示人物的「階級『意識形態』的」。如對桂奶奶的性欲描寫，是在揭示經過「五四」洗禮的女性，怎樣打破貞操觀念之後正在爲追求個人的幸福而積極奮鬥，具有深刻的社會內容，是不能與自然主義同日而語的。至於瑪金與蔡眞的「色情」，一方面反映了「左」傾盲動主義路線下革命青年的精神苦悶，另一方面也展示了瑪金對革命充滿信心，蔡眞則消極悲觀的不同性格。這更不是自然主義單純性欲描寫。當然，

用筆含蓄一些同樣可以達到目的，但露骨描寫也不能就等於自然主義，因爲目的方法是有質的不同的。如果單從寫法、色調、情味方面考察，茅盾對於兩性關係的露骨描寫，倒是與莫泊桑比較接近的。如莫泊桑在《俊友》中對杜‧洛阿與洼勒兒爾太太在君士坦丁街小寓所幽會的描寫，那就不但寫出了人的性感，寫得比較美，而且表現了杜‧洛阿狡獪，洼勒兒爾太太頭腦簡單的不同性格。所以，茅盾在兩性關係上的露骨描寫，與其說受了左拉的影響，還不如說是受了莫泊桑的影響。當然，莫泊桑也是個「自然主義」者，不過他與左拉觀察、感受生活的方式是不同的，他是在直接經驗了人生之後用「純客觀」的態度赤裸裸地加以表現的。而茅盾從他那裡借鑑的，也不過是這種赤裸裸的客觀表現方法，並沒有採取他那種對人生的態度。

關於《子夜》受《金錢》影響的說法，始創於瞿秋白。瞿秋白在《〈子夜〉與國貨年》中說：《子夜》「是中國第一部寫實主義成功的長篇小說。帶著很明顯的左拉的影響（左拉的《金錢》）。」然而，茅盾是堅決否認的。於是，有些同志就對《子夜》和《金錢》進行了比較研究。不過通過比較研究，有的同志認爲《子夜》顯然受了《金錢》的影響，有的同志則認爲未受影響，仍然是兩種結論〔註13〕。那麼，究竟應該怎麼看呢？我以爲左拉的創作（包括《金錢》）對茅盾是有一些影響的，不過那不是膚淺表面的，枝枝節節的，而是內在的，潛移默化的。因此，那種極力從《金錢》中尋找與《子夜》情節、場景類似點以證明其影響的做法，我以爲是不足取的。因爲他們所找出的類似點都是似是而非的。比如兩部作品都著力寫了證券交易所的角逐和鬥爭，表面看來有其相似之處，但是，具體分析一下鬥爭的社會歷史背景、原因、過程、結果以及其中體現的歷史內容，都是絕不相同的，尤其是把這一鬥爭場面放在它們各自的整體結構中去考量，無論是所處的地位，還是所佔的比重，那更是不能比併的。所以，「影響說」所用的機械類比的方法是不盡科學的，因而也是缺乏說服力的。這樣一來，是否就完全否認了《金錢》對《子夜》的影響了呢？不是的，我認爲影響還是存在的，比方在創作動因上的觸發，某些情節和人物設置上的誘導等。但是，這種影響必須從包括《金錢》在內的左拉的整個創作體系上去考察，而不是枝枝節節地附會。這就是

〔註13〕前者參見張明亮《〈子夜〉與〈金錢〉比較論》（《現代文學研究叢刊》1983年第三期）。後者參見邵伯周《兩部成就不同的現實主義小說——〈子夜〉與〈金錢〉的比較研究》（《茅盾研究》文化藝術出版社1984年第一輯）。

下面我要談的第二個問題。

其次，左拉對茅盾創作影響的基本內容和基本情況是怎樣的呢？我以為主要是創作中的具體寫作方法和思維方式的影響。

茅盾曾反覆介紹過左拉、巴爾扎克、托爾斯泰等文學大師的創作方式和方法，希望中國創作界有所借鑑或師承。他是既「愛左拉」，又愛「托爾斯泰」的。可是到他創作的時候，又明確表態自己是「更近於托爾斯泰了」。在介紹自己的創作經驗時，又說「並不主張左拉那樣的辦法」，而傾向於巴爾扎克慣用的「滾雪球」的寫作方法。其實，仔細考察起來，他是吸收了三家之長而自成一家的，也就是說，他是受過左拉影響的。

我們知道，左拉寫小說的方法，除了前面介紹的以外，就是注意編寫「草案」「計劃」。不是先安排情節，而是先有一個極不成熟的意念，即想寫一部關於什麼人物的小說，然後就據此去搜集材料，包括親自觀察，到這種人物活動的場所去體驗感受，攝取環境氣氛，閱讀有關文字材料，並分別作好記錄，然後加以整理，寫出草案，反覆修改，再訂出詳細的肯定計劃。這樣，情節就自然出現，小說也就大功告成。他的計劃書包括人物出身、履歷、服裝、動作、相貌、語言特點、性格特徵、命運遭遇、分章設計情節場面、人物動作表情、來龍去脈等等。

茅盾在介紹《子夜》的創作經驗時也說：「先把人物想好，列一個人物表，把他們的性格發展以及聯帶關係等等都定出來，然後再擬出故事大綱，把它分章分段，使他們聯接呼應。」並且聲明這種辦法是抄自巴爾扎克的。其實，巴爾扎克寫「大綱」的方法，是先寫一個作品的「縮寫本」，然後再不斷修改補充，使之成為發表時的樣子，茅盾稱之為「滾雪球」的寫法。而茅盾的《子夜》大綱並非如此，在形式上倒更近似左拉的「肯定計劃」，只是比左拉的「計劃」詳細些，其詳細程度有點類乎「縮寫本」，故說是從巴爾扎克那裡借用來的辦法。事實上，他何嘗沒有從左拉那裡借鑑呢？可見在寫作方法上，他是受有左拉影響的。

在創作的思維方式上，茅盾與左拉也有相似之處。左拉在創作時，是將人物確定之後，放置於一定環境中「實驗」他的人物的生理與遺傳變異與否，既「客觀」又「科學」，而茅盾則在確定人物之後，將其置於一定的社會環境中，看看他在這個環境中的奮鬥掙扎和命運遭際，從而得出社會學的結論。這在內容實質上是不同的，但在思維方式上是相似的。由於創作上思維形式

的相似，所以在作品的藝術特徵上就有一定的共同點，這就是「客觀化」。左拉的「客觀化」是爲「實驗」人的生理、遺傳特徵，於是通向了「自然主義」（由於他對「社會改革」也感到興趣和純粹「實驗」人的自然屬性的不可能，所以大部分作品還是現實主義的），如《德萊絲‧拉甘》；茅盾的「客觀化」由於社會科學理論的滲透，從人與人的關係中挖掘人的社會屬性，創造出典型環境中的典型人物，所以通向了現實主義，如《子夜》，內容本質不同，思維形式則相近。

總之，茅盾所受的左拉的影響，是在寫作方法與思維形式上，而不是在題材情節內容實質上，而且這種影響也早已成爲茅盾的現實主義藝術素質的一個有機組成部分，並不是單獨在起作用，而是在現實主義藝術素質中不知不覺地在起作用，這就是左拉對茅盾創作影響的程度和情況。

最後，還要爲左拉說幾句公道話。他在理論上提倡自然主義，但在創作實踐上卻基本是現實主義的，他用「科學精神」排斥創作中的傾向性，要求「客觀化」，而在創作上揭露鞭撻上流社會的濃瘡，同情下層人民的疾苦，特別是寫出了產業工人的悲苦生活和反抗精神，卻是帶有開創意義的。在實際行動上，一般說他是脫離政治的，但在「德萊福斯」事件中所表現出來的維護正義公道的精神，還受到過列寧的高度評價。即使他的自然主義理論主張，雖有「專在人間看出獸性」之弊，有機械定命論之嫌，從整體理論體系上看是難於站住腳跟的，但是具體分析起來，也不是毫無可取之處，決不能不分青紅皂白地一棍子打死。所以，從總體上看，左拉是個值得基本肯定的人物，他的自然主義理論也有某些可取之處，我們必須批判地學習借鑑這份寶貴的文學遺產，不要一聽左拉就扭頭，一聽自然主義的名詞就反感，何況茅盾並不是個自然主義者呢？

1987 年 8 月第二次修定稿

四、茅盾與司各特 [註1]

一

　　從現有的茅盾研究資料考察，茅盾最先閱讀的外國文學作品，就是司各特的《艾凡赫》。不過，這純屬偶然，並非因為喜愛文學而閱讀，而是為了提高外語水平而採用的英語讀本。後來茅盾也未談過這次學習對他的文學興趣產生過什麼影響，所以也不能妄論。然而有一點是可以肯定的，那就是他對這部書的原文掌握得很熟，為以後的研究奠定了一定的基礎。

　　他有意識地研究司各特，是在 1924 年從事新文學理論探討的時候。這時，他不但為林紓、魏易合譯的《撒克遜劫後英雄略》（即《艾凡赫》）作了詳細校注，而且閱讀了司各特的全部著作，撰寫了比較全面詳盡的《司各德評傳》、《司各德著作編年錄》、《司各德重要著作題解》、《司各德著作版本》等，凡四萬五千餘言。此外，他還在《世界文學名著雜談》中專門介紹評述了司各特的《艾凡赫》。這些介紹和評述既表現了茅盾對司各特的喜愛和推重，又反映了茅盾對司各特的認識和評價，因而應是我們研究司各特對茅盾影響關係的最為直接可靠的資料。

　　當然，從此以後，茅盾在很長一段時間裡都沒有談起過司各特，這不能不引起我們的注意。但是，更值得我們深思的是，在他的晚年，忽然又接二連三地向我們提出學習司各特的問題。1978 年 11 月 24 日發表的《為介紹及研究外國文學進一解》中，針對解放後 17 年文學創作和研究的經驗教訓，提

〔註１〕茅盾早年譯為「司各德」。

出了擴大借鑑範圍的問題。其中曾說：「我們不但要借鑑莎士比亞，也要研究司各特，所以要研究他，就因爲 19 世紀的有影響的文藝評論家對於他的意見很不一致，因爲引起爭論的作家總有他個人獨特的風格，而也就在這裡，也許可供借鑑。」〔註2〕這就是說，在解放思想對外開放的歷史年代裡，茅盾極目世界文學的時候，他又注意起具有「獨特風格」的司各特來，對之念念不忘，並以「識途老馬」的資格諄諄告誡我們，越是有獨特風格的作家就越應該研究，越有可供我們學習借鑑的地方。可見他對藝術個性之尊重，對藝術創新期望之殷切。同時，他還給我們指出了對司各特學習研究的重點，說司各特最初雖以敘事詩一鳴驚人，「但後來風靡了歐洲文壇而至今仍然使人感興趣的，卻是他的歷史小說」。〔註3〕所以後來在《解放思想，發揚藝術民主》一文中，又著重談了向司各特的歷史小說學習藝術技巧的問題。他說，司各特的歷史小說中「不按照歷史的眞實而頗多虛構乃至臆造，是不足取的」，然而他的藝術技巧則是可以而且應該借鑑學習的。在這裡，茅盾沒有也不可能詳論司各特的藝術技巧，但從他早期寫的《司各德評傳》中看，他對司各特處理歷史題材的角度、描寫宏偉場景和刻劃人物的方法，還是頗爲欣賞的。這種賞識，不僅影響到他對處理歷史題材的看法，而且影響到他對《子夜》、《林家舖子》等小說的創作。

二

　　瓦爾特‧司各特 1771 年生於蘇格蘭首府愛丁堡市。中學畢業後在父親的律師事務所裡當見習生，然後又上大學攻讀法律成爲律師，當過塞爾扣克郡副郡長，愛丁堡市高等民事法庭庭長，最後專門從事創作，度過了平靜安寧的一生，1832 年老死家中。

　　他熱愛自己家鄉的人民和它的歷史傳說，自幼就嗜古成癖，常同自己的好友走訪愛丁堡附近的村鎮，跟當地老百姓交朋友，採集民間歌謠故事。到他父親事務所來訴訟的人，也常常向他講述自己的經歷和蘇格蘭的歷史掌故，他也大量閱讀了英國和歐洲一些國家的歷史著作和文學作品。1803 年，他的三卷本《蘇格蘭邊區歌謠集》出版，引起了評論家的重視，有的評論家讀後驚喜地稱讚說：裡面包含了「上百部歷史傳奇的素材」，它爲司各特後來

〔註2〕　《茅盾文藝評論集》（下），文化藝術出版社 1981 年版第 733 頁。
〔註3〕　《茅盾文藝評論集》（下）第 733 頁，版本同前。

的文學創作奠定了基礎。

　　1814 年之前，司各特是以長篇敘事詩蜚聲文壇的。1805 年發表的《最末一個行吟詩人之歌》，使他一舉成名，獲得了詩人的聲響。隨後他又發表了《瑪密恩》、《湖上美人》等著名長詩。但由於拜倫的詩歌問世，很快就超過了他。他說：「在描寫強烈的激情方面，在洞察人的心靈深處的秘密方面，他（指拜倫——引者注）都勝過了我。」所以，他不得不在詩壇「謹慎地偃旗息鼓」，「改弦更張」，去從事歷史小說創作。《威弗萊》（即《威弗利》）是他改弦後寫出的第一部歷史小說。這部以 18 世紀蘇格蘭歷史為題材的小說發表之後，立即受到了意外熱烈的歡迎。於是司各特用「威弗萊作家」的化名連續發表了許多歷史小說。他寫得快，又寫得多，往往一年能寫出兩三部小說來。從 1814 年到 1832 年，司各特共發表了 27 部長篇和一些中短篇小說。這些小說，無論在蘇格蘭、英國，還是在其他歐美國家，都普遍受到歡迎，對世界近代文學的產生和發展都發生了廣泛而深遠的影響。許多著名作家，如英國的狄更斯、斯蒂文森，法國的雨果、巴爾扎克、大仲馬，俄國的普希金、托爾斯泰，美國的庫柏等，都從他這裡得到了不少教益和啓發。在中國，也先後翻譯出版了《撒克遜劫後英雄略》（另一譯本為《艾凡赫》）、《密得洛西恩的監獄》（另一譯本為《中洛辛都的心臟》）、《修墓老人》（即《清教徒》）、《紅酋羅伯》（即《羅布‧羅伊》）〔註 4〕、《十字軍英雄記》等，並且都成了中國讀者愛讀的作品。所以，這樣的作家引起茅盾研穷的興趣並不是偶然的。

　　對於司各特所寫的歷史小說，正如茅盾所指出的，世界著名的文學評論家的評價是「很不一致」的。有的說它是浪漫主義的，有的說它是現實主義的；有的說它反映了歷史的真實面貌，有的說它違背了歷史的真實；有的說司各特是近代小說的「宗師」，有的說他是個只會賺錢而毫無藝術才能的創作匠。如此等等，評價懸殊。然而，我們必須撥開批評者們偏執的迷霧，從作品的實際出發來作出比較準確的評價。

　　從作品的實際情況考察，司各特的歷史事件都是有據可查的，而且還能做到不因自己的主觀好惡而改變歷史的基本面貌。只是因為他創作小說的興趣並不在歷史事件本身，而是在人民群眾對歷史事件的感受和反應，所以，

〔註 4〕《密得洛西恩的監獄》，上海譯文出版社 1982 年出版；《中洛辛都的心臟》，人民文學出版社 1981 年出版；《紅酋羅伯》，上海譯文出版社 1983 年出版。

他的筆力都集中到特定歷史事件中人民群眾的生活狀況、思想情緒、願望要求的描述上，而把歷史事件推到了背景的地位。這樣，他的歷史小說就成了特定歷史時期人民生活、精神面貌、風俗習慣的寫照，而不是歷史事件的演義，歷史事件常常被生活事件所淹沒，甚至有些走形。不過，從歷史唯物主義的觀點說，這不是違背歷史的真實，而是更加靠近歷史的真實。所以，西歐不少歷史學家都從司各特的小說裡受到啟發，從而改變了為帝王將相作家譜的歷史觀。譬如《紅酋羅伯》和《中洛辛都的心臟》就是這種寫法的代表。

《紅酋羅伯》反映的是 1715 年詹姆士黨人起義的歷史事件，但它並沒有以此為中心構築故事情節，而是以法蘭西斯的家庭矛盾和個人遭遇貫串全書，歷史事件只不過是主人公生活遭遇的背景和一些重要插曲。法蘭西斯原是倫敦富商威廉的獨生子，因酷愛文學而失去老父親的歡心，被父親逼迫趕到英格蘭北部叔父希爾德布蘭家寄居。他剛到叔父家就遭歹人誣陷，幾乎銀鐺入獄，幸賴蘇格蘭俠盜羅伯‧羅伊援助，才免遭縲絏之苦。他在叔父家與正在那裡寄居的表妹狄安娜相戀，不料表妹竟是重要的詹姆士黨人，並且正在積極地籌劃起義活動，於是他也稀里糊塗地捲入了這次起義。這次起義，是斯圖亞特王族的復辟活動，又代表了蘇格蘭民族反抗英王統治的情緒，所以參加起義的紅酋羅伯等人民群眾，作戰都非常勇敢，但對斯圖亞特王室的復辟陰謀又懷著反感。這從紅酋羅伯的言行中可以看出來，從狄安娜的心理狀態中也可感受到。由於起義軍勢單力薄，終以失敗而結束。在這次起義中，希爾德布蘭家，除賴希利見形勢不妙投敵告密外，全部壯烈犧牲。法蘭西斯因此繼承了叔父的宅邸田產。但因他把狄安娜與其父菲德烈藏匿在宅邸之內，便同遭賴希利逮捕。這時俠盜羅伯趕來，手刃了叛徒賴希利，把菲德烈‧狄安娜護送出國。最後，法蘭西斯屈從老父意願經商，威廉也打破宗教隔閡，允許獨生子法蘭西斯從法國修道院中迎娶了狄安娜，一對有情人終成眷屬。由此可見，作者是通過一個與歷史事件有點聯繫，但本質上是個局外人的經歷感受來反映和評價這段歷史的，尤其通過法蘭西斯與紅酋羅伯的友情，更多的歌頌了紅酋羅伯等人民群眾的優秀品質，從而突破了保守主義思想的局限，使作品對這一歷史事件的評價，與進步的歷史學家所作的科學結論，取得了本質的一致。只不過在小說中，歷史事件的本來面貌被一些次要人物和局外人物的恩恩怨怨掩蓋了，這是作者選取的角度決定的，也是小說的特性決定的，不是司各特反映得不真實。所以我們說，司各特筆下的歷史圖景，

不是正史式的，而是民間傳說式的。

對於司各特來說，歷史的眞實可靠性就在於某一具體時代所特有的精神生活、道德觀念、英雄主義、犧牲精神、堅定信念等等。這些才是司各特歷史眞實中最重要的、永遠不會消失的、對文學的歷史來說也是劃時代的內容，而不是那些被人稱讚的、膚淺表面的古風民俗和「地方色彩」，——這些東西不過是輔助性的藝術手法，單靠它是決不可能表現出時代精神的。因此，司各特作品中的主人公的偉大品質及其缺點局限，都同樣是來自一個確定的歷史的存在基礎。正像巴爾扎克說的，「這些人物是從他們的時代的五臟六腑裡孕育出來的。」但他並不採用精神分析或心理解釋的辦法，讓我們去熟悉一個時代精神生活的特殊歷史性質，而是通過對它的本質所作的廣闊描繪，向我們顯示出思想、情感、行爲是如何在這種基礎上產生的。如《中洛辛都的心臟》中的珍妮·迪恩斯，就是這樣創作出來的最偉大的女英雄人物。英國資產階級革命，曾利用教會矛盾，支持贊助加爾文教派反對聽命於國王的天主教，使加爾文教派發展爲民主自治的新教，即清教。可是資產階級取得政權之後，又對貧困落後的蘇格蘭橫征暴斂，實行血腥統治，使蘇格蘭人民忍無可忍，屢屢發生暴動。作品中寫到的「卜丟司暴動」，就是在蘇格蘭首府發生的一次大規模的反英暴動，也就是反對資產階級政權的暴動。作爲虔誠信奉清教的農村姑娘珍妮，在這次「卜丟司暴動」中，雖然同情人民，對英國統治者不滿，但卻採取了旁觀的態度，因爲她參加的教派是支持現政府的。當她的妹妹愛菲蒙受冤獄之後，她卻表現出了驚人的偉大力量。愛菲同其情人唐斯頓「野合」私生一子，但被唐斯頓前一情婦轉移，並誣告愛菲有殺嬰罪。按照英國強加給蘇格蘭人民的法律，犯殺嬰罪即需判死刑，而且不需要查實，只要根據另一條理由「推斷」就可定罪，即「殺嬰者」是否在事先將懷孕情況告訴過別人：如果告訴過別人而且有人證明，就可豁免；如果一直保守秘密，未告訴過別人，就一定要判死罪。可是誰能出庭爲愛菲作證呢？唐斯頓因積極參加「卜丟司暴動」正被通緝，他的第一個情婦已經瘋了，都無法去做這樣的證明。只有愛菲的姐姐珍妮是最合適的人選。所以唐斯頓先要求後威脅地要她出庭作證，愛菲也悲痛欲絕地請求她作個證明，姊妹之情使她痛苦萬分。但是，誠實純樸的性格和清教徒的信仰，使珍妮難於說謊，出假證明。因此，法院即宣判了愛菲的死刑。但是，珍妮堅信妹妹無罪，於是便下定決心，自籌路費，利用執刑前的一個月時間，千里迢迢地徒步去倫

敦向國王請求赦免妹妹之罪。在路上歷盡艱險，終於在同鄉亞蓋爾公爵的幫助之下得到王后的恩准，從獄中救出了她的妹妹。這些內心矛盾和果斷的行動，充分表現了一個真正偉大的人物所具有的豐富的人性和單純的英雄主義。然而這又是那個特定的歷史環境所造就的英雄人物：沒有經過資產階級的民主啓蒙，很難想像一個一文不名的農村姑娘會有如此果敢的英雄行為；而無天然純樸的誠實性格，便又會滑向資產階級的唯利是圖，所以她既不作假證，又在目的達到之後便回到了平凡的日常生活之中，成為無所作為的庸人。作者極力讚頌的是珍妮身上那種偉大而永恒的人性，可是他不知道這種人性力量與歷史的發展並不是同步的，所以在珍妮完成了偉大歷史使命返回平庸的生活之後，作者仍給以高度的讚美。其實她後來過的那種寧靜幽雅的田園詩般的生活，並不代表歷史前進的趨向，甚至是一種倒退。在這裡，充分反映了作者的保守傾向。但是，他對珍妮堅持正義、反抗強權、不怕犧牲精神的讚美，則代表了歷史前進的力量，還是應該充分肯定的。因此，我們肯定的是他的人性歷史觀與社會發展相統一的部分，而不是肯定他的人性歷史觀與社會發展相矛盾的部分。也就是說，他的歷史小說相當深刻地反映了歷史的真實面貌，但反映得還不夠準確、全面、完整。我們必須具體分析，區別對待，既不籠統肯定，也不籠統否定。

此外，為了全景式地再現歷史的輪廓，司各特善於多線索多層次地構築故事情節，畫面廣闊，而又主次分明，色彩協調，尤其是描寫群眾性的大場面，更是精彩獨到，令人稱絕。如《艾凡赫》開頭的賽馬會場面，《紅酋羅伯》中的阿爾德湖畔山民殲滅英軍的場面，《中洛辛都的心臟》中愛丁堡人民暴動的場面，真是寫得壯闊宏偉，又清晰可聞。總而言之，像司各特這樣一位才華卓著的藝術大師，尤其是在創作中所表現的那種關心人民和宏放精細的藝術風格，怎能不牽動茅盾的藝術神經，欣欣然而加以仔細地研究借鑑呢？

三

1924 年茅盾寫的《司各德評傳》〔註 5〕，雖然不過是泛泛而談，但也流露出他對司各特的偏愛和推重。這反映了他初步研究後的感受和心境。

〔註 5〕 包括《司各德著作編年錄》、《司各德重要著作題解》、《司各德著作的版本》等，由商務印書館 1924 年 3 月印行。

在評傳中，茅盾突出介紹評述了司各特在西方文學中的歷史地位及其歷史小說的藝術特點。他引證西方的評論說，司各特是西方第一個成功的歷史小說家。在他之前，雖有人寫過歷史小說，但類似中古的傳奇，不是直抄正史，便是向壁虛造。只有到了司各特，「方才運用十八世紀的進步的治史學的方法，把古代正史的記載、俗歌的逸事，用想像的繩索貫串起來，又披上了近代小說的精密結構的外衣，於是遂建立了歷史小說的模範。」〔註6〕雖然它和後來名家創作的歷史小說比較起來還顯得有些「幼稚」，還不能算作標準的歷史小說，但是它卻是後來歷史小說發展的基礎，開創了近代小說的源頭，成了雨果、巴爾扎克、大仲馬、福樓拜、普希金、托爾斯泰等「各有千秋」的小說派的「宗師」。

司各特的文筆，縱橫姿肆，奇詭神妙，像一根萬丈長的火柱，它的光焰，耀人眼目，使讀者目眩神迷，不能近視，所以也看不出火柱身上的斑點。因此，司各特的歷史小說的影響遍及歐洲，「獨霸文壇，沒有敵手」。雨果從他這裡學到了「用字之多和色彩之明艷複雜」，巴爾扎克學到的是「對於環境的細密的描寫」，普希金從中看到的是平民化傾向，「對帝王和英雄沒有那種農奴式的偏愛」，「偉大的場面就是家常的場面」，對歷史情景反映的「絕對」客觀眞實〔註7〕。

這是極高的評價，也是茅盾對西洋文學「探本溯源」所進行的一項基礎工程。

司各特歷史小說的藝術特點（包括長處和短處），茅盾是這樣評述的：

（一）描寫的範圍極廣。在時間的長度上，「上起第一次十字軍時代，下迄拿破侖皇朝，凡七百七十餘年之長。」不過在司各特的創作過程中，並不是按照歷史順序一一寫下來的；而是由近及遠，先寫 17、18 世紀，然後上推到 12 世紀的古代。在空間範圍上，也是先寫自己的祖國蘇格蘭，然後擴展為英國，再擴大到法國、西歐等。這就是說，司各特是先寫熟悉的題材，後寫不太熟悉但靠書面研究而逐步熟悉的題材，這大體反映了司各特的創作狀況。必須指出的是，他寫的最好的歷史小說，則是描寫 17、18 世紀蘇格蘭社會生活的小說。如《威弗萊》、《紅酋羅伯》、《修墓老人》、《古董家》、《中洛辛都的心臟》等。這幾部描寫蘇格蘭社會民情的小說最能代表司各特的藝術

〔註6〕《司各德評傳》，商務印書館 1924 年 3 月出版。
〔註7〕此處引文，均見《司各德評傳》。

風格。此外的小說，雖然也有佳構，如《艾凡赫》，但多數作品中的人物、風景都不免有些模糊，絕對比不上「蘇格蘭小說」。

（二）司各特的創作力是非常的，不但寫得極多，而且寫得極快，因此，他的作品一方面缺乏對歷史資料的考證研究的功夫，不少作品與歷史事實難於吻合；另一方面，雖長於描寫，但缺乏嚴密的「佈局」，於是常出現拖沓冗長的毛病。關於前者，茅盾認為，歷史小說雖不必照錄史實，但必須盡可能符合歷史眞實，並要對歷史事實做深入細緻的考察研究，決不能任意杜撰。他用福樓拜寫《薩蘭坡》的認眞精神，說明司各特在「搜羅史實方面」的缺點。他說，福樓拜做《薩蘭坡》的時候，讀過 98 種和卡薩基有關的書籍，並親身到突尼斯去考察過，使作品描寫臻於精確。而司各特的歷史小說並不是「處處有根據有出處」的。如《撒克遜劫後英雄略》中，就有許多不符合歷史事實的敘述，人物描寫也有不少是來自「現代」。所以，司各特雖是歷史小說的創始者，也是成功者，但卻不是「最正則的歷史小說」。其實，歷史小說本有兩種寫法：其一是「博考文獻，言必有據」；其二是「只取一點因由，隨意點染，鋪成一篇」〔註 8〕。這兩種寫法，茅盾後來都是肯定的〔註 9〕，而這裡卻偏向一種，似欠公允，不過，茅盾在批評了司各特歷史小說有許多不符合歷史事實的敘述之後，也肯定了他的藝術才能。他說，司各特的寫法是「把人物描寫納入歷史的骨架裡」，「著意描寫的是古俗，史實不過是外面的一件罩袍罷了」。「因為目的在『保存』古俗，故而史實的正確與否，司各特是不太注意的」。在他的小說裡，「敘述歷史的浪漫的逸事，是傳奇主義的精神」，而「描寫社會背景卻是寫實主義的精神」，而且他能把「這兩種不太容易融合的精神」在創作中有機「融合」了。這樣寫可以增加作品的「藝術趣味」，所以這種寫法也是「不必深譏」的。關於司各特小說缺之「佈局」的問題，茅盾是根據「近代小說」的結構要求評斷的。但是，司各特是「近代小說」的創始人，存在這樣的缺點是應該諒解的，因為「佈局」精到，結構嚴密是在近代小說創作實踐中逐步發展起來的，不能在其創始階段就要求十全十美。

〔註 8〕 魯迅：《故事新編·序言》，《魯迅全集》第 2 卷，人民文學出版社 1982 年版第 342 頁。
〔註 9〕 茅盾：《玄武門之變·序》，轉引自《故事新編·資料匯編》1976 年版第 307 頁。

（三）司各特小說的最大優點是善於刻劃人物，善於描寫場景和人物對話，「配景」描寫尤其出色。

茅盾認為，「人物描寫是司各德一切作品的精彩所在」。「凡讀司各德小說而感動的，一定是被書中那些男英雄女英雄所感動」。而塑造這些人物的方法，主要是從這些人物與環境的苦鬥中來刻劃的，是「由外向內」的寫法，不是「由內向外」的寫法。「他描寫形體與表面比描寫情緒與內部更盡力得多。」所以這些人物是活生生地行動著的人，但很少描寫他們的心理活動。他的小說是動作小說，而不是心理小說。這一點，儘管常為後人所垢病，但也自有它的好處，這就是生動活潑，引人入勝。他寫的武士，既不是蒙泰涅（即蒙田）所怒責的「嗜殺的任性的」武士，也不是塞萬提斯所挖苦的「莽撞的」武士，而是真正理解了武士精神而寫出的武士。他們既勇敢又仁慈，斂時如處女，發時如雷霆，這是理想的武士的典型。如紅酋羅伯。而理想的女英雄珍妮和呂具珈，永遠以其樸素自然的形態活在讀者心裡。

茅盾特別欣賞司各特的「配景」描寫。他說，司各特有「嗜古」的天性。他對純粹的自然美是淡漠的，但對有歷史背景的「自然」卻特感興趣。如這一排古樹是瑪麗王后所手植，那一泓山澗曾為獅心王查理一世飲馬之處，……他便油然而生愛慕之情，永誌不忘。而這種天生的嗜古癖和他小說中的「配景」大有關係。他寫「配景」的特色在這裡，缺點也在這裡。因為他的興趣在於古事，所以他特別熟悉那些古堡的建築，貴族人家的陳設和服裝樣式，民間習慣，大森林中俠客的行徑，比武場上的規則，以及古代吉凶軍賓之禮儀；他應用這些積累來描寫他小說裡的「配景」，便能使古俗再現於讀者的眼前。但寫純粹的自然景色，他的文筆就顯得拙劣了（不過夜景寫得較好）。

此外，司各特寫對話也是十分精彩的，並已為許多評論家所稱道。可以說，描寫對話是他刻劃人物性格的主要藝術手法。

最後，茅盾介紹勃蘭兌斯、克羅齊評價司各特的小說時，都指出了他對道德教育的重視。對此，茅盾雖然沒有展開評述，只客觀介紹了一下，然而，作為「為人生而藝術」的倡導者的茅盾是不會無動於衷的。

四

茅盾所受的影響和效應。

接受一種外來影響，必有接受主體的內在動因。最美的音樂，對於聾子

是不會產生反應的。因此，研究司各特對茅盾的影響之前，必須先看看茅盾喜歡司各特的原因。

茅盾讀小學時，經常寫的作文內容就是「史論」，而且每星期一次。這樣長期訓練的結果，就使茅盾從小對歷史產生了特殊的愛好，在作文中常常跟著老師的指點，「論古評今」，而且愈寫愈好，經常受到老師的褒獎，這也更激起了他對歷史的興趣。《宋太祖杯酒釋兵權》，六百來字的文章，就既寫出了宋太祖的身世，釋兵權事件的經過等史實，又突出了宋太祖杯酒釋兵權後的形勢和後果的分析，寫得極其簡明而扼要。所以老師的批語是：「好筆力，好見地，讀史有眼，立論有識，小子可造。其竭力用功，勉成大器！」《吳蜀論》，老師的批語是：「是篇於三國時局了然明白，故揚揚數百言，自得行文之樂。」《文不愛錢武不惜死論》的批語，又是「慷慨而談，旁若無人，氣勢雄偉，筆鋒銳利，正有王郎拔劍斫地之慨！」此後，在相當長的時間內，歷史著作成了茅盾案頭常讀之書，讀過二十四史，對其中的《史記》、《漢書》、《後漢書》、《三國志》等更是反覆誦讀。培根說：「讀史使人明智」，有助於思維的正確訓練。茅盾藝術思維的開闊，文學批評與創作中「史筆」的運用，對歷史意識的推重和強調，都和他少年時期的「史論」訓練有關；他對外國文學中「編年史」作品的重視，對「規模宏大」藝術的喜愛，接受司各特、巴爾扎克、左拉、托爾斯泰等人的影響，在很大程度上是由他偏愛史詩般藝術的美感心理積澱作用的結果，而對這類外國文學的閱讀研究又深化了茅盾的這種審美情趣。這就是茅盾接受司各特影響的發生動源。

當然這個接受動源是不完備的。就茅盾來說，在傳統文化中他接受了儒家的積極「入世」思想，又受到父母和老師的維新思想的影響，尊重科學，追求民主自由，並「以天下為己任」自許。所以，從青年時代起，就熱心積極地參加政治活動，是中國共產黨最早的一批黨員之一，大革命期間一直處於政治鬥爭的漩渦中心，經受了磨練，飽嘗了苦痛，但始終關心著民族的解放大業，孜孜不倦地探求著民族解放的大道，以戰士的姿態，用筆作武器，盡力從事並領導著文化工作。這在文學上就表現為強烈的革命功利觀。所以他的文藝理論和批評，他的文學創作，就始終集注在歷史發展規律的研究探索上。這樣一來，司各特的規模宏大的歷史小說就自然成了他偏愛的對象之一。

從司各特的歷史小說中，他可以吸取站在人民立場上觀察歷史的方法，

可以學習司各特客觀分析和再現歷史的經驗，這對茅盾創作的思維定勢雖不起決定作用，但卻起到了加強和深化的作用。

必須明白，接受體與發送體的相互反射、分解、同化過程是極為複雜的。在這裡分析接受體的複雜心理過程顯然不具備條件，—— 一是作為接受體的茅盾沒有留下這種思想變化的資料，二是目前心理學的理論也還難於解釋清楚。但是，真正的影響永遠是一種潛力的解放，則是無可懷疑的。司各特對茅盾的影響，從茅盾的創作風格和理論表述上，是可以看出某些痕跡的。

首先，司各特的歷史觀念對茅盾是有影響的。當然，茅盾的歷史觀念主要來自馬克思、恩格斯的歷史唯物主義，但是怎樣在小說中正確表現這種觀念，司各特在歷史小說就成了重要參照對象。司各特並不是個歷史唯物主義者，但是他在處理歷史題材時那種關心人民、以當時人民的是非標準來評價歷史的態度，以及冷靜、客觀、理智的心理素質，不會不影響到茅盾。司各特在政治上雖是個保皇派，但他在處理那些重大歷史題材時，總是注視著歷史變動對人民生活和思想情緒帶來的變化，並能站在下層人民的立場上來評判這些歷史變動。因此，在他的小說中「上層」統治者一般都不是正面人物；如果有時作為正面人物出場，那就是他們還同人民群眾保持著一定的聯繫，或某些政治措施對人民有利，如亞蓋爾公爵。而人民群眾形象，則是判定歷史變動優劣的試金石（標尺），從他們的情緒、願望、要求中來評判歷史進程中的是非，就比較正確，如紅酋羅伯。當然這種評判未必都是科學的——用善良的人性來評判資本主義的發展，往往只看到其道德的墮落腐朽，從而產生對物質文明的厭惡，這是歷史局限，但這種從人民的立場來看歷史，則是符合歷史唯物主義的基本精神的。如《紅酋羅伯》中對於詹姆士黨人起義的評價，就和恩格斯的評價基本一致。同時，為了全面準確地反映歷史真象，司各特常用「中間人物」作為作品中的主人公，因為這種人物與各方面有廣泛的聯繫，又處於持平公允地評價歷史的地位，所以這種人物對於全面反映歷史現象是最為適宜的。茅盾深得其精髓，也常用這種「中間人物」來組織他的小說情節。如老通寶、林老闆、張恂如就是這種人物的典型。細考起來，吳蓀甫、梅行素、趙惠敏等又何嘗不是這種「中間人物」呢？當然，這種歷史觀念和表現方法，茅盾從托爾斯泰和巴爾扎克那裡吸取的要比從司各特這裡吸取的要多些，司各特不過是在較低的層次上影響了茅盾，但不能不承認司各特也對茅盾產生了影響。

其次，茅盾創作的宏觀性，雖然從托爾斯泰、巴爾扎克、左拉那裡有直接的借鑑，但從司各特這裡也自然得到了啟發。如評論家最近重視了《戰爭與和平》和《艾凡赫》的開頭對《子夜》開頭的影響，並作了有益的比較研究。這就是作品的多線索複雜交織又能綱舉目張的藝術結構。自然，這種宏觀性的藝術思維形式，是與從全局上探索歷史發展規律聯繫在一起的。我們不能離開他們的歷史觀念來談他的宏觀性，但是宏觀性的思維方式則是可以學習借鑑的。在茅盾所器重的藝術大師中，幾乎都有宏觀性的思維方式。這就是他們審美情趣的一致性。而這種審美情趣的一致性又形成了他們作品共有的「編年史」性質，雖則有的是寫歷史題材，有的是寫現實題材。

再次，司各特作品的色彩瑰麗和善於描寫群眾性的大場面，也是茅盾所特別欣賞的。因此，茅盾不但對此做過高度評價，而且在創作中也有所借鑑。如《中洛辛都的心臟》中的「卜丟司暴動」中的群眾場面的描寫，與《子夜》中的裕華紗廠工人罷工場面的描寫，藝術上就有不少相似之處。

最後，我以為司各特歷史小說的長處和短處，經驗與教訓，作為一個重要的參照系統，對茅盾正確處理歷史題材意見的形成，也是會有幫助的。這種幫助，也就成了茅盾關於歷史劇理論的重要依據之一。

1988 年 3 月修改定稿

五、茅盾與梅特林克〔註1〕

一

　　在西方諸多現代派作家中，茅盾對象徵主義劇作家梅特林克是特別垂青的。早在 1919 年 2 月，不滿 23 歲的茅盾就翻譯發表了梅特林克的象徵主義戲劇《丁達奇爾之死》，1920 年 1 月又欣然向中國讀者介紹了《表象主義戲曲》（當時一般都把象徵主義譯爲「表象主義」），2 月 25 日還發表了《我們現在可以提倡表象主義文學麼？》這篇重要論文〔註2〕，提出了把「表象主義」作爲「寫實主義」的「調劑」和「補充」的著名論斷，8 月又翻譯了梅特林克的劇作《室內》，1921 年 2 月便發表了《梅德林克評傳》，〔註3〕全面介紹評述了梅特林克的創作，同年 6 月看了中西女塾演出梅特林克的夢幻劇《青鳥》（當時譯爲《翠鳥》）之後，還立即寫了觀後感，以無比喜悅的心情對它的內容和藝術特點進行了高度讚揚和評價。這就是茅盾在倡導階段對象徵主義所表現的高度熱情和付出的心血。我們從中不僅看到了他在文學革命運動中的宏放胸懷和敏銳眼光，而且也看出了他對梅特林克的偏愛。

　　從 1925 年開始，爲了倡導「無產階級藝術」，茅盾便接二連三地對現代派藝術進行了全面批判（包括象徵主義藝術），而且批判的態度一次比一次嚴厲。但是，不管哪次批判，他都沒有全面否定過象徵主義，總認爲象徵主義文藝比起後來出現的各種現代派文藝尚有可取之處，尤其對梅特林克的創

〔註1〕茅盾早年譯爲「梅德林克」。
〔註2〕發表於《小說月報》，1920 年 2 月 25 日出版，第 11 卷第 2 號。
〔註3〕發表於《東方雜誌》，1921 年 2 月 16 日出版，第 18 卷第 4 號。

作，更是審慎地否定其悲觀主義思想和宿命論的觀點，肯定其藝術上的高度成就，具體地進行分析評價，特別是對梅特林克在 1911 年轉變之後的作品，更是推崇備至〔註4〕。1935 年還翻譯發表了梅特林克的散文《「蜜蜂的發怒」及其他》，甚至到了晚年，茅盾對梅特林克仍然念念不忘，要求新時期的文學家下功夫研究 19 世紀末在歐洲風靡一時的象徵主義大作家梅特林克，以擴大我們學習借鑑的範圍，創造出更新更美更好的文學來。這說明他對梅特林克的象徵主義藝術是始終抱有好感的，也說明梅特林克的象徵主義藝術是給茅盾留下了美好而深刻的印象的。本文就是想從茅盾對梅特林克藝術的譯介評述中，來看看他是怎樣批判的繼承，怎樣吸收消化的，也就是看看梅特林克對茅盾究竟產生了些什麼影響，這些影響在茅盾的現實主義文藝思想中占著什麼位置，又是怎樣融匯化合的，從而進一步探明革命現實主義吸收融匯現代派藝術方法的可能性，以使我們對現代派藝術的研究更深入一步。

二

莫里斯・梅特林克是象徵主義文學的代表人物之一，是近代傑出的戲劇大師，1911 年獲諾貝爾文學獎金，他的作品具有世界聲譽。茅盾說：「講到他著作的完美，他對於世界的影響，我們就稱他為當今第一文學家，也不算過分。」〔註5〕他寫過詩，寫過戲劇，寫過散文，寫過象徵主義理論，然而成就最高的，還是他的劇作。他的戲劇寫得深有寓意，清麗委婉，哀怨動人，好像從原野上吹來的一陣清風，趕走了當時劇場裡自然主義的污濁之氣，使觀眾頓時耳目一新。他把象徵主義領上舞臺，給觀眾留下了更多的想像餘地，使他們在看戲的過程中能用更多的心靈去感受體驗，從而革新了舞臺，推動了當時戲劇藝術的發展。

梅特林克戲劇中的人物，大都不是滿懷信心去與不幸命運鬥爭的人物，也不是充滿幻想熱情奔放的人物，而是任憑命運擺佈不去抗爭，或戰戰兢兢盲目掙扎的人物，所以昂利・格魯阿在《法國文學史》中稱梅特林克的戲劇是一種「憂傷的象徵主義戲劇」。而戲劇中這種憂傷的象徵主義特質是與梅特林克對人和世界的理解認識直接有關的。他認為世界有看得見的世界和看不

〔註4〕 見《近代文學面面觀》（1929 年 5 月世界書局出版）和《西洋文學通論》（1930 年 8 月世界書局出版）。

〔註5〕 《梅德林克評傳》，載 1921 年 2 月《東方雜誌》第 18 卷第 4 號。

見的世界，人有看得見的人和看不見的人，人和世界都有這種兩重性。只有把這看不見的與看得見的合為一體，象徵它們，預示他們，才具有實在性，因為看不見的人和看不見的世界才是真的實在。在看得見的世界裡，看得見的每個人的每個行為僅具有一般意義，只有這個人的這個行為表達了心靈的活動和預感才獲得了真正的意義。梅特林克認為，人是生活在一個「象徵——預兆」的迷宮裡，心靈將其預見的結果，甚至是錯誤的結果，通過看得見的東西傳遞給別人，看不見的世界也將大量的徵兆通過看得見的世界傳遞給人們。可是，人們接受到心靈的信息而不能理解，看到了宇宙的徵兆而不能加以解釋。如果他們有幸能夠瞭解自己，他們就可能身心獲得完滿的幸福。然而心靈通過言語和行為傳遞信息的努力總是徒勞的，因為人的悟性太可憐了，理解不了看不見的智慧的信息。這是一種唯心主義的不可知論和宿命論的混合物，所以他的劇作常常帶有神秘色彩。這種哲學觀點是理解不了資本主義社會中人們的悲劇命運的，所以他的戲劇中（尤其是前期的劇作）常常充溢著悲觀主義情緒。這是資本主義急劇發展，使人對自己的命運失去控制，普遍感到頹唐失望的心態的反映，是對人性毀滅的一種預感，但又無力挽回，只好無可奈何地掙扎著，慨嘆著。《馬萊娜公主》、《丁達奇爾之死》、《佩列阿斯與梅麗桑德》〔註6〕中的主人公，都是善良、純潔、青春、美和愛的化身，然而一出場就受到惡勢力的壓制，他們卻不敢反抗，甚至沒有想到反抗，只是被動的接受命運的擺佈，接受死神的召喚。馬萊娜公主為了尋找心上人，長途跋涉來到夏勒瑪爾王國，找到了夏勒瑪爾王子，可是想把自己女兒嫁給夏勒瑪爾王子的安娜王后，卻趁馬萊娜生病之機，藉口看望她而將她活活勒死。馬萊娜雖有許多不祥的預感，但並沒有想到會害死她，更不明白安娜王后為什麼要害死她。所以她就稀里糊塗地死了，根本沒有什麼反抗。丁達奇爾更是一個毫無反抗能力的幼兒，只能任人宰割。他的姐姐和保護他們的老師曾試圖反抗，但在強大的惡勢力面前也只能戰戰兢兢地盲目掙扎，既不能自救，也奈何不了惡勢力一根毫毛。佩列阿斯與梅麗桑德發生愛情之後，預感到災禍的降臨，便決心出海遠遊，一去不返。可是，當他同梅麗桑德最後告別時，卻被嫉妒的兄長刺死。在兄長持劍趨來之時，他不但沒有反抗，而且也不躲避和逃跑，任憑兄長一劍刺死。可是，在梅特林克筆下，一切真的、善的、美的，在黑白顛倒的現實世界裡，都是命中注定要毀滅的。

〔註 6〕 《梅特林克戲劇選》，外國文學出版社 1983 年出版。

　　爲了表現看不見的世界和心靈向主人公不斷發出警告，爲了表現命運的不可抗拒，梅特林克運用了大量的象徵筆法。馬萊娜公主生病之後被關進陰森森的房間裡，無人陪伴，身邊只有一隻大黑狗，而且不停地發抖；房間外的過道裡人們竊竊私語；暴風雨突然大作，像千萬隻手在敲擊馬萊娜公主房間的窗戶。這都是不祥的徵兆，但馬萊娜並不理解，甚至沒有看出它的不祥。梅麗桑德在盲人泉邊玩弄結婚戒指，失手將戒指落入水中，與此同時，丈夫高洛在森林裡從馬上摔下跌傷。梅麗桑德傍晚在陽台上一面梳理自己美麗的長髮，一面與站在陽台下面的佩列阿斯嬉戲，她的長髮突然纏住佩列阿斯的頭頸鬆不開了，梅麗桑德養的鴿子也突然受驚全部飛走。這是看不見的命運的感應，各有表面的覺察，但不理解，更不知怎樣去把握自己的命運。丁達奇爾的姐姐去尋找他時，發現一扇大鐵門把她姊弟倆隔開，好像是生與死之間不可逾越的障礙。加之舞臺上傳奇色彩的布景設計，誇張的聲、光效果，弦外之音的台詞，吞吞吐吐的對話，自然會使觀眾產生一種不祥的預感，爲主人公的命運擔憂，使舞臺籠罩著一層神秘氣氛。如此等等，都是梅特林克對現實體驗感受的心靈表現，但它是用象徵暗示的方法表現的。

　　象徵主義戲劇的根本特點，是用一定的對應物來表達作者的理念，不是忠實地再現生活。所以人物總是定型的，概念化的。正面人物是美與善的化身，反面人物是醜與惡的體現。

　　後來梅特林克的哲學思想發生了一些變化，所以他的劇作也變得明朗樂觀起來。1901 年發表的《阿里亞娜與藍鬍子》〔註7〕，主人公竟一反軟弱怯懦的常態，成了戰勝惡魔的英雄。藍鬍子是西方童話中的一個惡魔形象，傳說他殺死了五個妻子。阿里亞娜爲了揭穿這個秘密，決定嫁給藍鬍子，來到他的山莊。她冒著被處死的危險，打開山莊一座座寶庫的門，不爲那些珍貴財寶所誘惑，最後終於發現了秘密，從地牢裡救出了被囚的 5 位前妻。藍鬍子想報復，又被造反的農民擊敗、擒獲，但阿里亞娜並未將藍鬍子處死，而是釋放了他，最後以英雄的姿態奔向遠方去尋找等待著她的情人。藍鬍子的 5 位前妻，阿里亞娜本來要求她們跟隨自己奔向光明、自由和幸福的天地的，然而她們卻不願意離開藍鬍子。這都說明了什麼呢？價值連城的珍寶又象徵了什麼呢？作者都沒有回答，也沒有確指的暗示，但它卻給觀眾留下了廣闊的想像的餘地。《青鳥》的主人公更爲積極。他們不畏艱險，披荊斬棘，去追

〔註 7〕載《梅特林克戲劇選》，外國文學出版社 1983 年出版。

求光明、幸福和生活的歡樂。這部寓意深刻的夢幻劇不僅能使兒童入迷，而且也能給成人以美的享受和德的教育。這種變化，說明梅特林克對人生前途產生了信心，突破了原先神秘莫測的宿命論觀點和象徵主義理論。

總而言之，儘管梅特林克戲劇中的憂傷情調、悲觀色彩和顯而易見的宿命觀點是不足取的，但是它所表現出來的對弱者的同情，對美的歌頌，對幸福的渴望，對光明的追求等仍然增益著人類的健康理智和美好感情，仍然對人類情智的發展起著不可估量的作用。他的作品中的主人公，雖然常常由於弱小而被惡勢力吞沒，但是他們那善良、純潔和美好的品質卻永遠留在讀者的心裡，激起他們對醜與惡的憎恨，甚至也可引導他們去向醜惡勢力抗爭。梅特林克戲劇的魅力還在於他創造的那種舞臺上似真非真、似夢非夢的意境，詩一般的語言，含義深刻的對白，靜默場面的措置，暗示象徵的運用，以及發人深省的結局等。他的戲劇是那樣地充滿詩情畫意，以致激起了許多音樂家的創作靈感。許多著名的音樂家都根據他的劇本創作交響曲、鋼琴曲和歌劇。其中最著名的是三部同名歌劇：克夢德‧德彪西花了十年時間寫成的《佩列阿斯與梅麗桑德》，保爾‧杜卡斯的《阿里亞娜與藍鬍子》，昂利‧費弗里埃的《莫娜‧瓦娜》。這三部歌劇在音樂上的成功，也增強和提高了梅特林克戲劇的世界聲譽。

三

茅盾對梅特林克藝術的研究借鑑是有其特定角度的。簡單說，就是他是站在歷史唯物主義的立場上批判地借鑑繼承的。既不全盤照搬，又不盲目排斥，而是根據建立新文學的需要，為我所用地吸取應用。具體地說，就是批判了梅特林克著作中的悲觀主義思想和宿命論的認識論，借鑑繼承了他的象徵和暗示的表現方法，並將它作為「調劑」和「補充」與現實主義這個主體相化合，成為具有個人特色的新的藝術方法。

在其早期，在他寫《梅德林克評傳》的時候，雖然沒有系統批評梅特林克的世界觀，雖然只是作藝術的評判，但是也仍然指出了他的劇作「帶有超人的色彩」，叫人覺得「全人類的生命給一個走不出的大樹林圍住，人類的小孩子都迷失了路」，永遠走不出這個森林，只在「黑暗裡掙扎」。〔註8〕並且指

〔註8〕《梅德林克評傳》，載 1921 年 2 月《東方雜誌》第 18 卷第 4 號。

出，梅特林克的「血管裡含著中世紀的神秘性質」。在對梅特林克的創作進行藝術分析時，也是前略後詳，重點分析了梅特林克思想轉變後創作的《莫娜‧瓦娜》和《青鳥》，並給了高度的讚揚，因為這兩個劇本的思想感情都是積極健康的。由此可見，茅盾早期在大力推重梅特林克的時候，也沒有接受過他的悲觀消極的哲學思想，而是重點在讚賞他的藝術才華。後來，在全面批判「現代派」藝術時，在《西洋文學通論》及《夜讀偶記》等專論裡，對象徵主義及其代表人物梅特林克的哲學思想進行了深入系統的批判，但也沒有否定梅特林克的藝術才華，仍然高度評價了《青鳥》的藝術成就。這時茅盾認為，文學上的象徵派是現代派的先驅，它和現代派雖在悲觀、怪誕的程度上有所不同，但在悲觀主義、神秘主義的本質上卻是「一脈相通」的。他們都是悲觀主義、神秘主義者。他們在文學上都排斥客觀描寫而主張「表現自我」，而這個「自我」又沒有浪漫主義的健康理想、堅強意志和勇往直前的氣概，只有逃避現實的苦悶惶惑的一副臉相！作為象徵主義代表作家的梅特林克，他的創作主張也大體如是。他認為「作家所應注重的，不是外界事象，而是『超感覺』的境界。在我們的意識界和無意識界之間的朦朧的潛在意識的世界，方是人生的真意義所在之處。」「最高絕對的生命乃在於不可得見的神秘境界。這種神秘境界非人們的五官所可感知，不能以思維，亦不可以言說，惟有『默悟』可以達到。人類真的心靈是在沉默之際表現出來的，死就是沉默之最大者。人們意識生活之深處的潛在意識，就是『真的自我』；表現於外部的生活不過是潛在意識這深海中所浮起的泡沫而已；藝術的目的是要表現那『真的自我』，而不是那些泡沫。」〔註9〕這就是說，在梅特林克看來，表現於外部的生活和現實的情感，都是粗淺的，浮面的，平凡的；藝術家應該捨棄它們而去探求那精醇的，深奧的，特異的東西，所以，他應該傾聽那自己靈魂深處流泄出來的情感，以及這些情感的陰影和纖細的感觸。這種主觀唯心主義的認識論，自然是現實主義的茅盾所不能接受的，所以，後來接二連三地進行了系統的批判。但是，茅盾在批判梅特林克的哲學觀點時，並沒有把他的藝術成就也否定了，而是實事求是地進行了肯定性地評價。

可以毫不含糊地說，茅盾之所以對梅特林克這麼推重和偏愛，就是因為梅特林克高度的藝術成就吸引了他。他在《梅德林克評傳》中介紹評述的，主要就是梅特林克象徵主義戲劇的藝術成就。他認為梅特林克戲劇（包括散

〔註9〕 《西洋文學通論》，世界書局1930年8月出版，第68頁。

文）的主要藝術成就，就是「這些著作有詩的性質和精神」。而這「詩的性質和精神」是怎樣形成的？茅盾從作者的性格氣質到作品的表徵進行了較為全面的分析。從性格氣質上說，茅盾認為梅特林克「血管裡含著中世紀的神秘性質」，「是一個誠心的教徒」，「終身研究宗教」，「常用倫理見解做他著作的根本」，常從《聖經》裡得到創作的「神感」，「《聖經》對於他將來成熟的散文體裁很有影響」。這就使他的戲劇帶有天然的神秘性和哲理意味。他在藝術表現上，愛用象徵和「靜默」。由於象徵，使他的劇本「都帶有超人的色彩」。如《佩列阿斯與梅麗桑德》一劇，不過是我們所熟悉的一齣悲劇：一個年輕美女嫁給了一個老醜討厭的丈夫，於是她和年輕漂亮的丈夫的弟弟交談接觸，遂至發生了愛情，生出了變故，結果嫉妒的丈夫刺死了自己的弟弟。劇情並不奇特，凡悲劇中應用的愛情、良心、忠誠、奸惡、妒忌、殺人、悔恨諸因素，在這裡也不缺乏。但梅特林克卻在這些因素上面蓋上了一層帷幕，我們從幕外看進去，「這一對情人好像小孩子在黑暗裡掙扎似的。這時我們覺得全人類的生命給一個走不出的大樹林圍住，人類的小孩子都迷失了路」，永遠走不出這座黑暗的大森林。〔註 10〕這就是說，人物和環境都成了象徵，成了意念的符號。雖然宿命論和悲觀主義內涵不足取，但這種新穎而深刻的表現方法，則使作品充滿著詩意。所謂「靜默」的表現方法，就是環境與劇情展現到一定程度之後用「靜默」方式表現劇的內容和力量，「此時無聲勝有聲」，往往超過台詞對白的效果。如《群盲》一劇，就是寫一群盲人走入森林之內，嚮導帶領他們要走出這座森林，但是後來嚮導死了，這群盲人還在這裡等待著他。「等待」就成了「靜默」，表現了深長的意韻。所以，他的劇作常常表現出主人公「被周圍的神秘所壓迫」，但又要給觀眾或讀者以雙重的印象——「無窮的遠和狹隘的囚居。」這就是梅特林克劇作的「詩的性質」所在之處。當然，用一些象徵的物體暗示人物的命運，也是增強劇作「詩意」的一段手段。由於在本書第二部分已作了分析，這由就不再重複了。不過，梅特林克戲劇中的詩意不僅是因為運用了象徵、靜默、暗示種種手法，而且與他表現得深刻也有直接關係。如《莫娜·瓦娜》一劇〔註 11〕，作者已從象徵的帷幕裡鑽了出來，代之以寫實的筆法，寫出了莫娜·瓦娜深細的感情變化，使劇情「充滿了感情的衝突和反襯」，仍然具有濃厚的詩意。15 世紀的意

〔註10〕　《梅德林克評傳》，載《東方雜誌》1921 年 2 月第 18 卷第 4 號。
〔註11〕　載《梅特林克戲劇選》，外國文學出版社 1983 年出版。

大利，城邦之間互相傾軋。彼薩城被佛羅倫薩的大軍圍困，處於彈盡糧絕的境地。敵軍司令普林齊瓦勒要求彼薩城交出守軍司令基多的美貌的妻子莫娜·瓦娜，便可換取糧秣彈藥的供應，免遭全城覆滅之災。而這種條件是基多所難於接受的。可是基多的父親馬哥為了挽救一城百姓的死滅之苦，力勸基多接受此項條件。市議會的議員們也難於決斷，就把最後決定權交給了基多的妻子莫娜·瓦娜。在這裡，個人榮譽與城邦生存的矛盾衝擊著每個人物的心靈，作者十分精細地表現了他們各自心靈上的衝突。莫娜·瓦娜雖然很愛自己的丈夫，也深深理解他的感情，但終於還是決定犧牲個人，以拯救城邦。然而敵軍司令普林齊瓦勒之所以要見莫娜·瓦娜，是為了了卻他們幼年曾經相愛過的一段情緣，訴訴衷腸，並非為了佔有。可是佛羅倫薩則因普林齊瓦勒遲遲不攻彼薩城，控告他有通敵嫌疑，正要召他回去受審。他甘冒殺身之罪也要與莫娜·瓦娜一晤。當他對莫娜·瓦娜傾訴了衷腸之後，莫娜·瓦娜也沒有許以終身，但卻決定帶普林齊瓦勒回彼薩城，同謀抗敵大計。可是莫娜·瓦娜的丈夫基多則覺得受了奇恥大辱，說什麼也不信妻子未曾失身的真言。於是莫娜·瓦娜只好被迫說謊，承認失身，同時也下定了決心，拋棄自私嫉妒的丈夫，同真誠愛她的普林齊瓦勒逃走。真是千回百轉，柔腸寸斷，終於讓真誠的愛情戰勝了自私的愛情，讓善戰勝了惡，讓個人利益服從了國家利益，從而一掃過去悲觀厭世的情調，滿懷激情地塑造了一個純潔高尚的女英雄形象。這是茅盾高度讚賞的作品。但是，茅盾更為讚賞的，還是梅特林克 1908 年創作的夢幻劇《青鳥》，因為這個劇本才能真正代表梅特林克後期的基本風格。茅盾說，《青鳥》的創作成功，「即使他沒有別的著作」，也「能使他的名字不朽」。「他所有詩人和劇作家的優點，都表現在這篇裡了」。因為這是篇「創造的、真美的」「上乘之作」。不過，在《梅德林克評傳》中未作具體分析。到了寫《西洋文學通論》時，雖然已對現代派（包括象徵主義）展開了全面系統的批判，但還是具體分析肯定了《青鳥》的高度的思想藝術成就。他認為，《青鳥》〔註12〕不僅寫得明快活潑，而且寫得妙趣橫生，是不可多得的傑作。這個劇寫的是兩個孩子——蒂蒂兒、米蒂兒夢中尋找那象徵幸福與快樂的青鳥的故事。他們在夢中，仙女貝里呂娜送給了他們一塊魔法鑽石，它可以照見一切事物的靈魂，於是他們帶著水、火、糖、麵包、牛奶、一條狗、一隻貓（都是具有其個性特點的人物形象）去冒險探求能給

〔註12〕載《梅特林克戲劇選》，外國文學出版社 1983 年出版。

人們帶來快樂和幸福的青鳥，並請來了「光明」仙女給引路。他們走遍了記憶之鄉，黑夜之國，未來之邦，又到過一座森林和一個墳場，歷盡艱辛，然而卻未找到青鳥。直到他們一覺醒來，聽到鄰居老婦請求蒂蒂兒將自己籠中的白鴿借給她去慰藉病中的孫女時，蒂蒂兒這才忽然感悟：白鴿就是青鳥，因為它能給病中人以快樂，也能給全家人帶來快樂。但是好景不長，這隻鳥很快就飛走了。這就使人感悟到，快樂和幸福就在家中，卻不可能長在。作者要表達的，正是這個意思。然而他用的表現手法，則是夢幻、象徵和暗示。這是「用新鮮的簡單和遠大的想像力所合成的」，也是「用科學的眼光和詩人的想像力觀察生命」的結果。所以茅盾認為，與其說梅特林克是大哲學家，不如說他是個大文學家，大藝術家，「他夢想家的成分比較解釋家多」。〔註13〕

由此可見，茅盾在分析了梅特林克劇作的思想內容與藝術成就之後，是批判了它的內容稱許了它的藝術成就的。因此，他從梅特林克這裡借鑑吸取的只能是藝術形式，表現手法，而梅特林克對他的影響，也主要是簡潔而深刻的象徵主義表現手法。

四

茅盾是個現實主義作家，但他的小說、散文中又確有不少象徵、暗示性的描寫。這象徵性、暗示性的描寫，應該說就是從梅特林克等西方象徵主義者那裡借鑑來的〔註14〕。因為在他創作之前，在從事中、西文學的研究中，他就曾經說過，「表象主義的文學，在中國是一向沒有的。」把《詩經》中的「淫奔之詩」硬說成是「刺時君也」，把《離騷》中的美人香草硬說成是象徵「國君」或高潔的靈魂，唐人贈別，「閨怨」「閨情」，又說是象徵什麼什麼，其實都是牽強附會，根本不是象徵文學，頂多不過是寫實中的比喻。所以，茅盾的象徵性描寫，按理就不該是有意識地借用中國的傳統，而是從梅特林克等西方象徵主義作家那裡「拿來」的。但是，茅盾在散文、小說中的象徵性描寫並不像西方象徵主義作家那樣來自心靈深層的「自我」，而是在對社會現實深入觀察理解的基礎上表現人物心靈的一種手段，或對社會現實思考感受找到的一種物化形態，它的基礎來自社會現實，所以他的象徵描寫都比較明白確切，容易理解，不像西方象徵主義作品那樣朦朧晦澀，難於琢磨。這

〔註13〕《梅德林克評傳》，載《東方雜誌》第18卷第4號。
〔註14〕除了梅特林克之外，英國象徵主義詩人葉芝也對茅盾產生過影響。

就使他的象徵描寫與西方象徵主義作品在本質上區別了開來。他常說，他不解「性靈」為何物，但為了「大題小做」，借有形的物體表達無形的思想，借淺近的事物表達深遠的情思，他就借用了象徵、暗示、夢幻等等表現手法，而表達的還是深刻的現實生活內容。所以，他的許多象徵性描寫，就成了他的宏偉的現實主義畫面上鑲嵌的一顆顆閃閃發光的明珠，更映照出現實生活的深度，而不是純粹的西方象徵主義藝術。這就是說，他把象徵主義藝術手法借來，恰如其分地安置在現實主義創作之中，成了現實主義藝術方法的一個有機組成部分，渾然一體，形成了自己的一大藝術特色。這在小說中是如此，在抒情散文中亦復如此。

抒情散文《賣豆腐的哨子》、《霧》、《嚴霜下的夢》、《虹》、《紅葉》、《雷雨前》、《沙灘上的足跡》等，就曲折地表達了作者在現實生活中的感受，留下了作者那一段思想感情發展變化的軌跡。1927 年大革命失敗之後，作者產生了悲觀苦悶的情緒，有追求前進的渴望，無發現革命前途的能力，因而或則焦灼亢奮，或則惆悵寂寥；在時代的感召下，終於衝破了悲觀苦悶的藩籬，趕上了革命的步伐，同人民一起前進了。《賣豆腐的哨子》寫出了由淒涼的哨音所引起的悵惘情緒，在這種情緒支配下，滿眼看到的就是簾外的「愁霧」；這滿眼「愁霧」是對客觀世界的藝術概括，也是主觀情緒的物化。《霧》也像《賣豆腐的哨子》一樣，主要是通過聯想、暗示的手法，寫出了在「苦悶」中盼望「疾風大雨」來臨的情緒，反映了衝破「愁霧」迎接風雨考驗的心願。《嚴霜下的夢》，通過三個夢境表達了作者三種心境：（一）對已逝的革命高潮的留戀；（二）對反革命政變的憤懣；（三）對「左」傾盲動的唾棄，對光明前途的憧憬。但這些思緒都是借夢中的「對應物」來表現的。《虹》描摹了虛假的繁榮景象，借「彩虹」諷喻「左」傾路線時期出現的虛假的「革命高漲」形勢。《紅葉》借觀賞紅葉的遭遇諷刺了假革命者。《雷雨前》借自然景象表達了作者在革命暴風雨到來之前的昂奮情緒，──「持刀巨人」刺破「灰色的幔」，象徵革命勢力正迅猛發展；象徵黑暗勢力的「灰色的幔」已處在「風雨飄搖」之中；「暴風雨」的到來象徵革命高潮的興起。作者全力呼喚著「暴風雨」的來臨，興高彩烈地讚美「持刀巨人」的威力。《沙灘上的足跡》反映的是作者在黑暗險惡的環境中認真探索革命道路的心跡；在荒涼的沙灘上，在昏黑的暗夜中，有吃人的夜叉，有排出「光明之路」字樣誘人上當的惡鬼，有唱著迷人之歌卻又吃人不吐骨頭的「美人魚」，都有深刻的象徵意義，它們

簡直就是作者對當時黑暗社會感受的物化形態，遠比「灰色的幔」逼真、具體、生動；而「他」，簡直就是作者自己的藝術形象，「靠著心火的照明」，既不害怕也不糊塗，「在縱橫雜亂的腳跡中」，「小心辨認著人的足印，堅定地前進」。這都是用象徵方法寫出的。取譬小，寓意大，物質形象都充滿著深刻而豐富的哲理內涵。但它的內涵有定向性，容易理解。這是茅盾先進的世界觀和文藝觀使然，也是他將象徵主義方法融進現實主義體系的必然結果。

在小說中的象徵描寫，更是不勝枚舉。

首先，用象徵方式為作品命名，這是茅盾慣常的做法，在近現代作家中，像茅盾這樣大量廣泛為作品取用象徵性名字的人，是不多見的。可以說，象徵性的書名，也構成了茅盾小說的一大特色。大革命失敗之後，反映革命小資產階級知識分子「幻滅」、「動搖」、「追求」的精神狀態的三部曲，以「蝕」命名，就象徵「缺陷」之意。但是，日月之蝕，不過一時，「過後即見光明」，「重複圓滿」，對未來還是充滿信心的。《野薔薇》也是一種象徵，寫出它的「色香」和「刺」，也是為了讓其保持「色香」而拔除其「刺」的。《虹》是象徵小資產階級知識分子的成長道路的，雖然美麗迷人，但是總嫌虛幻，缺乏堅實的基礎和長久的生命力。而《霞》則比《虹》要燦爛，有生命力得多，可惜未能寫出。《子夜》是象徵 30 年代初中國社會黑暗現實的，具有很高的概括性，又意味深長。其他如《創造》、《色盲》、《詩與散文》、《霜葉紅似二月花》、《腐蝕》、《鍛煉》等等，莫不具有象徵意義。這樣的書名，不僅鮮明醒目，而且極富概括性，又耐人尋味，增添了作品的詩意和深度。

其次，塑造象徵性的人物，設置象徵性的情節、細節，在茅盾的小說中也是屢見不鮮的。雖然前期突出，後期有些弱化，而且象徵內涵的明暗也有些變化，然而象徵形象總是存在的。所以這也是他的小說的藝術特徵之一。

茅盾自己承認，《創造》是用「象徵手法」寫成的。它的人物、情節，乃至每一個細節都是茅盾某一政治思想的「客觀對應物」。這個短篇只寫了一對青年夫婦早晨起床的瞬間。男主人公君實是「創造者」，女主人公嫻嫻是「被創造者」。君實要把嫻嫻「創造」成理想的愛人，──既要人性解放，又要完全恭順於他。這就是經過「五四」運動洗禮之後一般男性知識青年的心理狀態。可是「創造」的結果卻大大出乎君實之所料，嫻嫻個性解放之後又隨著社會解放的潮流無牽無掛地繼續前進，不願受他這位丈夫的束縛了。結尾處的對話是頗有暗示性的。嫻嫻起床沐浴之後，讓王媽轉告尚未起床的

君實，「她先走一步了，請少爺趕上去」；「倘使少爺不趕上去，她也不等候了。」這就表明嫻嫻已繼續邁出了前進的步伐，而君實還躺在個性解放的床上不動，寓意是深長的。茅盾在晚年寫的「回憶錄」中說：「我覺得『五四』以來的思想解放運動，喚醒了許多向來不知『人生爲什麼』的青年，但是被喚醒了的青年們所走的道路卻又各自不同。」《創造》中的嫻嫻和君實就是這種意念的物化形態，《自殺》中的環小姐和「大丈夫」也是這種意念的另一類物化形態。環小姐受到新思潮的激蕩之後，要自由，要解放，接近了一男性青年；在飛來峰下，在旅館之內，以身相許，竟致懷孕。然而這位「大丈夫」卻藉口去「爲人類而犧牲」，「很大方的」離開了環小姐，「不知去向」，「撇下她在孤寂怨哀中」悲苦地度日，夢中見這位「大丈夫」不再理她，要她另尋新的歡樂，她看出了其中的騙局，於是用一條絲帶結束了自己的生命。這篇作品完全是用夢幻的形式，「穿著戀愛的外衣」來表現的，寫得撲朔迷離，似眞似幻。說「大丈夫」是思想解放運動的具象化也行，說是環小姐心目中的思想解放運動亦可。如果是前者，那就說明思想解放運動欺騙了環小姐這樣「受孕」的青年；如果是後者，那就是環小姐沒有跟上「大丈夫」的腳步，使她在寂寞中產生了疑慮和恐懼，對「大丈夫」愈來愈不理解，走上了肉體或精神的「自殺」道路。總之，它反映了被新思想喚醒之後另一類青年的行進歷程，則是無可置疑的。《色盲》也是採用了「戀愛的外衣」來反映「政治觀念」的。從獄中放出來的「革命青年」林白霜，眼前不斷出現「尖銳對立著」的五光十色。但他分辨不清，只能模糊看到紅、白、黃三種顏色。這三種顏色象徵三種政治力量，那是不言自明的。然而政治上「色盲」的林白霜卻看不清這一層。他在「反覆地徘徊遲疑之後」，終於還是向李慧芳和趙筠秋求愛了，想在愛情的美酒中陶醉自己。然而李慧芳是象徵新興資產階級的人物，趙筠秋是象徵封建階級的人物，躺在她們的懷裡求陶醉，無疑說明林白霜已向敵對勢力投降，並以此來作爲解除精神苦悶的寄託，正表現了大革命失敗後小資產階級知識分子右翼的心理動向。由此可見，在早期的創作中，設置象徵性的人物，以表現某種抽象意念或人物複雜的內心世界，是茅盾常用的一種象徵手法。然而用這種象徵人物來表示某些哲理思考，還較多地保留著西方象徵主義的一些特點，雖可挑動讀者多方面的聯想，卻又顯得曖昧朦朧，具有一定的不明確性。所以，《色盲》中的李慧芳、趙筠秋這兩位美麗的少女，要不是作者後來在「回憶錄」中特意加以指點，

是很少有人看出她們的象徵意義的。《自殺》中的「大丈夫」的象徵意義，至今也難於確定。此外，《詩與散文》中的青年丙、桂奶奶、表妹的象徵意義，也是仁者見仁，智者見智，具有難確定性。到了後期，茅盾作品中的象徵形象就豁然明朗起來了。前後這種不同，關鍵在表現手法上的區別：前期多用「暗示」，極少用「點化」；後期則既用「暗示」，也用「點化」，象徵形象一經「點化」，其含義自然就明朗確定了，也容易理解了。這反映了茅盾對象徵主義方法吸收消化和改造的過程。他是要象徵主義方法爲他的現實主義創作服務的，而不是讓象徵主義化掉現實主義。

在後期作品中設置象徵性人物的例子，最明顯不過的是《子夜》中的吳老太爺。由於農民在鄉裏造反，地主吳老太爺便住不下去了，就從農村來到大都市上海，但是，城市的物質文明與精神文明又太刺激他那僵化的神經，於是這具封建主義的僵屍就突發腦溢血症而死。關於這個人物，茅盾說他是一具「古老的僵屍」，一和太陽空氣接觸便風化了。而這種「風化」的含義，在作品的描述中雖有「暗示」，然而由於它在作品結構上的關鍵位置，往往容易使人忽略。所以在他死後，又通過范博文和林佩珊的交談加以「點」明，就使它的含義顯豁明朗了。這就是「點化」的功效。

象徵性的情節、細節描寫，也是茅盾在小說創作中多所採用的筆法，並且能自然而然地融進現實主義的創作系統之中，既顯得新穎別緻，又能夠和諧統一。

一般說，象徵主義作家在描寫環境、編織故事情節方面是不夠嚴肅的。他們爲了表現人物或自己複雜的內心世界和精神狀態，常常對客觀對象作扭曲、變形、割裂的描寫，弄得「可見世界不再是一個現實」。如梅特林克的《丁達奇爾之死》和《阿里亞娜與藍鬍子》中的環境氣氛的設置，那麼神秘，那麼陰暗，是不太像現實中的眞實景象的。然而茅盾作爲一個現實主義作家，他在組織象徵性的情節和細節方面，是極其注意外在的眞實，並讓它和諧地融入現實主義的描寫體系之中的。所以，在筆法上就常用夢境、幻覺、聯想等方式，讓其與現實主義畫面相統一。如《動搖》中的方若蘭在方太太與孫舞陽之間動搖不定時，看著院中的南天竹就幻化出孫舞陽的形象，方太太在尼姑庵看到蜘蛛結網，就引起陰森恐怖的幻覺。這些幻覺對刻劃人物的內心世界起了現實主義筆法所不能起的作用，但又是現實中會有的心理狀態。再如《子夜》中何愼庵幫助馮雲卿定下美人計之後，馮雲卿看著院中的紅杜鵑

和金魚缸,立刻出現了幻覺:那嬌紅的杜鵑變成了女兒的笑靨,那金魚缸裡堆上了高高「一缸大元寶」,其「點化」之妙,無情挖出了馮雲卿這位「土蜘蛛」的卑污可笑的靈魂。《春蠶》中的老通寶,「坐在『塘路』邊的一塊石頭上」,所看到的小火輪衝擊「赤膊船」的景象,也有深刻的寓意:小火輪突突突地開過來了,衝得「赤膊船」東搖西晃;「赤膊船」上的鄉下人「揪住了泥岸上的樹根,搖搖晃晃像在那裡打秋韆」。這是一幅具有實體形象的畫面,又象徵著老通寶敗家的緣由,老通寶看了這一景象也朦朧地有所覺悟。其深刻寓意是通過老通寶的聯想形成的,也是現實畫面有機組合而顯示的。

茅盾還常常賦予物體、景象、色彩、聲浪以特定內涵,使他的小說呈現出紛繁的象徵色彩。吳老太爺的《太上感應篇》,既是他的精神支柱,又是他的「護身法寶」,對刻劃他的頑固保守的性格起了特別引人注目的作用。當這「黃綾套子的《太上感應篇》拍的一聲落在地下」時,這一具封建僵屍就咽氣身亡了。茅盾給這一具體物體以封建意識的特定內涵,它的「落在地下」就有了濃重的象徵意義。其他如灰色的雲塊,閃電,雷鳴;暴風,濃霧,金黃色的太陽,綠色的樹林,琴韻似的水滴,既渲染了氣氛,烘托出特定環境中的人物的心情,又具有一定的象徵內容,真是言近意遠,妙筆生花。

總之,象徵主義手法的恰當運用增強了現實主義藝術的表現力,豐富了現實主義藝術形象的內涵,茅盾對象徵主義的借鑑、吸取、運用是成功的,很值得我們總結研究。

五

從茅盾對梅特林克象徵主義藝術的研究借鑑中,我們可以具體看到,他既沒有「唯新是摹」,全盤照搬,又沒有因其思想的局限而拒之門外,而是按照時代和我們民族的需要和個人的興趣愛好,將其審慎地分解剝離,不需要不感興趣的加以揚棄,需要而又感興趣的「拿來」,而且「拿來」之後,還要與「我」已有的藝術體系組接,使之融合統一。這樣,既改進和完善了「我」已有的藝術體系,又不致引進蕪雜的素質損害玷污了「我」的藝術機體。這就是我們常說的「取其精華,去其糟粕」的學習借鑑方法。茅盾採用這樣的方法學習借鑑象徵主義藝術是取得了成功的,這有他的創作實踐可以證明。當然,採取此種態度和方法並且得到成功的,並非只有茅盾一人,也不只限於對待象徵主義藝術。僅就現代文學史上對象徵主義的研究借鑑而言,魯迅、

郭沫若、巴金、曹禺等也是取得了成功的。這又證明茅盾借鑑象徵主義藝術的態度和方法具有普遍的指導意義，是文學大師們普遍遵守的通則。因此，在我們今天對外開放，向外國先進經驗學習的時候，難道不也應該採取這樣的態度和方法嗎？「唯新是摹」，全盤照搬，同閉關自守、盲目排外一樣，是最沒有出息的文學家的精神狀態，我們不應該效法。我想，這理所當然的就是本文的結論。

1988 年 1 月 10 日完成

六、茅盾與羅曼・羅蘭

　　羅曼・羅蘭是橫跨 19 世紀和 20 世紀的法國大文豪，也是完成了由資產階級人道主義到社會主義人道主義轉變的偉大的思想家。對於這樣一位具有時代特點的文學巨擘，茅盾是特別關注、傾慕和景仰的，雖然專門介紹評述羅曼・羅蘭的文章總計不過 5 篇，然而在他那大量的文藝雜論中，幾乎隨處都可看到他對羅曼・羅蘭的論述和評析。可以說，茅盾從年青時代涉足文壇到晚年寫回憶錄，始終都沒有忘卻或放棄對這位歐洲文學大師的借鑑和學習。

　　在《現代文學家的責任是什麼？》這篇茅盾較早的文論中，茅盾稱羅曼・羅蘭是「大勇主義」的創始人；在《爲新文學研究者進一解》中，又說羅曼・羅蘭是「新浪漫主義」的代表，其創作是「欲擺脫過去的專制，服務於將來」，故在中國很有倡導之必要；後來，由於對蘇聯無產階級文學和西洋近代文學的全面系統研究，茅盾又改稱羅曼・羅蘭爲「新理想主義者」了。在第二次世界大戰中，羅曼・羅蘭「從巴黎走向莫斯科」，完成了思想立場的轉變，於是茅盾在 1945 年又寫了《永恒的紀念與景仰》這一長篇紀念文章，對羅蘭一生的事業和成就作了全面評價，這時則稱羅蘭是「反法西斯的偉大思想家藝術家」了。

　　這些前後不甚一致的評價，一方面說明了羅蘭的思想發展歷程，另一方面也反映了茅盾認識上的某些細微變化。這與歷史的發展進程有關，也與他們思想的發展進程有關，甚至還存在著某些交互感應的現象。

　　1921 年上海「民眾戲劇社」醞釀成立時，是茅盾想到了羅蘭在法國倡導「民眾戲院」的主張，才給這個新的戲劇團體取名爲「民眾戲劇社」的。但

是，羅蘭所說的「民眾」是指「具有自由思想的人民」，是指具有獨立精神的「最優秀分子」。對此內涵，茅盾等人當時並未深究，這名詞與當時的新思潮完全一致，且不失為新鮮，所以就姑妄用之。可是到了 1925 年茅盾寫《論無產階級藝術》時，就嚴厲批評了這個「不分階級的全民眾」概念。這是當時中國社會進步和茅盾思想發展使然，是「民眾」意識的進一步深化，並非對民眾意識的消極揚棄。這和羅蘭在 1931 年以後對「民眾戲院」所作的自我批判，具有異曲同工之妙，說明兩位文學家都在隨著時代前進，只不過茅盾的批判比羅蘭早那麼七八年罷了。

茅盾在 1920 年提倡的「新浪漫主義」，主要的根據就是羅蘭的創作原則和方法。他說，「新浪漫主義」是「重理想重理智的」〔註 1〕，它能做到「兼觀察與想像，分析與綜合」；不僅「表現過去表現現在，並且開示將來給我們看」〔註 2〕。用此方法創作，就能「重新說明人類歷史上的生活，告訴我們人類生活的真價值，我們從了他可以得到靈魂安適的門」。所以它的精神「常是革命的解放的創新的」。「這種精神無論在思想界在文學界得之則有進步有生氣」〔註 3〕。這種創作特點，只有羅蘭所具備。而當時就被列入「新浪漫主義」作家行列的斯蒂文森、霍普特曼、梅特林克等，都不具備這種特點。為此，在《〈歐美新文學最近之趨勢〉書後》中，茅盾還與胡先驌進行過論辯。所以，茅盾提倡「新浪漫主義」的真實用心，主要就是提倡羅蘭的創作方法（還包括巴比塞）。如果不是把羅蘭誤當作「新浪漫主義」的代表，也許茅盾就不提倡「新浪漫主義」了。他用「新浪漫主義」來概括羅蘭的創作方法，就與「新浪漫主義」中涵蓋的象徵主義、表現主義、神秘主義等流派攪混不清了。這當然是受了當時文壇研究水平的限制（當時中國文壇理解的「新浪漫主義」就是這麼混亂）。

正因理論研究上的這種混亂，所以茅盾在 1922 年大張旗鼓地倡導「自然主義」時，雖然否定了「新浪漫主義」，然而卻沒有批判羅曼‧羅蘭；他否定「新浪漫主義」的理由，只不過因為它在當時還不適合中國文壇的需要，並非因為它本身不好。茅盾當時認為，把「新浪漫主義」介紹「給未經自然主義洗禮，也叨不到浪漫主義餘光的中國現代文壇，簡直等於向瞽者誇彩色之

〔註 1〕 見《茅盾文藝雜論集》第 15 頁、第 31 頁，上海文藝出版社 1981 年版。
〔註 2〕 見《茅盾文藝雜論集》第 15 頁、第 31 頁，上海文藝出版社 1981 年版。
〔註 3〕 見《茅盾全集》第 18 卷第 43 頁，人民文學出版社 1989 年版。

美。彩色雖然甚美，瞽者卻一毫受用不得。」這說明當時的否定並不是對「新浪漫主義」認識上發生了根本變化。到 1925 年寫《論無產階級藝術》時，雖從文藝理論上對「新浪漫主義」進行了嚴肅的批判，但批判的鋒芒主要是針對「神秘派」、「頹廢派」、「表象派」、「未來派」，並且尖銳地指出它們的藝術都是腐朽階級沒落意識的表現，不是健全的藝術之花，而對羅曼‧羅蘭的創作，卻採取了保留態度，未作任何批判（只批判了他的「民眾」觀念）。此後，茅盾爲了培植無產階級的藝術新花，花了很大的力氣來批判「新浪漫主義」這叢惡草，不僅寫了《近代文學面面觀》、《西洋文學通論》這兩本專著，探本窮源，系統闡述了它產生的根源、本質特徵，未來的前途，而且還寫了大量的零篇散簡，一直批判到晚年。1957 年寫的《夜讀偶記》，可以看作這一批判的總結：它既扼要交待了「新浪漫主義」與「現代主義」這兩個概念的關係，又從藝術哲學的高度更深刻更系統地批判了這種「腐朽」的藝術。可是，他卻從來沒有把羅曼‧羅蘭也扯進來進行批判。因爲茅盾從 1928 年的《近代文學面面觀》開始，就把羅蘭從「新浪漫主義」中剝離出來的，改稱爲「新理想主義者」了。

這所謂「新理想主義」，就是既不同於舊批判現實主義，也不同於社會主義現實主義的一種「主義」，它是對以《約翰‧克里斯朵夫》爲代表的羅蘭早期藝術創作的一種較爲確切的概括。因爲在《約翰‧克里斯朵夫》中，主人公「受思潮之衝擊，環境之壓迫，而卒能表現其『自我』，進於新光明之『黎明』。」就是說，約翰‧克里斯朵夫是位有理想的奮鬥主義者，不但能明察現實之黑暗，而且能進行英勇的抗爭。這樣概括，既可把它從「新浪漫主義」中剝離開來，又可與判定爲「新浪漫主義」時所說的具體內容（「兼觀察與想像」，「欲擺脫過去的專制，服務於將來」等）一脈相承。同時，也不至於同無產階級的社會主義現實主義相混淆。這是茅盾的高明之處。

羅曼‧羅蘭從年輕時代起，就確實是一個「新理想主義者」。他既具有母親那樣虔誠的基督教徒的善良心腸，又有托爾斯泰那樣的人道主義精神。他熱愛眞理，關心他人，同情弱小，追求道德的自我完善，敢於同邪惡腐朽的勢力進行鬥爭。他不但能堅持人道主義的理想，而且對社會現實有比較清醒的認識（這正是他比托爾斯泰高明的地方，也是他的「新」之所在）。他曾長久地崇拜過「法國大革命中那些浴血奮戰的英雄們」。可是法國大革命後的黑暗社會現實，以德萊福斯事件爲發端，至第一次世界大戰的慘痛，使他對資

本主義世界大失所望。然而他從不悲觀，始終保持著自由純潔的靈魂，堅持正義、平等、博愛、和平的人道原則，與一切邪惡醜陋的勢力進行著頑強的拼搏，有一股「不達目的，決不罷休」的勁頭。在鬥爭中雖然也經常碰壁、受挫，有時也陷入過彷徨、痛苦的境地，可他能在痛苦中掙扎，在彷徨中求索，不斷跨越一切障礙，使思想不斷昇華，攀登上一個又一個高峰。在第一次世界大戰中，他能「超越混戰之上」，看到這場戰爭的不義性質，從而號召人民起來反對這場不義戰爭。在第二次世界大戰中，他堅定地站在蘇聯及全世界人民一邊，同巴比塞等進步作家一起，團結一切和平力量，在阿姆斯特丹召開了世界和平大會，號召全世界愛好和平的人民行動起來，反對法西斯的野蠻侵略戰爭，終於「從巴黎到莫斯科」，實現了由資產階級人道主義到社會主義人道主義的轉變，成了橫架在 19 世紀到 20 世紀歐洲文學發展史上的一座橋樑。難怪茅盾在羅蘭逝世一週年之際，又撰寫長文以示對這位歐洲文學大師的「永恒的紀念與景仰」。

這裡需要特別強調的是：（一）在茅盾稱羅蘭為「新理想主義者」時（1928年），羅蘭還未完成從資產階級人道主義到社會主義人道主義的轉變（轉變是在 1931 年以後）。因此，把茅盾說的「新理想主義」當作羅蘭轉變後的文藝觀是沒有根據的；把「新理想主義」當作社會主義更是錯誤的。因為茅盾是在西洋文學思潮演變比較中來界定羅蘭為「新理想主義者」的。（二）茅盾所說的「新理想主義」內涵，主要就是高舉民主、自由、平等、博愛的資產階級人道主義旗幟勇敢奮鬥的「大勇主義」，是不包含社會主義理想的。因此，茅盾早期曾加以倡導，後來又適當保留，直到明確培植無產階級文學時，才對這種民主個人主義進行了批判；而批判的方式，只是針對了這種民主個人主義的一般資產階級意識形態，並非針對羅曼‧羅蘭本人，這表明茅盾是有原則立場的，然而又似乎對羅蘭本人有某種期待。後來羅蘭的轉變，又進一步證明茅盾的期待沒有落空。其中關鍵因素固然在羅蘭那種勇於探索真理的革命精神，然而藝術感受特別敏銳的茅盾，也不能不說具有一雙善識英雄的慧眼吧！

茅盾對羅蘭的「新理想主義」，雖然經歷了這麼個矛盾複雜的認識過程，但對他那種追求真理的堅強意志和對黑暗現實百折不撓的反抗精神，卻始終是積極肯定的。非但認識上肯定，而且還消納繼承，發揚蹈厲。茅盾在《1918年之學生》一文中，曾提出過「革新思想」、「創造文明」與「奮鬥主義」這

三大口號，並以之相號召，共與學生相信守。1920 年就參加了上海共產主義小組，同時參與了中國共產黨的籌建工作，1921 年 7 月中國共產黨的第一次代表大會後，被委託爲中共中央機關對外活動的聯絡員。此後，又參加了 1925 年的「五卅」反帝愛國運動和 1926 年開始的北伐戰爭，目睹了第一次國內革命戰爭的失敗。說明他是在追求中不斷前進的。可是，在第一次國內革命戰爭失敗之後，由於他對當時以陳獨秀爲代表的黨的錯誤的政治路線的疑惑和不滿，又加上在組織上與黨失去了聯繫，曾一度產生過「幻滅」、「動搖」的想法。難能可貴的是，即使在這時，仍不忘「最後之追求」。經過一段時間的思考和總結，「在北歐女神的指引下」，他又毅然決然地投入了反對國民黨文化「圍剿」的鬥爭。他這種執著追求眞理的精神，念念不忘爲人民群眾謀求解放的思想，不僅與他早期提出的「奮鬥主義」相一致，也與羅曼・羅蘭苦苦探索眞理的奮鬥精神相吻合。

不過，茅盾與羅蘭畢竟是不同的。羅蘭終生奮鬥的結果，是在政治上從民主個人主義轉變到社會主義，而社會觀和文藝觀並未徹底轉變過來；茅盾奮鬥的結果，則是在較早完成了政治觀、社會觀、文藝觀的轉變之後，經受了革命實踐的鍛煉和考驗，這才又遇上了難解的現實問題。對這些難解的現實問題進行探索與思考，乃是對中國革命認識的深化，是對人民解放途徑的切實把握，因而在茅盾思想轉變的過程中，就必然包含了對羅曼・羅蘭式的民主個人主義的批判（並非批判羅曼・羅蘭本人），也包含對適應中國特點的革命人生觀的探索。這種特點，突出表現在 1928 年後創作的散文、小說中對民主個人主義和虛幻革命理想的批判上。

在題名爲《野薔薇》的一組短篇小說中，茅盾創造了一批經歷過「五四」啓蒙運動之後產生的中國男女青年形象，刻劃了這些青年男女在民主、自由啓迪下所產生的思想騷動和依然不知所從的心態，從而揭示出這些接受了一點自由民主思想皮毛的青年的精神狀態，批判了民主個人主義的局限性。只有《創造》中的嫻嫻，從個性解放到參與「爲民眾謀幸福」的社會活動，茅盾才認爲是啓蒙運動應有的發展，從而給予了相當的肯定。茅盾思想深處的這些變化，在長篇小說《虹》中有更具體更切實更充分的表現：梅小姐在「五四」啓蒙運動的感召下，接受了民主、自由、平等之類的民主主義思想。可是當他用這些思想觀念來對待現實生活時，不但顯得軟弱無力，而且更發現了那些打著「民主、自由」招牌去進行骯髒交易的大大小小的騙子，從而看

透了民主個人主義的虛假本質，接受了共產主義理想，並參加了群眾鬥爭的行列。這當然是梅小姐思想發展的一次飛躍。然而在茅盾看來，梅小姐改信共產主義之後，能否經受住現實鬥爭的考驗，也還是一個極大的問題，所以在創作計劃中，還要寫梅小姐轉變後在現實鬥爭中的考驗情況，這就是計劃中的《虹》的姐妹篇《霞》。只是由於種種原因而未能實現這一計劃。

由此可見，處於中國歷史大變動中的茅盾，一方面受這種變動的影響，一方面也受自己思想發展進程的影響，先是推崇倡導過羅蘭的「新理想主義」，後又批判了其中的「民主個人主義」的內容，保留了用理想觀照現實的理論形式，並與社會主義現實主義相結合，從而形成了革命現實主義的文藝觀。這就是說，茅盾對羅曼・羅蘭這位文學大師，像對別的世界文學大師一樣，既不盲目崇拜，又積極認真地借鑑汲取，都是將其放在時代的反光鏡上，細緻地作光譜分析，然後才決定取捨，並與自己的思想融合統一，從而形成自己的文藝觀的。我認為，這是茅盾性格的特點之一，也是茅盾性格的優點之一。

七、茅盾與現代派及我的思考

　　西方現代派文藝思潮，在「五四」時期就已經流入我國。雖然當時的稱謂與今天不同（當時概稱之爲「新浪漫主義」，今天則稱之爲「現代主義」）。但它的實際內涵卻是基本一致的〔註 1〕。由於這種思潮是伴隨著西方現實主義、浪漫主義文學湧入的，所以使正在探索新文學發展道路的我國作家和文藝理論家都或深或淺或多或少地受過它的某些影響。然而從總體上看，從新文學的發展過程上看，現代派思潮不僅從來沒有成爲主流，而且也幾乎沒有紮根就被人們拋棄了。它比起現實主義、浪漫主義思潮的影響來，簡直微弱到引不起人們注意的程度。這是耐人尋味的歷史現象，需要我們去探索究竟，以便找出規律性的東西，端正我們今天對現代派的態度。

　　茅盾對現代派的態度，是經歷了一個稱許倡導——總體否定——歷史批判——理論批判這樣的長過程的。論者按跡尋蹤，沿著茅盾對現代派認識的發展脈絡進行評述，最後得出我們的結論。

一

　　茅盾提倡「新浪漫主義」的時間，主要是 1920 年上半年，時間不算長，

〔註 1〕 謝六逸在《西洋小說發達史》中，把 19 世紀末、20 世紀初在歐美興起的反對現實主義、自然主義的文藝思潮，分爲「神秘、象徵、享樂、唯美、新理想或人道主義」等五派，然後概括起來說：「自然主義以後的文藝特徵，計有三項：一，非物質的；二，主觀的；三，以情意爲主的。現以敘述上的便利，用新浪漫主義。」可見當時「新浪漫主義」所概括的具體流派都是屬於「現代主義」的，只是沒有發展到今天這麼多（100 個多），而且今天的現代派已經不包括「新理想主義」了。

專門著文提倡的文字也不多，只有《我們現在可以提倡表象主義文學麼？》和《爲新文學研究者進一解》這麼兩篇文章，然而卻代表了他在 1925 年「五卅」前對現代派的看法和態度。因爲除了上述兩篇專門提倡的文章外，在這段時間內所寫的文論，凡涉及「新浪漫主義」的地方，基本上都是稱許讚美的。

茅盾當時對「新浪漫主義」是怎樣認識和理解的呢？首先他從文藝發展史的角度，認爲「新浪漫主義」是最新最好的。他說：「翻開西洋文學史來看，見他由古典──浪漫──寫實──新浪漫……這樣一連串的變遷，每進一步，便把文學的定義修改了一下，便把文學和人生的關係束緊了一些，並且把文學的使命也重新估定了一個價值。」〔註2〕這就完全肯定了新浪漫主義最新最高的歷史地位。其次，他又從理論上確定了新浪漫主義的完美性質。他認爲浪漫派寫實派「是各走一端的」，「到底算不得完滿無缺」。只有寫實派後產生的「新浪漫派文學」，才是「能兼觀察與想像，而綜合地表現人生的」文學，〔註3〕才是「能幫助新思潮」，並「引導我們到眞確人生觀的文學」，因而也才是「最高格的文學」。〔註4〕基於這樣的認識，自然應該提倡它了。可是到 1921 年大張旗鼓地提倡「自然主義」時又說：「新浪漫主義在理論上或許是現在最圓滿的，但是給未經自然主義洗禮，也叨不到浪漫主義餘光的中國現代文壇，簡直等於向瞽者誇彩色之美。彩色雖然甚美，瞽者卻一毫受用不得」。〔註5〕這就是說，根據中國文壇現狀，自然不應提倡「新浪漫主義」，但「新浪漫派文學」卻仍然是「最高格的文學」，是最完美的文學。

那麼，茅盾對「新浪漫主義」的這種理解與事實有沒有出入呢？我們需要根據今天的認識加以辯證和評價。首先，我們認爲，茅盾從文藝發展史的角度確認了「新浪漫主義」的「最新」性質，這無疑是正確的（因爲當時還沒有形成無產階級文學流派）。但是，最新的不一定是最美最好的。所以，茅盾由「最新」而推導出最高「最完滿」的結論是形而上學的。其次，他指出了「新浪漫派」重主觀、重表現、重想像的特點，也是完全正確的；進而指出「新浪漫派」所重視的「主觀」，已不是舊浪漫主義的「主觀」，更表明了茅盾理解之深刻。但是，他又把「想像」和「觀察」相提並論，把它和「爲

〔註2〕 《茅盾文藝雜論集》（上），上海文藝出版社 1981 年版第 27 頁。
〔註3〕 《茅盾文藝雜論集》（上），版本同上，第 31 頁。
〔註4〕 茅盾：《爲新文學研究者進一解》，載 1920 年《改造》第 3 卷第 1 號。
〔註5〕 《茅盾文藝雜論集》（上），版本同上，第 96 頁。

人生」的藝術硬扯在一起，這就未免有悖於現代派的本意了。再次，他把「新浪漫派文學」看成是「能幫助新思潮」，並「引導我們到真確人生觀的文學」（指樹立「自由」、「民主」的觀念），如果這是單指羅曼‧羅蘭和巴比塞等人的「新理想主義」文學而言，那是比較符合實際的；如果是包籠了「新浪漫主義」的所有流派，那是與其中的大多數流派的宗旨大異其趣的。這裡必須指出的是，茅盾當時對「新浪漫主義」中的各個流派雖然採取了區別對待的態度（如反對唯美、神秘、頹廢諸流派，只推崇象徵、表現、新理想諸流派），但他意念中的「新浪漫主義」仍然是與實際情況有距離的。這與引進的西方文藝理論家對這個問題的論述有關，也與資料的缺乏有關，大家都這樣認為（如謝六逸在《西洋小說發達史》中所說），茅盾自然也不能例外。所以，這是一種時代的錯誤，並非茅盾個人的責任。但是，我們今天卻不能不辨認清楚。我們今天看來，茅盾所提倡的「新浪漫主義」，既不是全稱判斷上的現代主義，也不是本質意義上的現代主義，只不過是歷史所提供給他的又經他選擇改造過的現代主義罷了。

二

隨著中國工人運動的興起和發展，隨著茅盾馬克思主義水平的提高和階級觀點的確立，在 1925 年「五卅」之後，他就開始批判起「新浪漫主義」來了。這時寫的《論無產階級藝術》，就成了他批判「新浪漫主義」的第一個標誌。在這篇文章中，雖然羅曼‧羅蘭也是他批判的對象之一，但他批判的重點卻是從總體上指向真正的現代派了。

在《論無產階級藝術》這篇重要論文中，茅盾用馬克思主義的階級觀點分析了作為觀念形態的文藝的階級性質，明確指出各個時代的文藝都是表現「治者階級」的思想意識和審美情趣的，而且每個階級在其上昇期和沒落期的思想情趣也是不同的，因而在文藝中就有不同的反映。具體說來，就是產生於資本主義興盛時期的浪漫主義文學，「是一個階級的健全的心靈的產物」，而資本主義後期出現的「新浪漫派文學」，則是「傳統社會將衰落時所發生的一種病象，不配視作健全的結晶」，它「只是舊的社會階級在衰落時所產生的變態心理的反映」。它一方面「渴求新享樂與肉感的刺激以自覺其生存意識的頹廢思想」，另一方面又「勉強修改藝術的理論，借小巧的手法以掩飾敗落的痕跡」。所以，「這些變態的已經腐爛的『藝術之花』」，是不配

「作新興階級的精神上的滋補品」，也「不足爲無產階級所應承受的文藝的遺產」的。這就可以看出他對現代派文藝否定之徹底。但是對茅盾這種認識的積極意義和局限性必須加以說明。

我認爲確認文藝的階級性質，在世界的範圍內是由馬克思和恩格斯開始的，在中國則是由茅盾這篇文章開始的，其開拓意義絕不能低估。由於對這一根本事實的確認和肯定，就解決了文藝史上許多糾纏不清的問題，使我們弄清了藝術的社會本質，因而能夠自覺有爲地爲新階級的興起和發展服務。這應該認爲是文藝發展的一大進步，即使在今天也不容否定。但是，階級性並不是藝術唯一的社會特徵，此外尚有「集體無意識」，民族的傳統心理特徵，作爲社會人的個體性等等，因此，只用階級性作爲評判藝術好壞的標準，就必然陷進簡單化、庸俗化的泥坑。像茅盾對現代派藝術的批評，只是用了個階級性演繹推理，就得出了它是「已經腐爛的『藝術之花』」的結論，顯然是簡單生硬，缺乏深刻的說服力的。比方說，現代派對資本主義腐朽本質的深刻暴露和批判，對人的某些本質屬性的肯定或剖析，這都不是用一個「舊的社會階級」的「變態心理的反映」所能解釋清楚的。

其次，茅盾對現代派的批判雖不免有簡單化之嫌，但卻是代表了時代的潮流，反映著文藝發展方向的。在工人運動和革命鬥爭高漲的年代裡，無產階級革命文學的建立和發展，無疑有著不可估量的意義和作用。這不但已爲歷史所證實，也爲馬克思主義的文藝理論所闡明。可是，在今天現代派又被普遍引起重視的時候，想以今天的觀點否定革命文藝的倡導和建樹，這是違背歷史唯物主義的。今天有今天的環境條件，昨天有昨天的環境條件，文學藝術的產生和發展是受制於這些環境條件的，絕不能把昨天的主張放到今天的環境條件中去考量，也不能把今天的主張放到昨天的環境條件中去考量。如果把現代派文藝放到昨天的環境條件中去考量，只能證明它是不利於革命事業發展的毒素，否則，它爲什麼在革命年代不能生根開花呢？當時中國並不是無人創作現代派作品，爲什麼他們成不了氣候呢（如李金髮、穆時英）？爲什麼要等他們放棄了現代派主張才能有所成就呢（如戴望舒、馮至等）？

三

茅盾對現代派的批判，如果說 1925 年還顯得有點簡單生硬、籠統抽象的話，那麼到 1930 年發表《西洋文學通論》這部專著時，就辯證具體、深刻透

徹得多了。

在這部專著裡，茅盾從「史」的角度論述了現代派的產生、發展和演變，不僅探討了「各種新的主義」產生的原因、各自的特點及其演變趨勢，而且分別指出了它們的優劣長短、功過得失，批判得比較中肯恰當，很能發人深思。

首先，他在文學發展和社會變動的結合中，分析了現代派產生的原因，所起的作用和具有的價值。他認為 19 世紀後半葉盛行的現實主義（當時茅盾稱為「自然主義」）文藝，主張「為人生而藝術」，積極反映社會問題，原是應該肯定，然而「只問病源，不開藥方」的做法，就形成了「只在消極方面分析人生而並無積極的主張，甚至特意迴避積極主張」的弊端。這樣的藝術，自然使人失望、消極、悲觀，久而久之，便為有血有肉而且對生命有極大留戀的人類所不能忍受，於是就不能不生出「反動」來。而飛速發展的社會現實，又使人覺得自己所過的「那樣苦悶空虛機械的生活已經到了應該結束的時候了」。可是怎樣才能結束，新生活應該是個什麼樣子，大家又不甚了然，於是就尋求強烈的刺激，以求獲得一點生存的意味。這樣，頹廢派就應運而生了。「他們一方面幻慕著靈的神秘，一方面又追求著強烈的肉的快樂。他們要用肉的腥臭和酒的香冽混雜了，以薰醉刺戟其神經」。於是在文藝創作上就出現了神秘主義和象徵主義。它們雖然自稱要匡正自然主義的病態，但其本身也是病態。所以未來主義就要求健全地享樂人生，要求無條件地去接受資本主義的機械，大炮，飛機的文化。當然，機械、大炮、飛機也能創造非資本主義的文化，但未來主義並沒這樣新的創造意識，他們只不過想在資本主義的層樓上高歌享樂而已，所以，把人生從神秘引回到現實，是未來主義進步的一面，然而它的主張的狂亂而無內容，本身又是一種病態。立體主義想把混亂引上組織化，這也含有若干進步的意義，正像表現主義要努力創新一樣，它們都是重主觀的，實在也還是自然主義的反動；然而也就是因為「重主觀」，又使他們的作品陷於意義不明晰和沒有內容。達達主義以最「革命的」形式出現，實際上卻是最落後最反動的；它們否定了已往的一切文化，卻想回到原始混沌狀態來做小孩子的遊戲。這是厭倦了一切新奇的追求而又不甘寂寞的知識分子思想脆弱、意識破碎的病態極頂。「純粹主義在理論上是最清醒而健康的，不幸在表現方法並不能跳出立體主義的圈子，所以也沒有可說的成績」。由此可見，它們雖然也能使文藝曲折地發展，然而都是極端矛盾而又混亂的社會意識的表現，終於不能成為健全的文藝。所以，「能夠在自然主

義的分析批評的基礎上建立健全的人生的文藝的，不是這班新主義者」，而是在蘇俄出現的社會主義現實主義文學家。這就是茅盾對現代派產生、發展和作用的歷史性評價，既不全盤否定，又實事求是地進行了批判。

其次，從文藝學的角度，分別指出了各個流派的創作特點，並分析其長短，給以較為恰如其分的批判。他說：神秘主義、象徵主義的創作要求，都是排斥客觀描寫而主張表現「主觀的夢幻」的。但它們卻沒有浪漫主義所具有的鮮明的主觀見解、堅強的意志、活潑潑的勇往直前的氣概，只有逃避現實的苦悶惶惑的一副臉相！

未來主義者反對「唯美」和「復古」，主張面向未來，讚美機械文明，崇拜力之美，無論什麼人都應屈服於強力之下。但在藝術上，又主張化嚴肅為玩笑，以使人「快樂」，決心毀滅「藝術的莊嚴、神聖、嚴肅、典雅」，而把近代機械文明所表現的威力、速度、嘈雜、混亂作為文藝的生命。可是他們盲目地崇拜力與速、混亂與矛盾，恰好表示他們正是資本主義社會中的無政府經濟組織所產生的意識形態罷了。未來主義傳入俄國，已不像在意大利時那樣狂亂胡鬧了，在詩歌的藝術技巧方面有很多建樹，出現了馬雅可夫斯基那樣的革命詩人，把詩歌帶到街頭，直接和群眾見面，實在又是詩的一大進步。

法國出現的立體主義，因不滿意神秘、象徵派的虛幻夢囈，主張「創造」那並非模擬實物而又不是虛玄的文藝。他們是努力於把印象組織起來，用體積的形式（三角形、圓柱形、圓椎形、圓、方等）來表現他們主觀上所見的物的內在的真實。他們的主張跟神秘、象徵派不同，要求把自己的印象組織化與實體化。然而它卻沒有未來主義那樣得勢。

在德國及斯堪的那維亞半島出現的高舉反抗神秘主義、象徵主義大旗的表現主義，曾被稱為「新的狂飆突起」。這是在第一次世界大戰後危難、擾亂、懷疑社會環境中，一部分知識分子為追求出路而標舉的旗號。他們批評現代社會，他們咆哮、咀咒，但不絕望，自居於預言者的地位。他們說：藝術家是特異的人，比平常人更富於內心生活，有更多的思想與情感，並且有表現出來的本領，把它組織為大的社會力量。藝術家是聖潔的預言者。但是，他們預言和引導的出路是怎樣的呢？他們自己也不明白。可是找出路是必要的，在藝術上要求通過精細的實象來表現作者的全心靈。只要能表現自己的心靈就好，用什麼方法可以不同。他們以為，人的意識不單單是吸收外來的印象，還要由「自我」來溶化這外來的印象，依「自我」的要求，改造為新

的東西，所以表現主義的精神是積極的、主動的，但也是主觀的。

達達主義反對一切物質、理智、民眾、社會、組織、秩序，是一種狂亂的破壞精神，主張回復到原始的人性、嬰兒的心境，主張作品的「無意義」。他們的作品既無內容，也不求人理解。如果說表現主義否定已往的文明是為創新，那麼達達主義否定一切之後則是要回到原始的無意義的幼稚。

這就是茅盾運用歷史唯物主義對「現代派」各種主義所作的具體分析。無疑，這種分析是比較中肯的。但是，對它們所進行的多方面的藝術探索和創新的積極意義則肯定得不夠，因而也就沒有明確提出具有借鑑價值的意見，這不能不說是美中不足。

四

如果說《西洋文學通論》是從文學發展史的角度批判了現代派思潮的話，那麼 1957 年寫的《夜讀偶記》，便是從藝術哲學的角度對它作更深刻更系統的理論批判了。

他說：這些流派的共同的思想基礎，就是「非理性的」。而「非理性」，乃是 19 世紀後半葉主觀唯心主義中間一些「最反動的流派」（叔本華、尼采、柏格森、詹姆士等）的共同特點；這是一種神秘主義的不可知論，否定理性思維能力，否定科學有認識真理的能力，否認有認識周圍世界的可能性，而把直覺、本能、意志、無意識的盲目力量抬到首要的地位。尤其是柏格森的哲學思想，直接成了現代派諸家思想的養料。柏格森是以神秘的直覺能力來對抗理性和邏輯的認識的，現代派諸家所自吹自擂的空前新穎的產生於絕對「精神自由」的表現方法，實際上就是柏格森這個理論的各式各樣的翻版。除了「非理性的」，現代派的某些派別（如表現主義和超現實主義）還加了另一味佐料，「這就是荒謬的弗洛伊德的心理學說」。

正因為他們對現實的態度是不可知論，否認人類社會發展的規律性，所以現代派的文藝家或者逃避現實，或者把現實描寫成為瘋狂混亂的漆黑一團，把人寫成只是有本能衝動的生物。正因為他們是唯我主義者，所以他們強調什麼「精神自由」，否定歷史傳統，鄙視群眾，反對集體主義。正因為他們是不可知論的悲觀主義者和唯我主義者，所以他們的創作方法是「非理性的」形式主義。因此，我們有理由說現代派文藝是反動的，不利於勞動人民的解放運動，實際上是為資產階級服務的。

除了某些上綱過高、批判過激的言詞之外，從基本精神上講，茅盾的批判是切中肌理入木三分的。他批判的基本論點，至今仍爲人們所採用；只是對現代派應該肯定的部分，茅盾的研究就太簡單了（如光看到某些技巧可以爲我所用），他沒有深入底裡，探索一下它們對藝術所做出的新貢獻，這就和現代人的認識形成了距離，我們不可不注意研究他和現代人在認識上的這種異同點，以便引出我們應有的結論。

<h1 style="text-align:center">五</h1>

在分階段評析了茅盾對現代派的認識過程之後，現在就應該由我們來做結論了。這結論應該是：

（一）從整體上看，茅盾的文藝思想與現代派思潮是格格不入的，因而其主導傾向與現代派是矛盾的，相互排斥的。他在「五四」時期之所以稱許提倡現代派，一是與現代派當時的形態尚未正式確立有關，——它正式確立是在本世紀 20 年代；二是與茅盾及其同時代人對它的誤認有關，——當時他們把在法國新出現的「新理想主義」這個應屬於現實主義的流派劃歸了現代派，因而使茅盾誤認爲現代派是「兼觀察與想像，而綜合地表現人生的」，是「能夠幫助新思潮的」，這就使急於要借文學以「宣傳新思潮」的茅盾把它當成了主客觀相結合的「最高格的文學」，從而加以推崇和提倡。但是，只要把「新理想主義」從現代派中抽出去，茅盾就失去了論斷的主要依據，他提倡的現代派就架空了。所以，要想從茅盾提倡「新浪漫主義」的理由中找出可以在中國提倡現代派的有力論據，那是絕不可能的；而從他的批判中看現代派難於在中國立足的根據，那倒是極爲充分的。因爲現代派思潮在體系上與茅盾的革命現實主義理論是極端對立和排斥的。這樣一看，那麼茅盾堅決、持久而徹底地批判現代派，而且在思想解放的時代也不反悔，那就是極爲容易理解的事了。

（二）各種文學流派的產生、發展、消亡，都制約於它們各自所處的社會歷史條件，絕不能把它從具體的社會歷史條件中抽取出來，孤立地談論它的優劣得失。在無產階級領導的人民革命的時代，人民需要茅盾倡導的這種能夠揭示歷史發展趨向的革命現實主義文學，而不需要那種思情破碎狂亂意義不明的現代派文學，這已爲歷史所證實，並不是因爲茅盾等人批判了它的緣故。茅盾的批判，正像他的主張一樣，只不過代表了這一時代對文藝的要

求罷了。

在茅盾所處的時代，中國人民正在中國共產黨的領導之下進行著推翻「三座大山」的革命鬥爭。雖然在具體過程中有不少曲折和反覆，但從基本趨勢說，那的確是方向明，決心大，方法對，絕不像西方現代派所處的那種危機四伏又找不到出路的社會環境。因此，這樣的社會環境，這樣的歷史時代，是不會允許現代派那樣顛狂迷亂、頹廢享樂的文藝存在的；它急切要求於文藝的，是題材的時事性，規模的詩史性，問題的重大性，主題的積極性，表述的明瞭性。而革命現實主義文藝正是具備這「五性」的文藝，所以它能緊跟時代發展的步伐，勇敢勝利地前進，蓬蓬勃勃地發展，為革命立下了大功，取得了偉大成就，豐富了藝術的寶庫，這是任何人也抹殺不了的。

我們知道，現代派文學的思想內容是西方資本主義進入壟斷時期人們的一種變態心理、絕望情緒和虛無主義思想的表現，它反映了人與社會、人與人、人與自然、人與自我這幾種關係上的全面扭曲和嚴重異化。它雖然深刻揭示了資本主義世界的社會和精神危機，具有重要的認識價值。但是，它又是病態心理的反映，自然也會給人們帶來不可估量的腐蝕作用。

就人與社會的關係說，現代派表現出從個人的角度全面反抗社會的傾向。他們自居於社會的對立面，以局外人的身份向全社會攻擊。他們所攻擊的社會，自然是指壟斷資本主義的醜惡現實，但又往往把它擴大為整個現代社會或人類有史以來的社會，甚至指「社會」這種組織形態本身。這種兩重性就使得他們的攻擊一方面具有揭露資產階級社會的意義，一方面又隱含反對一切社會形式的無政府主義傾向。他們與傳統作家相比，在反對社會這一方面確有很大不同。18、19世紀的作家一般是從社會人的角度去揭露批判某個具體社會的某種具體現象，如專制政體、官僚統治、道德敗壞等等，目標比較具體明確；而現代派則是從個人的角度，與社會游離的角度去作籠統的攻擊，因此現代派的反社會傾向往往帶有個人的、抽象的、無目的的、全面的特徵。這種特徵使現代派文學具有一定揭露現實的作用，但又帶有很大的破壞性。

在人與人的關係上，現代派文學揭示出一幅極端冷漠、殘酷、自我中心、人與人無法溝通思想感情的可怕圖景。薩特在《門關戶閉》一劇中有一句名言：「別人就是（我的）地獄！」這可以看作現代派在這個問題上的宣言。18、19世紀的文學當然也揭露資本主義社會中爾虞我詐的人際關係，但它一般局

限於具體條件和環境之中，例如老闆與工人、店主與店員、資本家與資本家、壞人與好人之間一方對另一方的鬥爭、欺詐、愚弄等等。現代派的特點則是從本體論哲學的角度對人性溝通作了徹底的否定。存在主義者認爲個人的自我意識是宇宙和人生的中心，離開了它，宇宙和人生便沒有意義；而意識必須具有對象，別人和你接近，勢必要把你作爲他的意識的對象，而你又必然要反抗他這種意圖，要求他成爲你的意識的對象。由此看來，人與人的關係，從根本上說，只能是矛盾衝突的關係，而不能是息息相通的關係。這就從人性的本體論上否定了人際交往的可能性，不僅反映了資本主義社會關係的陰暗可怕，而且全面地、徹底地取消了人類彼此瞭解的可能性、現實性和必要性。這當然是一種主觀唯心主義的歪曲，然而卻是現代派（特別是存在主義和荒誕派文學）作品中經常描寫的主題。表現主義戲劇中的某些作品把父子、夫妻、朋友、鄰居之間表面上的親親熱熱、內心裡陰險狠毒的狀態表現得特別淋漓盡致，怵目驚心！然而，由於他描寫的並非個別人而是人的「原型」，這就揭發到全人類的頭上去了。

在人與自然（包括人與大自然、人與人的自然本性、人與物質世界）的關係上，現代派同樣表現出全面否定的態度。美國批評家歐文‧豪在《文學藝術中的現代性》一書中指出，在現代派筆下，大自然消失了，它不再是一個獨立的自在物，而成爲人的意識的象徵。對於人本性的非人化現象在現代派作品中也是非常突出的。在卡夫卡的小說裡人不過是個甲蟲；在托麥斯的詩裡男人缺臂斷腿，女人像風笛，有的只是一根燃燒著的蠟燭；法國的新小說家要以「物」來取代人的地位；荒誕派劇作家則酷愛把人貶低爲動物。對物質世界採取敵對態度也是從象徵派到荒誕派共有的傾向。這些方面，現代派的態度和浪漫主義者歌頌自然、肯定人的價值，現實主義者重視物質世界的態度是很不同的。正是在這些地方，我們可以看出現代西方資產階級深受物質壓迫因而仇視物質的精神危機。

在人與自我的關係上，現代派作家在現代心理學的影響下，更表現出前所未有的特點。他們對自我的隱定性，可靠性和意義產生了嚴重懷疑。由於現代派心理學認爲自我的核心不是理性而是本能（欲望）和下意識，它變化多端，深奧莫測，現代派作家就力圖在作品中表現人物意識的複雜變化。維吉尼亞‧沃爾夫的著名小說《海浪》就多方面探討了「自我是什麼」的問題。喪失自我的悲哀，尋找自我的失敗也是不少現代派作品的主題。當代英國批

評家馬丁‧艾思林就把荒誕派文學概括爲「尋找自我」的文學。捷克現代派作家卡萊爾‧恰佩克的《萬能機器人》，描寫的就是現代人淪落爲機器人，失去了人的本質的悲劇。在人從屬於物的情況下，人失去了本性，成爲非人，成爲對自己、對別人說來都是異化了的分子。此外，自我中各個部分的分裂倒置也是現代派作品中常見的現象，通常表現爲一個人物的理性與直覺、意識與無意識、意志與本能的尖銳衝突，而現代派作家一般都是支持直覺、無意識和本能這一邊的。現代派對自我關係上的種種表述，是過去任何一種傳統文學所少有的。

總之，人類賴以生存的這四種關係遭到如此嚴重的扭曲和脫節，造成如此嚴重的畸形和變態，歸根結底是資本主義關係進一步惡化並腐蝕的結果。因此，反映這四種關係的全面異化，就深刻揭示了資本主義世界尖銳的社會和精神危機，具有重要的認識價值，但是，它又不是健全心理的反映，自然也會給人們帶來不可估量的腐蝕作用。所以革命時代的人們，決不會看中這種文學。

在藝術上，現代派又是重主觀表現，重藝術想像，重形式創新的，因而形成了它的獨有的特徵。

在藝術與生活、現實與情思的關係上，他們強調表現內心的生活、心理的眞實或現實。主觀性、內向性，是現代派的一個重要標誌。這裡要特別注意的是，現代派所謂的「內心」乃是現代心理學所闡明的「內心」，即一顆以本能爲主導的變化多端、異常複雜的心。這種觀點並不排斥現代派反映現實的可能性，不過他們側重從變化多端的內心來反映現實，即從特殊的角度用特殊的方式來反映現實。因此，他們要求用「知覺來表現思想」，「把思想還原爲知覺」；或者叫做思想找到了它的「客觀聯繫物」，情緒找到了它的表現形式——「對應物」。這樣一來，象徵、自由聯想、暗示，就成了他們常用的手法。

在藝術與表現、模仿的關係上，現代派認爲藝術是表現，是創造，不是再現，更不是模仿。他們認爲，文藝家是通過藝術想像創造客體，表現主體，這時客觀世界只有提供素材的作用；他們極端重視想像的巨大作用，說它是綜合的、有昇華作用的、能化生活素材爲藝術經驗的白金片（艾略特語），是能滿足最大量意識活動、導致最豐富生活價值的寶器（伊‧阿‧瑞恰慈語）。這樣，創作者就上昇到先知者和英雄的地位，創作本身也被認爲具有發現眞

理、創造眞實的神聖功能。這種理論的長處是促使作者重視自己的價值，重視形象思維的發揮，重視創作態度和嚴肅性；它的弊病是容易誘使作者成爲精神貴族，使想像放縱不受控制，也使創作帶上神秘主義色彩，走向藝術至上、形式至上的路子。譬如在自由聯想的時候，他們就常常做過頭、創造一些誰也不懂的意象。我們知道，正常的聯想是以事物間相似的屬性爲基礎的，有一定的明顯的推理關係作爲橋樑，如從太陽引起光明、溫暖的聯想，因爲太陽本來就有光和熱。現代派的聯想既有符合這一原則的、成功的範例，也有只憑個人直覺和幻想隨意創造的不容易被人理解的例子。如英國超現實主義詩人狄蘭·托麥斯把陽光說成是從太陽踢出來的「足球」，就太出奇了。現代派自由聯想中的橋樑是作者暗舖上去的，並不露出於水面，而是潛伏於水底，因此，不瞭解內情的讀者容易觸礁翻船。現代派自由聯想的隨意性，一方面有助於擴大表現手法，另一方面往往使它的作品費解難懂。

在內容與形式的關係上，現代派作家大都是有機形式主義者，認爲內容即是形式，形式即是內容，離開了形式就無所謂內容。因此他們極端注意形式的創新。所以不少人也走上了形式主義，搞些毫無意義的花樣翻新。如語言方面，現代派經常運用意象比喻、不同文體、標點符號甚至拼寫方法和排列形式來暗示人物在某一瞬間的感覺、印象和精神狀態，敘述上改變了傳統文學那種由作者介紹、評論的方法，形成了靠形象暗示、烘托、對比、象徵的手法。他們自稱這是「戲劇性」的敘述方法，不同於「講故事」的傳統敘述方法；在章法結構上採用雙層結構、多層結構，更是常見的寫法，如喬伊斯的《尤利西斯》。這些方面，有成功的，也有失敗的，我們要具體分析。

總而言之，現代派文學是由西方的現實環境、歷史條件所決定的。中國沒有這樣的環境和條件，所以茅盾極力反對它，批判它，並得到了社會和文藝界的贊同和認可。

那麼，何以今天在中國提倡現代派文學竟有了市場，甚至還受到一些人的歡迎呢？因爲有了同西方相似的環境和條件。

首先是一場「史無前例的文化大革命」，人妖顛倒，是非混淆，不僅使正常發展的政治經濟受到空前的浩劫，人們的健康的思想感情也受到了極端嚴重的蹂躪和摧殘，幻滅感、恐懼感、無出路感、虛無感隨之產生；當「惡夢醒來」之後，傷痛感、悔恨感、失落感、信仰危機感又紛紛而至。於是「傷痕文學」、「反思文學」、「尋找自我」的文學像雨後春筍般出現。所以，我認

爲「文化大革命」後人們的精神狀態，是現代派文學得以興起發展的最重要的條件，最肥沃的土壤。

其次，政治上「極左」路線的影響，文化思想上的主觀唯心主義和形而上學的統治，使我們的「革命現實主義」文藝走進了簡單化、模式化的死胡同，大量的應時作品成了「面目可憎的瘟三」。因此，在推倒「四人幫」的專制統治之後，隨著思想解放的倡導，隨著對外開放政策的實現，西方文化不但在中國傳播有了可能，而且常常給人以新鮮感，受到青年人的歡迎。現化派一些追求新奇的主張也有一定的迷惑性。這是從長期封閉狀態走向開放道路時必然有的現象。

當然，我們沒有西方物質文明的發展使人異化的情況，所以沒有恰佩克的《萬能機器人》式的作品，然而卻有因政治思想統治而使人變成非人的事實，所以文學中出現了謝惠敏、「馬列主義老太太」式的人物。

總之，因爲中國出現了某些類似西方現代派得以生長的環境條件，所以它才有了傳播和生長的可能。自然，隨著這些條件的消失，現化派也會失去市場的。我們是社會主義國家，絕不會走西方資本主義道路，所以，產生現代派的社會歷史條件我們是沒有的，目前出現的一些類似的環境條件並不具有本質意義，它會隨著我們黨的撥亂反正的實現而逐步消失的。所以，我又認爲，現代派的某些優長是可以爲我所用的，也是應該研究繼承的，但作爲一個流派的基本精神和主導因素，在我國是不會有長久生命的。

（三）茅盾對現代派與革命現實主義能否融和統一的問題也做過研究。他的結論是，吸收現代派的某些藝術技巧是可以的，如馬雅可夫斯基吸收未來主義對詩歌音樂性的研究成果而形成自己獨特的豪邁雄壯的風格；瑞典畫家卡爾・拉爾松運用印象主義的技法而使其作品充滿了光和氣氛，同時又有樸素而眞實的生命，但是，作爲一種藝術體系，尤其是藝術背後的哲學思想體系，現代派與革命現實主義是絕不能合二而一的，因爲革命現實主義的哲學基礎是辯證唯物主義與歷史唯物主義，而現代派的哲學基礎則是主觀唯心主義。

當然，茅盾的結論從原則上看是正確的。但在實際上，他這種結論又顯得過分簡單了些。從藝術的本質上說，它應該是主客觀結合的產物。藝術創作，既要感受並認識客觀事物，又要研究分析客觀事物這面意識鏡的複雜性，這裡有直覺、知覺、思維、理智、意志、本能、下意識等複雜因素。我們不

能只強調重客觀、重理智的唯物主義思想方法而忽略了本能、下意識、直覺、幻覺在創作中的作用。正是從這個意義上說，現代派的哲學基礎雖然是主觀唯心主義，但它在創作主張和實踐上卻爲我們深入研究革命現實主義還沒有注意到的角落，開拓了文藝創作中的新領域。譬如「非理性」的主張，作爲一種「主義」，那當然是錯誤的，但它對研究創作中的「非理性」因素，則是大有幫助的。譬如超現實主義「超越說」，表現主義的「深層心理說」，弗洛伊德的「潛意識說」，都可以在辯證唯物主義的基礎上加以融合吸收，來豐富和發展革命現實主義理論和創作。現在看來，茅盾在這方面的極端排斥雖有其客觀原因，但卻是不利於文藝創作的繁榮和發展的。我們應該接受這一經驗教訓，不要怕它們，而應該深入研究它們，取其精華，去其糟粕，使它們爲我所用，成爲發展和完善革命現實主義文藝的有利因素。當然，這樣做也不等於革命現實主義和現代派的合二而一，而是有條件地吸收、批判地繼承。我認爲融和了現代派優長的現實主義，不妨稱作「開放的現實主義」。

現代派強調不斷創新的主張，雖有其獵奇和追求形式的一面，但多數流派和作者是嚴肅的，因此我們不能輕率地一笑了之，應該看到，不斷創新是藝術發展的根本前提。任何一種藝術，包括浪漫主義、現實主義藝術，只要不再創新，不再發展，便會失去藝術生命。所以現代派力求創新的主張是正確的，絕不容否定。但是，創新是不能離開對優秀傳統的繼承的，否定一切傳統的創新也不是眞正的創新。因此，現代派一味否定傳統的做法是不科學的，我們絕不能隨聲附和，不過爲創新而要求打破舊框框的束縛，其精神則是可取的。這方面，茅盾的分析顯然也缺乏辯證性。

1987 年 6 月完稿

八、茅盾早期文藝思想的本質特徵

一

　　茅盾文藝思想的分期，目前學術界的意見尚不盡一致。不過多數同志認為，從他「開始叩文學的門」至 1924 年冬為初步形成期，1925 年到 1931 年為轉變期，1931 年後為日趨成熟期。這種分期，我們以為基本上反映了茅盾文藝思想發展的脈絡，故本書採用此說，將茅盾早期的文藝思想界定在 1919年發表《托爾斯泰與今日之俄羅斯》到 1924 年冬想寫一篇「論述無產階級革命文學的文章」這段時間內，並對其本質特徵作一番探討，以期對茅盾文藝思想體系的研究盡點綿薄之力。

　　眾所周知，在這段時間裡，中國社會和人們的思想，正在經歷著劇烈的動盪和變化。「五四」愛國學生運動，激起了全國人民奮發圖強、振興中華的愛國熱情；俄國十月革命的影響，又促使先進的中國人進一步考慮自己的問題；偉大的中國共產黨的誕生，則標誌了馬克思主義與中國工人運動的結合，從此開闢了中國歷史的新紀元。這種嶄新的歷史時代，必然要求各種意識形態與之相適應，也必然要求文學藝術做它的幫手，為它服務。這就是說，全新的時代，要求產生全新的文藝。

　　從迅速發展的這種時代要求來看，「文學革命」之初陳獨秀、胡適、周作人等所提出的文學主張，雖然具有開創之功，也未失其反封建的作用，但卻不具備這種新質，並與迅速發展的時代要求日益產生了距離。作為新文化運動旗手的魯迅，雖然以自己的作品顯示了文學革命的「實績」，給新文學樹立了光輝的榜樣，引導著新文學勝利前進，然而他也沒有從理論上探討文學發

展的這種新質，給以理論的說明。因此，從理論上探討新文學的性質，建立新文學的理論體系，從理論批評上引導新文學勝利前進的任務，就歷史地落在了年輕茅盾的肩上。

當時茅盾在商務印書館工作，是全國最有影響的文學刊物《小說月報》的主編，也是現代文學史上第一個文學團體文學研究會的重要成員，他有條件也有義務來解答新文學創作中出現的各種問題，以引導新文學朝著正確的方向發展。同時，他又非常熱心於社會改革，較早地接觸了馬克思主義，參與了中國共產黨的籌建，擔任了黨的重要職務，具有開闊的政治視野和較高的政治識見，這就不能不影響到他的文藝觀，使他的文藝觀帶有強烈的政治傾向性和革命功利性，從而形成了文藝觀的先進性。他提出並極力堅持的「為人生」的文藝觀，就是他的政治傾向性的集中表現，也是他對文藝革命功利性的最好的說明。他要求文藝要「宣傳新思想」，揭露社會的腐敗和黑暗，「使人精神上得相感通」，「齊向一個更大的共同的靈魂」，〔註1〕以期改善下層群眾的生活。這就既為革命找到了一種「工具」，又為文學找到了前進的正確方向。這在當時無疑是草萊中拓荒，很不簡單。

然而對於文學創作來說，這種要求還是偏於外在的，是文學的外部規律所要解決的問題。深明文學創作規律的茅盾，是不會以此為滿足的；他要把這種外在要求融化在內部規律中，還要進行深入的探索和研究。可是，當時馬克思主義文藝理論尚未介紹進來，蘇聯的無產階級文學尚處在萌芽階段，所以，茅盾也難於擺脫這種時代的局限，也不期然而然地隨著當時的風尚，「向西方國家尋找真理」，通過對西洋文學的廣泛深入的研究，來探討新文學的內在特質和規律。他在晚年的回憶錄中說：「既把線裝書束之高閣了，轉而借簽於歐洲，自當從希臘、羅馬開始，橫貫19世紀，直到『世紀末』」，去進行一番「窮本溯源」的工作，以便取精用宏，「吸收他人的精萃化為自己的血肉」，創造出我們的「劃時代的新文學」來〔註2〕。這是何等的恢宏氣概！又是何等科學嚴謹的治學態度！然而，就是在這種廣泛深入探索追尋的過程中，反映了他的比較先進的世界觀同西方各種文藝思潮之間的錯綜複雜的矛盾：他要向西方尋求能夠發展中國新文學的理論和「範本」，但經過「探

〔註1〕 《一年來的感想與明年的計劃》，載《茅盾文藝雜論集》（上）上海文藝出版
　　　　社1981年版第66頁。
〔註2〕 茅盾：《我走過的道路》（上），人民文學出版社1981年版第134頁。

本窮源」的研究，也沒有發現一種完全滿意並可以照搬的現成典範；雖然不能完全照搬，但大部分文學流派又都有可資借鑑學習的方面，尤其是西方的寫實主義、自然主義、新浪漫主義諸流派的文學，他認爲定會對中國新文學的建立和發展有所助益，因而他就採取了仔細比較鑑別和有原則的吸收的態度。這樣一來，他的大量而零散的文論中就出現了有時提倡甲主義，有時提倡乙主義，提倡甲時反對乙，提倡乙時又反對甲的現象，使其文藝思想呈現著一定的矛盾複雜的情況。出現這種情況，應該說是任何一種從「現成的資料」中「創立新知」的研究過程所難以避免的，也是剛剛接觸了馬克思主義的年輕的茅盾所無力完全解決的。所以，他的「提倡」，他的「反對」，都帶有直觀的性質。

他從西方文學的發展演變中，看到了它「由古典——浪漫——寫實——新浪漫……」的演變順序，就認爲中國文學也應該按這樣的「次序」演進一番，而不能夠一步登天，因爲這是「文學進化的通則」。那麼，當時中國的文學已發展到哪一個階段了呢？他認爲「還停留在寫實以前」，故「寫實主義在今日尚有切實介紹之必要」〔註3〕。從當時中國的文壇狀況看，「以文學爲遊戲爲消遣」的舊文學觀念還根深蒂固；「但憑想當然，不求實地觀察」的創作方法也泛濫於文壇。因此，「要校正這兩個毛病，自然主義（寫實主義的同義語——引者）文學的輸進似乎是對症藥」〔註4〕。於是他大力提倡起寫實主義文學來。但是，他通過對古典主義浪漫主義和寫實主義文學的比較研究，又認爲寫實主義雖有同情下層人民和敢於揭露社會黑暗腐敗的長處，然而也有「太重批評而不加主觀見解」，「缺乏輕靈活潑」的氣韻，容易「使人失望」的短處。因而茅盾雖然大力提倡它，但並不十分滿意。於是，爲了彌補寫實主義之不足，他又提倡起「表象主義」（即象徵主義）和「新浪漫主義」來。因爲「浪漫精神常是革命的解放的創新的，……得之則有進步有生氣」。所以茅盾又認爲：「能幫助新思潮的文學該是新浪漫的文學，能引我們到眞確人生觀的文學該是新浪漫的文學，不是自然主義的文學」。〔註5〕但是，面對當時文壇的現實，他又猶豫了，又說什麼「新浪漫主義在理論上或許是現在最圓滿的，但是給未經自然主

〔註3〕 《〈小說月報〉改革宣言》，載《茅盾文藝雜論集》（上）第20頁，版本同前。
〔註4〕 《一年來的感想與明年的計劃》，載《茅盾文藝雜論集》（上）第66頁，版本同前。
〔註5〕 《爲新文學研究者進一解》，見1920年9月15日《改造》第3卷第1號。

義洗禮，也叨不到浪漫主義餘光的中國現代文壇，簡直等於向瞽者誇彩色之美。彩色雖然甚美，瞽者卻一毫受用不得」〔註6〕。這就反映了他在西方幾種「主義」之間的矛盾徘徊態度，也表明了他對這幾種「主義」的取捨原則，這顯示了他要在這幾種「主義」基礎上「創立新知」的意向。只是由於這些「現成的資料」的局限和他的認識水平上的限制，一時還沒有得出系統嚴密的科學結論，但他所要建立的文藝理論的輪廓還是依稀可辨的。

有些研究茅盾早期文藝思想的人，既不看他主張中的基本意向，也不看他主張中的矛盾複雜的情況，就各執一端，得出了完全不同的結論：有的說他是嚴格的現實主義者，有的說他是「自然主義的信徒」，還有的說他在某一段時間內也曾提倡過「新浪漫主義」。這實在是一種皮相之見！因為這樣一來，就把茅盾早期的文藝思想搞得支離破碎了，也把它形態上固有的矛盾和複雜性擴大化了，使它在總體上成為不可理解的東西。其實，茅盾在提倡上述幾種「主義」的時候，都沒有全盤照搬，而是按照當時中國社會和文壇的需要，逐一對它們進行了周詳的分析，取其精華，去其糟粕，為我所用。所以，茅盾提倡的這幾種「主義」，已不是本來意義上的「主義」，而是經他「改造」過的「主義」，帶有茅盾的「個性」，打著茅盾的「印記」；而經茅盾「改造」過的「主義」，它們之間是有內在統一性的，是一個整體的不同側面，而不是互不相干的對立體。

因此，只要我們不在名詞概念上兜圈子，也不是用今天的尺度要求前人，而是對他正面表述的文藝見解做一番歸納整理，並對他所使用的錯綜矛盾的術語，按他當時的理解和用意做些準確的詮釋，再找出這些術語之間的內在聯繫，從總體上加以研究把握，這樣我們就會發現，在他早期表面錯綜複雜的文藝論著裡，是有著始終一貫的思想內核的：這就是在「為人生」的文藝觀的指導下，既想積極汲取浪漫主義等流派的優長，又嚴格恪守寫實主義的基本原則，從而建立起符合當時中國所需要的帶有浪漫精神的現實主義理論體系。這種理論體系既不同於西方的寫實主義或自然主義，也不同於西方的新浪漫主義或舊浪漫主義，而是帶有新理想因素的現實主義。這就是茅盾利用前人留下來的「現成的資料」對文學理論所做的新貢獻。只是由於當時他的馬克思主義水平還不夠高，對西方各種文學流派還缺乏更本質的認識，再

〔註6〕《自然主義與中國現代小說》載《茅盾文藝雜論集》（上）第96頁，版本同前。

加上沒有現成的無產階級文學理論和作品可借研究借鑑，所以這種理論還沒有達到科學的革命現實主義（或曰社會主義現實主義）的高度，而且本身也欠系統完整，但它畢竟搭起了新文學理論的框架。只要我們深入一步研究就可以發現，這個理論框架同 1925 年後倡導的革命現實主義理論，在精神上是相通的。在這裡，不僅對茅盾廣收博採、「探本窮源」的精神應該肯定，而且對他的拓荒創造、「翻舊出新」的智慧更應該肯定。

正是這種「爲人生」的功利主義的文學觀，和帶有浪漫精神的現實主義創作論，才使茅盾和他的「同仁」徹底戰勝了「以文學爲遊戲爲消遣」的舊觀念，切實糾正了「只知主觀的向壁虛造」的創作積弊，抵制了新舶來的一些錯誤的文藝思潮，從而爲現實主義文學的發展掃除了障礙，指引並催促著新文學的健康發展。歷史已經證明，這種理論在當時是最正確的，它在新文學的發展中是起了巨大作用的。所以，茅盾的歷史功績是不可磨滅的。

二

爲了進一步說明茅盾早期文藝思想的這一本質特徵，就需要從這一時期他所寫的大量而零散的文藝雜論、短評中梳理出他對文學的本體論和創作論的基本觀點，並做些必要的闡釋，以便對這一本質特徵有個系統而具體的瞭解。

現在先來看看他的本體論。

文學的本體論，主要是回答文學是什麼的問題。在這個問題上的不同回答，就分成了不同的流派；反過來說，不同流派的回答是各不相同的。但是，它們的回答儘管五花八門，歸納起來亦不外兩類：一是偏於客觀的「再現」說，一是偏於主觀的「表現」說。茅盾對比研究了這兩類藝術的特點後得出結論說：文藝「本來不能專重客觀，也不能專重主觀。專重主觀，其弊在不切實；專重客觀，其弊在枯澀而缺乏輕靈活潑之致」〔註7〕。因此，他從寫實主義和浪漫主義那裡吸收了「合理的內核」，從而認爲「文學是人生的反映」〔註8〕，「社會背景的圖畫」〔註9〕，又「不能無理想做個骨子」〔註10〕。新

〔註 7〕 《文學上的古典主義浪漫主義和寫實主義》，見 1920 年《學生雜誌》第 7 卷第 9 號。
〔註 8〕 《文學與人生》，《茅盾文藝雜論集》（上）第 110 頁，版本同前。
〔註 9〕 《創作的前途》，《茅盾文藝雜論集》（上）第 52 頁，版本同前。
〔註 10〕 《文學上的古典主義浪漫主義和寫實主義》，見 1920 年《學生雜誌》第 7 卷第 9 號。

文學應是「能兼觀察與想像，而綜合地表現人生的」〔註11〕。這就表明了茅盾想從主客觀的結合上來界定新文學性質的意向，也顯示了他要把文學的客觀真實性與主觀理想性統一起來的意圖和願望。當然，他那時還未能根據這種意向得出科學的定義，不過，這種意向是隨處可見的。

在創作論裡，他這種意向就表現得更明顯了。在創作論裡，他一方面強調「要忠實地表現人生」，另一方面又極力主張宣傳「新理想新信仰」。然而怎樣使二者結合起來呢？他在《創作的前途》中是這樣表述的：「現社會中的人，似乎可分為三流」：一是「不曾受著西方文化影響的純粹中國式的老百姓」；二是「受著西方文化影響，主張勇敢進取的」；三是「介乎兩者之間的，不主張反古而又不主張激烈的新主義的」。「這三條對角線的伸縮就形成了現在中國社會思想之外殼」。中國社會將來要變成什麼樣子，「全恃乎這三條對角線伸縮的程度誰強誰弱而定」。文學家的任務就是「一方面描寫這三條對角線的現象，一方面又隱隱指出未來的希望，把新理想新信仰灌到人心中」〔註12〕。這就是要求作家要站在時代的高度，從社會的動態中提煉創作的題材，又要將「新理想」滲透在形象的描寫之中。這種要求，還不正是寫實主義與浪漫主義相結合的具體說法嗎？

不過，茅盾在要求寫實與浪漫相結合的時候，似乎更看重「寫實」，更強調「寫實」，不厭其煩地介紹和闡述寫實主義創作原則，而對浪漫主義的論述，就顯得薄弱了些。在他的心目中，是要以寫實主義為基礎、為軸心來建立寫實與浪漫相結合的體系的。因此，我們不把他提出的創作原則稱為「兩結合」，而稱作帶有浪漫精神的現實主義。這是當時社會現實和文壇狀況在他文藝思想上的投影，也是他在時代影響下所形成的文藝思想的本質特徵。下面我們準備從他對文藝與生活、現實與理想的關係的論述上來具體分析一下這一本質特徵。

（一）在文藝與生活的關係上，他提出了「文學是人生的反映」的唯物主義命題，要求文學家去「忠實地表現人生」，不要在現實上面「加套子」，甚至對作家提出不要摻雜絲毫自己「主觀心理」的要求，而要按照社會生活的本來面貌去作忠實的反映。他說：「新文學的寫實主義，於材料上最注重精

〔註11〕 《新文學研究者的責任與努力》，載《茅盾文藝雜論集》（上）第31頁，版本同前。

〔註12〕 《茅盾文藝雜論集》（上），上海文藝出版社1981年版，第52頁。

密嚴肅，描寫一定要忠實」〔註13〕。又說：「人們怎樣生活，社會怎樣情形，文學就把那種種反映出來」〔註14〕。在這一點上，他同契訶夫、高爾基等現實主義大師的主張是完全一致的。契訶夫認為，現實主義應該「按照生活的本來面目描寫生活，它的任務是無條件的直率與眞實」〔註15〕。高爾基認為，現實主義就是「客觀地描寫現實」〔註16〕。從他們相似的表述裡，可以看出茅盾的現實主義立場和態度，是堅定、嚴肅、毫不含糊的。因此，他一而再、再而三地論證「客觀描寫和實地觀察」的重要意義，甚至通過巴爾扎克、福樓拜、莫泊桑、左拉的創作經驗的介紹，提出了必須「事事實地觀察」的要求；並且通過「高爾基之做過餅師」，「陀思妥耶夫斯基之流放過西伯利亞」的事例，進一步強調了直接生活體驗的重要性。這就抓住了現實主義創作方法的核心。他為了強調現實主義創作原則，還從藝術哲學的高度，論證了眞、善、美的關係，認為現實主義藝術家追求的「最大目標是『眞』」。因為「在他們看來，不眞的就不會美，不算善」〔註17〕。「『美』『好』是眞實」〔註18〕。只有眞實的藝術，才有「永久的價值」。〔註19〕顯然，茅盾在這裡是把藝術上的「眞」作為「美」、「善」的基礎看待的，是把「眞」看得高於一切的，是把「眞」作為藝術的生命的。這就為他的現實主義理論奠定了唯物主義的哲學基礎。因為只有這種「努力於求眞」的文學，才可以通過作品的藝術形象使人們對現實生活有個本質性的認識和規律性的掌握，才可達到「指導人生」的目的。

在這裡應該注意的是，茅盾所要求的「求眞」的文學，決不是寫「生活瑣事」和個人一時的「感興」，而是要寫出具有「普遍性」的社會生活和「人類情感」，要寫出時代的本質特徵。這樣一來，就形成了他的現實主義理論的兩大特點：

第一，他特別強調文學的時代性。他認為「文學是時代的反映」，所以

〔註13〕《什麼是文學》，《茅盾文藝雜論集》（上）第 151 頁，版本同前。
〔註14〕《文學與人生》，《茅盾文藝雜論集》（上）第 111 頁，版本同前。
〔註15〕《契訶夫論文學》，人民文學出版社，1959 年版第 39 頁。
〔註16〕高爾基：《俄國文學史》，上海譯文出版社，1979 年版第 207 頁。
〔註17〕《自然主義與中國現代小說》，載《茅盾文藝雜論集》（上）第 96 頁，版本同前。
〔註18〕《小說新潮欄宣言》，載《茅盾文藝雜論集》（上）第 7 頁，版本同前。
〔註19〕《自然主義與中國現代小說》，載《茅盾文藝雜論集》（上）第 96 頁，版本同前。

「真的文學也只是反映時代的文學」〔註20〕。因為，「時代精神支配著政治、哲學、文學、美術等等，猶影之於形」〔註21〕。而一代作家的共同的思想藝術傾向，也就是時代特點、時代精神的反映。至於時代背景所包括的內容，茅盾認為本不專限於物質的，也包括思想潮流，政治狀況，風俗習慣。對於這種「時代背景」，茅盾要求「表現得愈明顯愈好」。應該說，這一要求正是創造時代典型所不可少的原則。

第二，他要求作家反映的社會生活和思想感情必須具有「普遍意義」。實際上，這是從本質上提出的典型化原則。茅盾在最早的文藝短論中就指出：「文學家所欲表現的人生，決不是一人一家的人生，乃是一社會一民族的人生」〔註22〕。只不過由於藝術特性的要求，這「全社會、全民族」的人生，不得不通過個別的人事來表現。這就是說，「一方要表現全體人生的普遍性，一方也要表現各個人生的真的特殊性」〔註23〕。即通過大量的個別發現一般，通過大量的個性發現共性，然後又通過個別表現一般，通過個性表現共性，以便反映出社會生活的本質，以便「訴通人與人之間的情感」〔註24〕，「齊向一個更大的共同的靈魂」〔註25〕。這既表明了他的典型化的原則，也反映了他對文學社會化的重視，從而跟真正的自然主義者劃清了界限。由此可見，茅盾早期雖未使用過「典型化」這一術語，但卻充分注意研究了這個問題，提出了許多創造典型的具體要求，無疑對新文學的創作是起了指導作用的。

（二）在文藝與社會思潮的關係上，茅盾主張「新文學要拿新思潮做泉源，新思潮要借新文學做宣傳」〔註26〕。這就是說，新文學創作必須以新思潮作為指導思想，新思潮又應該借新文學來擴大自己的宣傳。他最早寫的《現代文學研究者的責任是什麼？》一文中的第一句話，就開宗明義地說：「自來一種新思想的發生，一定先靠文學家做先鋒；借文學的描寫和批評手

〔註20〕《文學與社會背景》，載《茅盾文藝雜論集》（上）第49頁，版本同前。

〔註21〕《文學與人生》，載《茅盾文藝雜論集》（上）第112頁，版本同前。

〔註22〕《現代文學家的責任是什麼？》，載《茅盾文藝雜論集》（上）第3頁，版本同前。

〔註23〕《自然主義與中國現代小說》，載《茅盾文藝雜論集》（上）第92頁，版本同前。

〔註24〕《自然主義與中國現化小說》，載《茅盾文藝雜論集》（上）第90頁，版本同前。

〔註25〕《一年來的感想與明年的計劃》，載《茅盾藝術雜論集》第68頁，版本同前。

〔註26〕茅盾：《我走過的道路》（上）人民文學出版社1981年版，第135頁。

段去『發聾振聵』」〔註 27〕。並舉出盧梭、易卜生、赫爾岑等文豪的代表作品為證，說明這些作品在宣傳他們各自「主義」時的作用，進而要求中國新文學家要樹立「傳播新思想的志願」，要有「表現正確的人生觀在著作中的手段」，以便將「新理想新信仰灌到人心中」。這無疑反映了一位社會改革家對新文學的希望和要求。當然，他在這裡所說的新思想、新理想的內涵，仍不外科學、民主、「個性解放」等革命民主主義的思想範疇，致使他的文藝思想還沒有達到革命現實主義的高度，但他對這種思想和理想卻是堅信不疑，並願為其實現而英勇奮鬥的。這說明他的文藝思想已超越了批判現實主義，正在向一個新的階段過渡。

那麼，怎樣才能在文學中宣傳這種新思想和新理想呢？深明文藝特徵的茅盾，並沒有把這種宣傳當作文學創作的外加任務，而是作為內的必然。他認為，如果作家「過分認定小說是宣傳某種思想的工具，憑空想像出一些人事來遷就他的本意，目的只是把胸中的話暢暢快快吐出來便了」，這在思想一面，「或可說是成功」，但在藝術上是「實無可取」的〔註 28〕。然則只寫生活表面，人物的社會環境「置之不寫」，「各派思潮怎樣影響」人物「亦置之不寫」，那也不免「內容單薄，用意淺顯」。因此，必須從理想與現實的關係中來解決這個問題。他說：「小說家選取一段人生來描寫，其目的不在此段人生本身，而在另一內在根本問題。」〔註 29〕如屠格涅夫寫青年戀愛，目的卻是寫青年的政治思想和人生觀。這就是說，茅盾認為作家反映生活現象時，應該包含著作者的體驗、見解和意圖；而這體驗、見解和意圖又應該是新鮮的，先進的，能為改善人生起作用的。在當時來說，就是要將科學、民主精神、「個性解放」的思想以及共產主義思想等融化在具體的生活畫面中，通過藝術形象把它反映出來。這樣，就為「新思想」找到了現實的形式，也為反映現實的藝術找到了靈魂。其中的聯接點，就是作家的世界觀、藝術修養和觀察理解生活的能力。因此，茅盾非常重視從生活轉化為藝術的中介體——作家思想藝術修養和創作能力的培養訓練。他要求作家必須樹立「正確的人生觀」、「世界觀」，要具有能夠觀察分析生活的「一副深炯的眼光和冷靜的頭

〔註 27〕《茅盾文藝雜論集》（上），上海文藝出版社 1981 年版，第 3 頁。
〔註 28〕《自然主義與中國現代小說》，載《茅盾文藝雜論集》（上）第 91 頁，92 頁，版本同前。
〔註 29〕《自然主義與中國現代小說》，載《茅盾文藝雜論集》（上）第 91 頁，92 頁，版本同前。

腦」〔註30〕，以便從「現在的罪惡裡看出現代的偉大來」。〔註31〕他說：「作家的人格，也甚重要。革命的人，一定要做革命的文學。」〔註32〕所以，從這個意義上講，作家又應該有「獨立精神」和創作個性〔註33〕。在這裡，他要求作家在創作中必須做到下列三點：

第一，必須把再現客觀現實的規律性與表現作家的理想統一起來。茅盾注意到了西方現實主義藝術大師所受的亞里士多德的「摹仿說」的影響，以為只要對客觀現實「摹仿」得「真」，就能夠再現出它的客觀規律性。但是，他並沒有全稱肯定這種理論，而是在肯定它的同時也看出了它的「毛病」，這就是「太重客觀」而缺乏「理想」，缺乏「輕靈活潑之致」。因此，茅盾要求新文學，必須「兼有浪漫主義和寫實主義精神，確確實實而又很有理想有主張地表現人類生活，喊出人類的籲求」〔註34〕。譬如當時中國青年的煩悶，文學就應該把它如實反映出來，並「把光明的路指導給煩悶者，使新理想新信仰重複在他們心中震蕩起來」〔註35〕。這種表述儘管還不怎麼嚴密和科學，但其要求主客觀相統一的意向，則是毫不含糊的。

第二，必須將題材、細節的真實性和作者體驗之後所產生的「哲理」、「意緒」、「神韻」結合起來。茅盾對題材、細節的真實性的要求是相當嚴格的，但同時又要求寫出它的「內在的精神」。而這所謂「內在的精神」，就是指作家體驗、概括生活後所產生的「哲理」、「意緒」、「神韻」。他要求作品中要有這種「哲理」、「意緒」、「神韻」。他曾據此批評過汪敬熙的《死與生》，說這篇小說的「哲意」「不大明瞭」〔註36〕。他還認為「文學作品最重要的藝術特色就是該作品的神韻」〔註37〕。在討論怎樣翻譯外國文學作品時，他明確地

〔註30〕　《自然主義與中國現代小說》，載《茅盾文藝雜論集》（上）第 89 頁，版本同前。

〔註31〕　《樂觀的文學》，載《茅盾文藝雜論集》（上）第 136 頁，版本同前。

〔註32〕　《文學與人生》，載《茅盾文藝雜論集》（上）第 113 頁，版本同前。

〔註33〕　《新文學研究者的責任與努力》，載《茅盾文藝雜論集》（上）第 31 頁，版本同前。

〔註34〕　茅盾：《波蘭近代文學泰斗顯克微支》，載 1921 年 2 月 10 日《小說月報》第 12 卷第 2 號。

〔註35〕　《創作的前途》，載《茅盾文藝雜論集》（上）第 54 頁，版本同前。

〔註36〕　《對於系統的經濟的介紹西洋文學的意見》，載《茅盾文藝雜論集》（上）第 17 頁，版本同前。

〔註37〕　《新文學研究者的責任與努力》，載《茅盾文藝雜論集》（上）第 29 頁，版本同前。

指出:「與其失『神韻』而向『形貌』,還不如『形貌』上有差異而保留了『神韻』」,因爲文學感人的力量在「神韻」〔註38〕。這就可以看出他對「哲理」、「意緒」、「神韻」等主觀因素的重視,也可以看到他對中國傳統美學的繼承。重視這些美學範疇,對創作是很有意義的。因爲只有將題材、細節的眞實性和偏於主觀因素的「哲理」、「意緒」、「神韻」結合起來,才能使作品既具有外在的工致精確,又具有內在的精神、意趣。

第三,必須將觀察與想像結合起來。茅盾認爲,「創作文學時必不可缺的,是觀察的能力與想像的能力;兩者偏一不可」。〔註39〕可見他除了大力強調「實地觀察」之外,也非常注重「想像」,並把它放在了非有不可的地位。我們認爲,茅盾所要求的想像,乃是一種嚴格受到客觀現實和理性制約的想像;作家想像出來的事物,既須符合社會生活的眞實,又須在藝術中符合生活的邏輯;它可在藝術中彌補某些客觀材料的缺陷與不足,以便更完整地再現客觀生活本身,而不是「天馬行空」地隨意「杜撰」。因此,這種「想像」自然是與「實地觀察」結合在一起的。

總之,茅盾的創作主張是他的文藝理論的重要組成部分,從中也可印證他的文藝思想的本質特徵,確實是帶有浪漫精神的現實主義,而不是什麼自然主義或新浪漫主義,也不是按階段分別表述爲寫實主義——新浪漫主義——自然主義。因爲他始終就沒有放棄過這種帶有浪漫精神的現實主義,只不過某些時候,某些文章強調的重點不同,運用的術語不同罷了。而不同時間、不同文章所以要強調不同側面,乃是當時社會和文壇現實的影響所致,並非其文藝思想的重大變化。

三

爲了確證茅盾早期文學思想的這一本質特徵,還需要探明他當時提倡表象主義、新浪漫主義、自然主義的原因、意圖及其功過是非,以明確它們同寫實主義的關係,證明上述本質特徵之不謬。

茅盾除了一以貫之地提倡寫實主義之外,最先提倡的其他文藝思潮就是「表象主義」(即象徵主義)。他爲什麼要提倡「表象主義」呢?主要是

〔註38〕《譯文學書方法的討論》,載《茅盾文藝雜論集》(上) 第 41 頁,版本同前。
〔註39〕《新文學研究者的責任與努力》,載《茅盾文藝雜論集》(上),第 31 頁,版本同前。

因爲光用寫實主義抨擊「惡社會的腐敗根」，還不足以「醫好」「社會人心的迷溺」，「應該並時走幾條路」；再說，寫實文學的缺點，是「使人心灰，使人失望」，「精神上太無調劑」，而提倡表象文學，就可以使人的精神「得到調劑」。〔註40〕這就是說，他提倡表象主義，乃是爲了彌補寫實主義之不足，決不是要用「表象」代替「寫實」。但是，他提倡表象主義的另一理由，又是爲提倡「新浪漫主義」作「預備」，這就把問題搞得較爲複雜了：表明他在瞻望新文學的發展前途時，是有用「新浪漫主義」取代「寫實主義」的設想的。所以，後來又一度提倡過「新浪漫主義」。

他爲什麼要提倡「新浪漫主義」呢？除了他對寫實主義有所不滿外，就是對「新浪漫主義」有所誤認。他從西洋文學的發展演變中，認爲「新浪漫主義文學」是一種「最高格的文學」，因而引起了他的濃厚興趣。其實，那時他們所推崇的「新浪漫主義」，基本上就是後來我們所說的「現代主義」。儘管其中各個流派的具體主張五花八門，但都是以「超現實」，強調寫「內心世界」爲其總特徵的。雖然它們的表現手法較前有新的突破，亦不無可取之處，但在內容上，寫的多是畸形、怪誕、病態的人事，格調亦比較低下。所以，它們不僅不能「幫助新思潮」的宣傳，不能引人們「到眞確的人生觀」，而且也不是「最高格的文學」。不過，當時的茅盾跟他的同時代人一樣，並沒有看清它的實質，而是把它們當作了「最圓滿的文學」。這一方面固然與材料不完備、研究不夠深入有關，另一方面也與這種正在興起的文學本身固有的矛盾尚未充分暴露有關。這是歷史的局限，不是哪一個人的責任。何況他們當時推崇、介紹的「新浪漫主義」，也與後來我們所談的「現代主義」，在內涵上也存在著差異，並不完全等同。

不過，我們從茅盾當時對「新浪漫主義」的推崇、介紹中，倒是看到了他的文藝思想的一個重要側面。首先，他認爲新浪漫主義文學，是「能幫助新思潮的文學」，是「能引我們到眞確人生觀的文學」。而新浪漫主義文學的這種性質和功能，正是寫實主義所缺乏的，所以茅盾要提倡它，以補寫實主義之不足。其次，他對「新浪漫主義」中的各個具體流派的態度是不同的：如對王爾德的唯美主義，他不僅不像創造社的人那樣推崇，反而進行了相當嚴厲的批判；對頹廢主義、神秘主義也明確表示不歡迎；對藝術直覺說，潛意識說，也相當冷

〔註40〕 《我們現在可以提倡表象主義的文學麼？》，見 1920 年 2 月 25 日《小說月報》第 11 卷第 2 期。

淡。他所推崇和讚賞的「新浪漫派」作家，是象徵主義的梅特林克、霍普特曼、葉芝和表現主義的斯特林堡等。他所以推崇、讚賞這些人，除了因爲他們表現手法的高超外，還因爲這些人的創作方法，不但不跟寫實主義相悖，而且還跟寫實主義相聯繫、相統一哩！茅盾在《霍普特曼傳》中說：「所謂新浪漫主義的，在表面上似乎是自然主義（寫實主義同義語——引者）的反動，其實是自然主義的幫手，經了新浪漫派作家的努力，自然主義在文學上的價值更抬高了。許多新浪漫作品都是以自然主義的技術爲根柢的。」這當然又是一種誤解。雖然有些象徵主義、表現主義作家是從「自然主義」轉變而來，但作爲不同類型的創作方法，它們的哲學基礎和美學追求是不同的。然而茅盾的這種理解，恰恰證明了他倡導的「新浪漫主義」，不僅不是反對現實主義的，而且是以現實主義爲基礎，是請「新浪漫主義」作「幫手」的。所以他對「新浪漫主義」下的定義是「能兼觀察與想像，而綜合地表現人生的」。再次，正是在上述理解的基礎上，他才將具有「新理想主義」色彩的現實主義作家羅曼‧羅蘭和巴比塞當作了「新浪漫主義」的代表，並且推崇備至。這就更進一步證明，他的文藝思想是帶有浪漫精神的現實主義，而不是眞正的「新浪漫主義」。只不過在倡導「新浪漫主義」時，突出強調了「理想」、「靈性」、「情感」等這個偏於主觀的側面罷了。而強調這個側面，無疑也是時代要求的反映。

然而我們不要忘記，茅盾在強調創作中的這個主觀側面時，並沒有放棄「求眞」的這個「客觀」的側面。而且不久便大張旗鼓地提倡起「自然主義」來，把「寫實主義」推上了「極致」。這時他又說，「新浪漫主義在理論上或許是現在最圓滿的，但是給未經自然主義洗禮，也叨不到浪漫主義餘光的中國現代文壇，簡直等於向瞽者誇彩色之美」。這就是說，中國當時的文壇現狀，還是要求他提倡「自然主義」。

應該指出，茅盾最初使用「自然主義」這個術語時，是同「寫實主義」混用不分的。但自 1922 年上半年在《小說月報》上展開「自然主義」問題的討論時，才逐步將它們區別開來。不過，這時他提倡的「自然主義」，已不是左拉的「自然主義」。他揚棄了左拉「專在人間看出獸性」的偏見〔註41〕，批判了自然主義的「物質的機械的命定論」思想〔註42〕，只是撿起了自然主義

〔註41〕 《「左拉主義」的危險性》，載《茅盾文藝雜論集》（上）108 頁，版本同前。
〔註42〕 《自然主義與中國現代小說》，載《茅盾文藝雜論集》（上）第 97 頁，版本同前。

的兩件法寶——「客觀描寫與實地觀察」來提倡，還不正是宣傳的「寫實主義」原則嗎？只不過借「自然主義」將「寫實主義」原則推上了「極致」罷了。這種情況，不少外國學者都已看出來了〔註43〕，難道我們還看不清楚嗎？

那麼，茅盾為什麼對自然主義和寫實主義始則不加區別，後來想加以區別也區別不清呢？這是一種歷史的局限。

我們知道，現實主義文藝運動是在 19 世紀 30 年代由法國首先發起的。當時，一些被浪漫主義鼓起創造熱情的知識青年，為尋找自己的光明前途，幹一番驚天動地的事業，就反浪漫主義之道而行，另外開闢了寫實的創作道路，開始寫一些自己的見聞和經歷。這種做法，自然是為當時居於文壇正宗地位的浪漫主義者所看不起的。所以他們的「寫實」的作品一發表，就被自視太高的浪漫主義者譏為「現實主義」作品。但是，這個本來帶有譏笑意味的稱號，卻被這些急於想出名的青年所接受：好！「現實主義」就現實主義吧！他們正需要掛一塊招牌。於是，他們接過這塊招牌，就大肆宣傳鼓吹起來。他們搞通俗畫展，創辦文藝刊物，刊物的名稱就叫《現實主義》，並逐漸提出了一些有別於浪漫主義的創作原則和主張，也出現了自己的理論家，慢慢形成了一個新的文藝流派。不過，他們的理論，開始並不系統，很多地方同浪漫主義也區別不清。後來在理論上有了發展，比較明確了「現實主義」的定義，然而其理論家又膽子太小，不敢獨當一面，因而把「現實主義」的旗幟拱手讓給了左拉。左拉這位眼明手快的年輕人，踏著現實主義流派已經紮穩的營寨，又吸收了當時的科學研究成果，尤其是吸收了遺傳學的成就，從而打出了鮮明的旗幟，這就是「自然主義」。

現實主義這種產生和發展的歷史，說明了它與浪漫主義、自然主義藤藤蔓蔓的瓜葛。因此，文學批評中就出現了一些混亂：有的把司湯達、巴爾扎克列為浪漫主義作家，有的又把他們列為自然主義作家，還有的人從理論上把現實主義叫做「自然主義」。法國人之所以把現實主義看成幾與自然主義同其奧衍，除了歷史上那種錯綜複雜的關係外，還因為在當時的法國，現實主義和自然主義有其共同的哲學基礎。這就是孔德的實證哲學和泰納根據實證哲學而建立起來的自然主義美學觀。因此，現實主義和自然主義的這種「混同」，是一種特定時期的理論現象。而這種理論現象隨著對中國的輸入，又不

〔註43〕 見李岫編《茅盾研究在國外》中〔捷〕普實克的《論茅盾》和〔日〕高田昭
　　　　二的《茅盾和自然主義》的有關論述，湖南人民出版社 1984 年出版。

可避免地影響了中國一些接受這種文藝思潮的理論家，使他們在介紹、闡述現實主義理論的時候，也往往同自然主義混爲一談。如陳獨秀、胡適、胡愈之、謝六逸等人，就認爲它們是沒有區別的。可以說，「彼時中國文壇未嘗有人能把自然主義，現實主義之界限劃分清楚」〔註44〕。

不難想見，茅盾在這種時代氛圍裡，也必定受到這種特定的理論現象的困擾的；這種困擾，使他一時分不清寫實主義和自然主義的界限，正是情理中事。我們從他這界限不清的自然主義的論述裡，看到的不正是他的嚴峻的現實主義立場和態度嗎？而嚴格的現實主義原則同他倡導「新浪漫主義」精神相結合，不正是他搭起的帶有浪漫精神的現實主義理論框架嗎？只不過當時尚未做出系統而完整的說明。可是，到了1925年就在這一基礎上表述得嚴密而科學了。這時他說：「文學的職務乃在以指示人生向更美善的將來這個目的寓於現實人生的如實地表現中。」〔註45〕不過，此後的文藝思想，已開始進入革命現實主義階段了。但它前後的發展脈絡，則是清晰可尋的。

1985 年 3 月 20 日初稿

1985 年 12 月 25 日改定

〔註44〕 茅盾在 1963 年 11 月 25 日致曾廣燦的信，見浙江文藝出版社 1984 年出版《茅盾書簡》初編第 285 頁。

〔註45〕 《文學者的新使命》，載《茅盾文藝雜論集》（上）第 217 頁，版本同前。

九、茅盾轉變期的文藝思想

　　茅盾文藝思想的轉變期，大體上與中國新民主主義革命的步伐相一致，是從 1925 年的「五卅」運動開始的。到 1931 年土地革命正在轟轟烈烈的展開為止的。其主要特點：一是階級觀點的確立和某些具體問題上的困惑，二是時代性的系統化和突出強調，三是始終圍繞著文學的藝術特徵。作為轉變標誌的是《論無產階級藝術》、《告有志研究文學者》、《文學者的新使命》〔註 1〕，表現為曲折前進的是《從牯嶺到東京》、《讀〈倪煥之〉》〔註 2〕，表示轉變結束的是創作《子夜》前夕寫的《中國蘇維埃革命與普羅文學之建設》〔註 3〕。

一

　　我們說《論無產階級藝術》等文是轉變的標誌，是因為這幾篇文章不僅發現了文學的階級性，而且系統全面地闡述了無產階級藝術產生的根源、本質特徵、內容形式諸問題，初步形成了較為完整的體系。在茅盾早期的文藝思想中，就有「貴族」與「平民」、「壓迫者與被壓迫者」的階級對立觀念，並有比較自覺的「平民化」傾向，只是從馬克思的歷史唯物主義觀點看來，這種階級對立觀念還顯得籠統模糊，缺乏歷史具體性。這時，在現實的階級鬥爭的感召下，在對外國文學的比較研究中，他確切地看到了文學中的階級性，在發表《論無產階級藝術》之前兩個月，有一篇文章就寫出了這種發現。

〔註 1〕 見於《茅盾文藝雜論集》（上），上海文藝出版社，1981 年出版。
〔註 2〕 見於《茅盾文藝雜論集》（上），上海文藝出版社，1981 年出版。
〔註 3〕 見於《茅盾文藝雜論集》（上），上海文藝出版社，1981 年出版。

他說：描寫無產階級生活的文學，並不自高爾基始；在高爾基之前就有狄更斯、左拉等對無產階級生活的描寫。但是，左拉、狄更斯等的描寫，「是站在旁邊高聲唱道：『你們看，無產階級是這般這般呀！』」這就是說，他們是站在旁觀者的立場來寫無產階級的生活的。高爾基則不然；讀了高爾基等無產階級作家的作品，「讀者卻像走進了貧民窟，眼看著他們的污穢襤褸，再聽著他們的呻吟怨恨。」〔註4〕這就是說，高爾基等對無產階級生活有切身體驗，自己就是無產階級之中的人，所以，他與狄更斯等雖用了相同的題材，但其作品的性質卻是不同的。由此可見，這時的茅盾已經看出無產階級文藝的本質：不僅取材不同於舊文藝，而且更根本的，是思想感情不同於舊文藝，這就奠定了他寫《論無產階級藝術》的理論基礎。

在《論無產階級藝術》中，茅盾從蘇聯無產階級革命成功初期的文學創作的實際情況考察，首先看到了它在題材和精神實質上不同於過去時代的文藝，它是真正「能夠表現無產階級的靈魂」的文藝，「是無產階級自己的喊聲」。尤其是高爾基的作品，確實做到了「把無產階級所受的痛苦真切地寫出來」，「把無產階級靈魂的偉大無偽飾無誇張地表現出來」，「把無產階級所負的巨大的使命明白地指出來給全世界人看」，這和羅曼·羅蘭所倡導的「民眾藝術」比，簡直不可同日而語。「羅曼·羅蘭的民眾藝術，究其極不過是有產階級知識界的一種烏托邦思想而已。」因為「在我們這世界裡，『全民眾』將成為一個怎樣可笑的名詞？我們看見的是此一階級和彼一階級，何嘗有不分階級的全民眾？」所以，我們要為高爾基一派的文藝起一個「頭角崢嶸，鬚眉畢露」的名兒，這便是「無產階級藝術」，並以此取代羅曼·羅蘭那種溫和的「民眾藝術」的名兒。在這裡，我們看到了茅盾在文藝上階級觀點的確立和對「平民」文學觀念的清算，使他由「為人生」的現實主義文藝觀轉變到「為無產階級」的革命現實主義文藝觀。這在當時確實是空谷足音，也是個質的飛躍。

其次，他進一步探討了無產階級文藝產生的社會條件。他說，無產階級藝術對過去已有的藝術而言，的確是一種全新的藝術。而「新藝術是需要新土地和新空氣來培養」的。這所謂「新土地和新空氣」，就是無產階級革命的成功和建設新生活的需要；「資產階級支配一切的社會裡的無產階級正處在土

〔註4〕《現成的希望》，載《茅盾文藝雜論集》（上），上海文藝出版社 1981 年版，第 174 頁。

地不良空氣陳腐而又有壓迫的不利條件之下」，是難望茁壯成長的。因爲對於藝術的社會的選擇，實質上是統治階級的選擇。這話是有相當道理的，但還不夠辯證，因爲任何一個新事物的誕生，都是從舊的母體中分解化合而孕育成熟的，而不是從天上掉下來的。所以，任何一個民族的任何時期，都必然有兩種文化，──統治階級的文化和被統治階級的文化。正像無產階級是從資本主義母體上生長壯大一樣，它的藝術也必然是在資本主義社會中萌芽開花而後結果的，高爾基的出現就是在無產階級壯大成強大的力量而醞釀革命的時候，並不是無產階級革命成功以後才出現的。這就是說，茅盾的論述只談了片面的眞理，是缺乏辯證觀點的機械論，不過，這是探索道路上難免的偏頗，他對無產階級藝術的發現對新文學的發展還是起了極大作用的。

再次，茅盾以他高度的藝術鑑別能力，界定了無產階級藝術的範疇，說它並不是「描寫無產階級生活的藝術」，而是「以無產階級精神爲中心而創造一種適應於新世界的藝術」。所以它不是「農民藝術」，因爲農民藝術雖然反映了農民的貧困痛苦的生活，但卻充滿了個人主義、家族主義和宗教迷信的思想，而無產階級的精神卻「是集體主義的、反家族主義的、非宗教的」。同時，無產階級藝術也不同於「革命的藝術」、「凡含有反抗傳統思想的文學作品都可以稱爲革命文學」，「它的性質是單純的破壞。」而無產階級藝術的目的「並不是僅僅的破壞」，而是重在破壞後的建設，無產階級文學也描寫戰爭，也描寫對於資產階的憎恨，但決不是以戰爭爲目的，以復仇爲快意，更不是反對資產階級中的個人，而是爲了「求自由」、「求和平」、「求發展」的「高貴的理想」。單純「描寫紅軍如何痛快的殺敵」的作品，雖然也能鼓舞無產階級的革命精神，但「不能視爲無產階級藝術的正宗」，無產階級是以解放全人類爲己任的；無產階級的解放與人類社會的進步是一致的，統一的。此外，無產階級藝術也不是「舊有的社會主義文學」，舊有的「社會主義文學就是表同情於社會主義或宣傳社會主義的文學作品」，極易和無產階級藝術相混，因爲二者的理想相距甚近。「但是社會主義文學的作者大都是資產階級社會的知識階級」，他們都是個人主義者，雖對勞動階級同情，也有社會主義信仰，但是，個人主義像一根無形的線牽掣著他們的思想和人生觀，所以他們的作品大都有一副個人主義的骨骼。如范爾海侖的劇本《曉光》，就是「把社會主義的輕紗，披在領袖的個人主義的骨架上」的作品，它反映工人罷工的勝利，全賴有一個好領袖，領袖是牧者，群眾是羊。這就

是舊時代對領袖的看法，根據無產階級的群眾創造歷史的觀點，領袖不過是群眾集體力量之人格化，是集體意志的代表，所以無產階級的精神是集體主義的。劃清了這些界限，就更容易掌握無產階級藝術的特質。

最後，對於無產階級藝術的內容和形式問題也作了詳盡說明。茅盾認為，蘇聯最初創作的無產階級文藝，「只寫勞動者的生活及農民憎恨反革命軍隊」的題材，是比較「單調」「淺狹」的，「以爲無產階級藝術的題材只限於勞動者的生活」，「這是極錯誤的觀念。」雖然「淺狹」的題材是初級階段不可免的缺點，但不能「以此自限」，作繭自縛。必須明確，無產階級藝術也像過去的藝術一樣，必須「以全社會全自然界的現象爲汲取題材之泉源」。問題不在取什麼題材，而在作者怎樣表現它。同樣的題材，但觀點不同，解決的方法不同，就可以產生不同的結果：或成爲無產階級藝術，或成爲舊藝術，如高爾基與狄更斯的不同成就一樣。所以，創作無產階級藝術的關鍵，乃在於作家世界觀和生活體驗必須是無產階級的。同時，在創作動機上，也不能「以刺激和煽動作爲藝術的全目的。」雖然在階級鬥爭激烈的時候，「刺激和鼓動」也是無產階級藝術的目的之一，但是無論如何不能把這作爲無產階級藝術的全目的，忘卻了階級鬥爭的高貴意義。無產階級的戰鬥精神「是從認識了自己的歷史的使命而生長的，是受了艱苦的現實的壓迫而迸發的」，不是像打嗎啡針似的去刺激出來的，也不是用了玫瑰色的鏡子去鼓舞出來的。這就是說，無產階級的藝術是必須在廣泛地反映人生現實的圖景中揭示出社會發展的規律，指示出一個美好的未來的。

當然，無產階級藝術的完成，不僅有待於內容之充實，也有待於形式之創造。形式和內容是「一體的兩面」，必須使之相互和諧，但是它們又各有相對獨立性。從文藝自身的發展規律看，形式不可能像內容那樣「突然翻新」。「形式是技巧堆累的結果，是過去無數大天才心血的結晶」。我們無理由不去利用前人經驗，而硬生生地憑空去「創造」。我們必須抱著「先去利用已有的遺產，不足則加以創新」的態度來對待形式創新的問題。因此，怎樣學習繼承前人的遺產又成了藝術創新的關鍵。在這裡，茅盾第一次批判了向當時正在西方出現的未來派意象派表現派等「最新派」學習的觀點，認爲這是「誤入歧途」。因爲這些「新派」是「傳統社會將衰落時所發生的一種病象」，是「舊的社會階級在衰落時所產生的變態心理的反映」。它們「一是渴求新享樂與肉感的刺激以自覺其生存意識的頹廢思想，一是勉強修改藝術理論，借小

巧的手法以掩飾敗落的痕跡。」這些變態的已經腐爛的「藝術之花」不配作新興階級精神上的滋補品，不足成為無產階級所應承受的文藝遺產。無產階級眞正應該大力學習的，倒是被這些新派所詈罵的過時了的浪漫主義和現實主義的藝術。因為這些藝術是資產階級鼎盛時代的產物，是一個社會階級健全心靈的產物。「我們要健全的來作模範，不要腐爛的變態的。」這樣，我們從借鑑健康藝術形式以為開始，然後根據內容的需要去逐步創造出新的形式，並使之與新的內容和諧一致。

這就是茅盾在浮面層次上對無產階級藝術的最初見解，雖然有些地方的論述片面機械了一點，但從總體上看，還是相當系統而全面的。在當時，比起創造社、太陽社那些提倡無產階級革命文學的理論來，不能不說是最堅實最深刻的。從時序上看，茅盾也是具有開創之功的。

二

如果說《論無產階級藝術》是從階級觀點上來看文學，那麼《告有志研究文學者》等篇，則從文學的角度來探討階級性的問題了。這樣一來，他的無產階級藝術觀就建立在更加科學的紮實可靠的基礎之上了。

首先，他從文學的本體論上回答了文學的時代性和階級性的問題。

從文學的本體論考察，茅盾早就認為它的內容和形式，所構成的目的和手段，一直是變動不居的，故一時代有一時代的文學，一時代有一時代的文學定義，絕不能把它看成僵死的固定不變的東西。但是，從一定的歷史時期考察，就一般情況而論，它的構成原素大體有兩個方面：一是「我們意識界所生的不斷常新而且極活躍的意象」；二是「我們意識界所起的要調協要整理一切的審美觀念」。二者怎樣構成文學作品呢？茅盾有一段很精彩的描述：

> 意象可說是外物（有質的或抽象的）投射於我們意識鏡上所起的影子；只要我們的意識鏡是對著外物，而外物又是不息的在流轉在變動，則我們意識界內的意象亦必不斷的生出來，而且自在的結合，自在的消散。當這些意象在吾人意識界裡方生方滅忽起忽落的時候，我們意識界裡卻有一位「審美」先生便將它們（意象）捉住了，要整理它們，要使它們互相和諧；於是那些可以整理可以和諧的意象便被留起來編製好了，那些不受整理無法和諧的，便被擯斥了。將編製好的和諧的意象用文字表現出來，就成了文學；那些集

> 團的意象的和諧程度愈高，便是那「文學」愈好。和諧是極重要的
> 條件，而使意象得成為和諧的集團的，卻是審美觀念。沒有意象，
> 固然無從產生文學；沒有審美觀念，亦不能有文學〔註5〕。

這是一個對創作過程完整而精確的描述。它既指出了創作的源泉，也強調創作主體所具有的審美觀念的關鍵作用；既不同於浪漫派之強調「想像」、「靈感」、「情緒」，現代派之要求表現「深層」的心理意緒，也有別於自然派之「純客觀」的反映現實。它的確抓住了文藝創作的本質。

但是，茅盾並不僅限於這種靜態的考察，他還將探索的筆觸延伸到了縱橫交錯的動態情狀之中。他認為，在特定的歷史環境之內，由於作家的性格氣質不同，思想意識、審美觀念的不同，就表現出不同的藝術個性。這在創作上叫做「個人選擇」。由於「個人選擇」的不同，藝術個性的不同，所以文藝園地中就呈現出萬紫千紅百花齊放的燦爛景象。但是，每個時代又有其共同的藝術追求，藝術傾向，這就是每個時代的文藝主潮。它表現為社會對文藝的選擇。而這種社會的選擇，往往是社會統治階級對文藝要求的一種反映，它體現了統治階級對藝術的愛好、追求，形成一個時代的藝術風尚。所以「騎士文學盛行於中古」，「浪漫派文學盛行於 19 世紀前半」資產階級個人主義興盛期，現實主義文學盛行於資產階級社會衰敗期（對資產階級的腐化墮落進行的批判），無產階級文學處在資產階級支配一切的社會裡，「難望能茂盛」，只有無產階級革命成功的蘇聯，才能「獨多無產階級文藝」。在這種「社會選擇」的過程中，文藝批評起著明顯的作用，因為它是「社會選擇」之系統的藝術化的表現。由此可見，文藝是隨著人類社會的發展變化而發展演變的。「社會上每換一個階級來做統治者，便有一個新的文藝運動起來。」「凡此前仆後繼之階級統治，都是對於人類文化的演進，各盡了應盡的一分力的。依這意義，則反映一時代的統治階級的思想、情感、意志的文學，當然也是對於人類文化的演進，盡了一分應盡的力了。」所以，我們處於無產階級革命時代的人，一面固然應該對歷史上進步的文藝給以公正的評價，不可一概抹殺，一面也應該理直氣壯地提倡適應新時代需要的無產階級文藝。

然而新時代的文藝仍然是文藝，它不同於一般的文化，所以又必須遵循文藝本身的創作規律，借鑑前人的優秀成果，並在借鑑的基礎上逐步創新。這就是茅盾從文藝本身特性出發來探討無產階級文藝應有的特徵。在這裡，

〔註5〕《告有志研究文學者》，載《茅盾文藝雜論集》（上）第 204 頁，版本同前。

他既無後來無產階級文學倡導者們只強調政治宣傳而忽視藝術特點的傾向，又明確反對了「超然獨立」論的「純文藝」觀和僵化保守的舊文藝觀。他的觀點基本反映出了時代和階級對文藝的要求，既新穎獨特，又中肯深刻。

那麼，他對無產階級文學的具體要求是什麼呢？茅盾認爲文學家必須站在時代的高峰，於眞實地表現現實人生之外，還附帶有一個指示人生到未來的光明大路的任務。「我們心中不可不有一個將來社會的理想，而我們的題材卻離不了現實人生」；「決不能離開了現實人生，專去謳歌去描寫將來的理想世界」〔註6〕。這就是說，文學創作必須把「指示人生向更美善的將來這個目的寓於現實人生的如實地表現中」。具體說來，「就是要抓住了被壓迫民族與階級的革命運動的精神，用深刻偉大的文學表現出來，使這種精神普遍到民間，深印入被壓迫者的腦筋，以保持他們自求解放運動的高潮，並且感召起更偉大更熱烈的革命運動來」〔註7〕。文學決不應僅是一面鏡子，還應該是一個指南針！同時，在藝術上還要有「自己的作風」（即藝術個性）、「獨到的觀察」（發前人所未見）、「豐富的想像」、「精密的結構」，以使作品不斷創新，推動文藝事業的發展。

三

有人曾認爲茅盾在大革命失敗之後，隨著情緒的消沉悲觀，文藝思想上也出現了曲折反覆，甚至說他從已經確立的無產階級文藝觀倒退了。我們認爲這種論斷是缺乏充分的事實根據的。不可否認，大革命失敗後的政治形勢是影響了茅盾的思想和情緒的，使他感到了幻滅的悲哀和前途的苦悶。但是，他並沒有動搖，仍在焦灼地探索和追求——政治上的、文學上的。當然，探索是難免失誤的，然而失誤卻決不是退卻，而是前進中不可避免的現象。譬如他在批評「新寫實主義」時，就是一種失誤，——沒有搞清「新寫實主義」的內涵，就批評了一通。對「革命文學」倡導者的批評，也失之偏頗——對其功績肯定的不夠，否定的又過分了些（如對蔣光慈的批評）；自己提出的正面主張也欠完整。但是，就其探討的問題總體而言，則比1925年更深刻更具體了。

比如對讀者對象的探討，就是過去沒專門研究過的問題。這時，他根據

〔註6〕　《文學者的新使命》，載《茅盾文藝雜論集》（上）第217～219頁，版本同前。
〔註7〕　《文學者的新使命》，載《茅盾文藝雜論集》（上）第217～219頁，版本同前。

中國社會的狀況和人民的文化程度，明確指出「被壓迫的勞苦群眾」沒有能力來理解「革命文學」，因爲他們的文化水平太低，「革命文學」的語言又太歐化，讀給他們聽亦未必能懂。結果是，「爲勞苦大眾而作」的文學作品，只有「不勞苦」的小資產階級知識分子來閱讀，對不上口徑，兩方面都不感興趣，造成勢力的浪費。與其這樣浪費勢力，不如索性爲小資產階級知識分子寫一些作品，再說小資產階級知識分子也是革命不可或缺的力量。這一主張，從理論體系上說自然是不夠圓滿的。但從當時中國社會和文壇的實際情況說，則是有的放矢、切實可行的。起碼使無產階級文學的討論深入了一步，決不是後退開倒車。

再如與讀者對象有關的創作題材問題，茅盾以爲「全國十分之六」「屬於小資產階級的中國」，應該大力表現小資產階級的生活。但又不能只是反映學生生活，應「從學生中間出來走入小資產階級群眾」，「把題材轉移到小商人、中小農等等的生活」，因爲他們也受壓迫，有痛苦，不要只是「忙於追逐世界文學的新潮」。這一見解固然與他在 1925 年探討無產階級文藝的題材問題時有相通之處，——那時主張擴大無產階級文藝的創作題材，「以全社會自然界的現象爲汲取題材之源泉」，然而以前不過是泛泛而論，現在則具體指出要多寫中小農、小商人、破落的書香人家的生活題材了。這就使創作題材問題的討論具體化了。因而這應該說是一種進步。不過，因爲討論的問題太具體，論述上就顯得死板機械了一點。雖然是切實可行的，但也是不夠周全的。難道當時寫工農大眾的生活題材反而不應該嗎？茅盾沒有反對寫工農大眾的生活，但反對「革命文學家」那種向壁虛造的寫法。他沒有認眞探討「革命文學家」反映工農群眾生活不眞實的病根，並指出救治的辦法，卻取巧轉換描寫對象，引導作者去大寫小資產階級的生活，這不能不說是倒置了輕重。因此，在當時的歷史條件之下，作爲一種權宜之計，茅盾的主張是可取的；但作爲一種方向論辯，茅盾的主張是偏頗的，有欠完整的。不過，我們不能說這是茅盾文藝思想的倒退，因爲在茅盾看來，反映什麼題材固然是重要的，但題材並不決定作品的性質；決定作品性質的乃是作者貫注其中的思想情感。所以，茅盾始終強調作家樹立無產階級世界觀的重要性。這時，他依然毫不含糊地要求革命作家，必須「先準備好一個有組織力，判斷力，能夠觀察分析的頭腦，而不是僅僅準備好一個被動的傳聲的喇叭。」

再次，最爲重要的是他對反映時代精神的強調，對創造史詩性作品的呼

喚。在這裡，茅盾似乎突然發現了自己的藝術個性，又似乎找到了無產階級
藝術表現的關鍵環節。茅盾認為：正確地反映當前的偉大歷史時代，準確地
展示時代的風雲變幻，深刻地揭示出這個時代的內在發展規律，正是無產階
級的階級性在文藝中的體現，至於從哪個角度反映（即用什麼題材）並不是
問題的關鍵，而能否分析出群眾情緒，聽清「地下泉的滴響」，才是無產階級
文藝反映世界的關鍵。所以，他雖然充分肯定了魯迅《吶喊》和《彷徨》，深
刻表現了「老中國的農村的兒女」，然而依然指出，「《吶喊》是很遺憾地沒曾
反映出彈奏著『五四』基調的都市人生」，「沒有反映出『五四』當時及以後
的時刻在轉變者的人心」；《彷徨》中雖有兩篇都市人生的描寫（《幸福的家庭》
和《傷逝》），但也不過表現了「五四」時代知識青年生活的一角，「因而也不
能不使人猶感到不滿足」，而對葉聖陶的《倪煥之》，儘管指出了它在藝術上
這樣那樣的不足，然而卻熱情洋溢地充分肯定了它在反映當今時代的偉大功
績，說它描寫了「廣闊的世間」。茅盾認為：「把一篇小說的時代安放在近十
年的歷史過程中的，不能不說這是第一部；而有意識地要表示一個人──一
個富有革命性的小資產階級知識分子，怎樣地受十年來時代的壯潮所激蕩，
怎樣地從鄉村到城市，從埋頭教育到群眾運動，從自由主義到集團主義，這
《倪煥之》也不能不說是第一部。在這兩點上，《倪煥之》是值得讚美的。」
它比憑「靈感」創作的「即興小說」，在反映時代面貌這一點上要廣闊深刻得
多了。所以《倪煥之》是當時反映「五四」以後這一偉大歷史時代的「扛鼎」
之作。

應該明白，要做這樣的小說，僅憑一點「耳食」的社會科學常識是不夠
的，「僅僅用群眾大會時煽動的熱情的口吻」也是不行的，必須真正開掘到社
會的底裡，透視出歷史發展的必然規律，寫出時代給與人們以怎樣的影響，
人們的集體活動又怎樣推動了歷史的前進，只有這樣，才能真正描繪出我們
這個偉大時代的真面貌，這就明確提出了作家建立無產階級世界觀的重要
性。這是偉大的階級意識到自己的歷史使命在文藝上的表現。

1931 年 8 月寫的《關於「創作」》〔註8〕，就從無產階級世界觀的高度，
總結了「五四」以來的新文學運動的正反兩面的經驗，提出了用正確世界觀
指導創作的要求。茅盾批判了「唯天才主義」和「唯靈感主義」，一方面指出
它們的來源，是產生於個性主義，個人主義，是「五四」時代歷史的必然產

〔註 8〕原載《左聯》機關刊物《北斗》創刊號，1931 年 9 月 20 日出版。

物，也發揮了一定的反封建的戰鬥作用；另一方面又指出了它產生的階級基礎，是資產階級世界觀，而不是無產階級世界觀，所以它除了描寫「眞實」的情緒和「身邊瑣事」之外，不可能產生眞正反映時代精神的偉大作品，因爲無產階級的世界觀是集體主義，是對歷史發展的眞正科學的認識。「五卅」運動之後，他們由「天才主義靈感主義」轉變爲提倡普羅文藝，但舊的痕跡尚存，這就是個人英雄主義、主觀主義和對思想意識的轉變看得像在床上翻一個身那樣容易。因此，他們的作品一方面尚殘留著小資產階級意識，另一方面又「把創作理解爲『政治宣傳大綱』加『公式主義的結構或臉譜主義的人物』」，徒具形式，而無切實的無產階級生活的內容。茅盾認爲，眞正的無產階級文藝，必須具備下列三個條件：正確的觀念，充實的生活，和純熟的技術。其中最主要的還是充實的生活。他說：「只有從生活中把握到的正確觀念方是眞正的『正確』，也只有從生活中體認出來的技術方是活的技術。」這就是說，必須在生活實踐、革命實踐中建立無產階級世界觀，又在這種正確的世界觀的指導下進行創作，這樣才能創作出眞正的無產階級文藝。

由此可見，這時茅盾對無產階級文藝的認識是相當深刻和完整了。所以在《子夜》發表前夕寫的《中國蘇維埃革命與普羅文學之建設》中說：我們必須拋棄從前那些幼稚的並非眞正的無產階級意識而只是小資產階級浪漫情緒的作品，也要拋棄那些淺薄疏漏的分析，單調薄弱的題材，閉門造車式的描寫，「以辯證法爲武器，走到群眾中去，從血淋淋的鬥爭中充實我們的生活，燃旺我們的情感，從活的動的實生活中抽出我們創作的新技術」，「忠實地刻苦地來創作新時代的文學」，使我們的作品「一定要成爲工農大眾的教科書」〔註9〕！這就是他大規模地描寫社會生活，展示動蕩的社會歷史畫卷，揭示歷史發展規律的創作意圖之理論表述。這就是說，他的文藝思想，已經相當成熟了。因此，《子夜》的問世，就成了茅盾文藝思想成熟的標誌。

1987 年 12 月 20 日初稿

〔註9〕見《茅盾文藝雜論集》（上）第 327～329 頁，版本同前。

十、茅盾成熟期的文藝思想

　　茅盾成功地創作出《子夜》、《春蠶》、《林家舖子》之後，即標誌了文藝思想的成熟，但是理論文字的系統表述，卻是在此之後的事。而且多以短評、雜論和具體創作經驗介紹的形式出之，所以這就需要把它放在較長的歷史過程中全面考察，才會看得明白，況且在這麼長的歷史過程中，也不會沒有發展變化。我們的論述，就是將他 1931 年後至逝世前這一較長時期內有關文藝理論的文字加以整理，抽出它的主要特點，說明其革命現實主義理論成熟的標誌，兼及某些發展及偏頗情況的動態描述，以看清其成熟期文藝思想的基本面貌。

一

　　關於文藝與現實的關係問題，茅盾仍然強調「忠實地反映現實」，提出了「凝視現實，分析現實，揭破現實」〔註1〕的口號，然而對「現實」的理解卻比從前更全面、更深刻了。可以說，這是辯證唯物主義與歷史唯物主義在文藝問題上的具體運用。

　　首先，他要求大規模地全面地反映現實。雖然他在 1925 年提倡無產階級文藝時，就主張「以全社會及自然界的現象為汲取題材之源泉」，反對把題材限定得太「狹窄」，但是那是從創作總體上立論的，並非指一部作品的創作。至於在一部作品中怎樣盡可能反映社會的全貌，他當時並沒有說清楚，到《子夜》的問世，才算對這個問題有了成熟的答案，儘管《子夜》的成品比他原

―――――――――――

〔註1〕原載《寫在〈野薔薇〉的前面》，新文藝書店 1929 年 7 月出版。

來的設計規模小了不少，然而仍舊可以說它反映了 30 年代初中國社會的「全般」，仍具有史詩般的性質，爲大規模地反映社會現實提供了範本。因此，他就能夠提出全面觀察、理解、反映社會現實的要求。他認爲作家在觀察體驗生活的時候，不但要「廣」，而且能「深」；不但要看「正面」，也要看「反面」；不但要注意表面的、顯著的，也要注意內在的、隱微的；不但要看得具體，而且能夠概括；不但要看清事物間橫向的聯繫，也要看透事物的縱向發展的因果關係，只有這樣，才能理解並把握社會的「全體」。而理解並把握了「全體」，才能比較容易地看透「一角」，更正確地反映「一角」。只有從「全般的社會現象」和「全般的社會機構」中去「努力探求人們每一行動之隱伏的背景，探索到他們的社會關係和經濟基礎」，才能選出最有普遍性或典型性的題材，創作出史詩性的作品。在這裡，茅盾提出了選材的兩大原則：（一）「是否有普遍性」，（二）「是否有典型性」。所謂「普遍性」，即題材是否與廣大人民群眾的生活休戚相關；所謂「典型性」，即「在這個時代中，具有決定性的影響（或使時代前進，或使時代倒退）」，「最大多數人感到成爲問題的」的題材。這樣，就把社會發展的規律性與人民群眾的願望要求結合了起來，也把客觀的眞實性與主觀認識的科學性統一了起來。這正是馬克思主義對文藝的根本要求和本質認識。

在這裡，他論述了「一角」與「全局」的關係，「正面」與「反面」的關係，現象與本質的關係，日常生活與重大事件的關係，現狀與未來的關係等等。

關於「一角」與「全局」的關係，茅盾認爲必須「先瞭解全面而後深入一角」，方能眞正看清「一角」，很難想像一個只顧埋頭一角（如工廠的一車間，或農村的一生產隊，或其他生活的一角）而對一角以外的生活全無所知的人怎樣進行寫作。「儘管他所要寫的題材只是社會人生的一方面，然而當他取材的時候，卻不能將他所需要的這一部分孤立起來觀察」，他必須「從互相聯繫著影響著的無窮系列所構成的整體中，截取了挖出了這一部分一段來觀察」，因爲這「一角」、「一部分」、「局部」乃是「全局」中的「局部」、「一部分」、「一角」。「只有做過全面的觀察分析的工夫」，才能把握到全局的動向，才能透徹地理解各個局部，洞悉各個節目，也才能通過這特定的「局部」、「一角」來反映「時代的特徵和全貌」。只有這樣觀察和寫出的小說，才算眞實地反映了現實。否則，就像螞蟻爬在維娜絲（即維納斯）的石像上，不僅發現

不了整體的美，就是對局部的曲線美，也不過感到是高高低低的石頭罷了。所以，「作家在把握一個對象的時候，他的眼光不但要能放得開，並且要能看得遠；要能攝覽一事態與周遭萬象之相互起伏依存的關係。並且也能夠追溯它的歷史發展的形象。」〔註2〕唯能見全體者為能認識客觀的真實。

關於「正面」與「反面」的關係，茅盾當時認為，我們還沒有達到理想的社會，「現實生活中有光明面也有黑暗面，故要忠實地反映現實就不能只寫光明不寫黑暗」。如果只寫光明面，充其量也不過「反映了半面的現實」，而且只寫這一面還會「誘引起盲目的樂觀」，盲目的樂觀是經不住現實的鐵拳一擊的。當然，過去的現實主義作家，大都只寫「黑暗面」，那也是一種局限。如莫泊桑就看不見「光明面」，對人生的將來沒有信仰，契訶夫雖有信仰，但又把它看得太遼遠，所以他們的作品充溢著淒慘、凜冽、灰色的情調。他們以「醜惡」、「黑暗」為「全體」，所以作品中的「結論」往往也是錯誤的。革命現實主義作家，必須全面而準確地看待現實。在茅盾看來，「現在這世界，到處展開了善與惡的鬥爭，前進與倒退的矛盾。光明與黑暗的激蕩」。文學作品反映現實，就要全面反映出這些矛盾和鬥爭，絕不能「捨一取一」，與此同時，還要有透視現實的本領，「從光明中間看出隱藏著的黑暗，以提高警惕」；「也要透過濃重的黑暗，看出那現在雖然還居於劣勢但是正在且必然壯大起來的光明勢力」，以增強人們的信心。這就是作家應有的修養，也是必須完成的歷史任務。正是基於這樣的認識，所以在抗戰時期，他義正詞嚴地維護了張天翼的《華威先生》，保衛了現實主義的戰鬥傳統。

關於現象與本質的關係，茅盾認為除了假象，一般事物的現象都代表著一定的本質，但是並不等同於本質；由現象到本質之間，有一個曲折隱晦的傳導過程。因此，作家要想認識事物的本質，除了反覆細緻地觀察生活現象之外，還有一個反覆「咀嚼」「體認」的過程。他反對將觀察得來的材料「帶熱地使用」，「原料總是愈咀嚼愈能消化，愈能分別出精華與糟粕；而題旨，也總是多化時間研究便多些正確。」〔註3〕他特別強調在觀察體驗中的「理性」的功能，只有通過「理性」才能「體認」出事物的本質的內涵，才能對平凡的生活有「新的發現」和「新的啟示」，而不是人云亦云或「淺嘗輒止」。

〔註2〕 《談技巧·生活·思想及其它》，載《茅盾文藝雜論集》（下），上海文藝出版社1987年版，第931、932頁。
〔註3〕 《我的回顧》載《茅盾論創作》，上海文藝出版社1980年版，第10頁。

他曾在《還是現實主義》一文中舉例說，反映第一次世界大戰的文藝，交戰雙方的文人，「各為其主」地鼓吹著「自己一面的士兵如何勇敢仁恕，敵人一方面如何怯懦殘暴；自己一面的士兵如何自知是為正義乃至為人類的文明而戰，敵人一面如何『出師無名』。然而即使在廝殺得難解難分的當兒，清醒的羅曼·羅蘭已經在那裡痛責兩方面都是毀滅文明的惡魔，巴比塞更用文藝這武器指出了兩方面的士兵同樣是被驅向屠場，——不是為了什麼正義，而是為了帝國主義的火併，兩方面的士兵都是憎恨著戰爭。」〔註4〕究竟是誰看清了這次歐洲大戰的本質？顯然是羅曼·羅蘭和巴比塞，而不是交戰雙方的那些「各為其主」的文人。這當然有個看問題的立場、方法問題，但也不能不說從現象到本質的認識，並不是個簡單地直線認識過程，更不是靠「直覺」所能濟事的。再如在《螞蟻爬石像》中所說的，在 40 年代中國的煙草工業有較大的發展，誰也不能不承認這是「事實」。但是，這又是畸形的發展，「不能視為工業界全般的狀況」。如果以煙草工業的發達說明工業界的發達，那就沒有反映出客觀事物的本質，就「不是真實人生的反映」，「但假使一位作者以煙草公司的發達為『經』，而以一般工業的衰落為『緯』，交織出現代中國產業界畸形的啼笑史，那我們的觀感就不同了。」就必然要說「這是真實人生的反映了」。這也就是說，必須從「全局」上認識「局部」，才能看清其本質。如只就「局部」現象看本質，那往往是看不清楚的。還有，創作雖然「貴乎實感」，但不能僅停留在「實感本身」，還必須從實感中取得「新的發現」，不然，只是拾取零碎的片斷的印象，是很難創造出反映社會本質的作品的。如李渺世等人的作品，並不缺乏他所反映的世界的實感，「然而他缺少真正的透視和理解，他不能把他的材料好好地分析組織，試來一個大規模的全面表現。他只拾取了零碎的觸不到核心的片斷，印象底地寫了出來。」這也很難說反映了社會人生的本質。所以，要想真正地反映生活的本質，必須「先把自己的實感來細細咀嚼，從那裡邊榨出些精英、靈魂，然後轉變為文藝作品」。「迷信靈感」，是會誤入歧途的。

關於日常生活與重大事件的關係，茅盾從早期就反對寫身邊生活瑣事，主張寫重大的社會題材，後期更有了突出的強調。他要求文藝家必須「以表現時代為其任務」，要真能「表現時代的特徵」，也就是要反映出「當時社會中的主要矛盾與主要鬥爭」，「反對完全按照個人的趣味而採集那些都市生活

〔註4〕《茅盾文藝雜論集》（下）上海文藝出版社 1981 年版，第 681 頁。

的小鏡頭，反對抗戰加戀愛的庸俗化，反對『純文藝』傾向」，我們知道，20年代末他曾為了反對公式化概念化的傾向而提出過「寫自己最熟悉的生活」的主張，然而到了 40 年代，他就「補充」說：「要是熟悉的東西是和一般人的生活，重大的問題，沒有多大關係，那就不值得去寫。比如，有人生癩疥瘡，生了一年，他對於生癩疥瘡的痛苦很熟悉，但這樣的東西寫了出來，究竟有什麼意義呢？果然這是他所最熟悉的『生活』，但可惜不是對於人民大眾的民主鬥爭有價值的，反過來說，和一般人的生活，特別是和現實的鬥爭關係重大的問題，雖然自己不很熟悉，但是因為值得寫而且是人民大眾所迫切要求的，便應該去熟悉，去學習，從觀察和研究中，使它變成自己熟悉的東西。」〔註5〕這就既談得很辯證，又強調了寫重大社會題材這個重點。他的小說創作，不但與中國人民的解放運動密切聯繫著，而且反映了中國人民解放運動的起落消長，具有編年史的性質，正是他這種文藝思想的偉大實踐。這是無產階級對社會本質和社會發展規律有了明確認識之後在文藝上的必然表現。但是，對重大社會事件卻不一定非正面反映不可，這是文藝自身的特點決定的。在早期，茅盾對司各特在歷史小說中正確真實地展示歷史背景和構造傳奇性小說人物的做法，表示過特別欣賞；到後期，又引用反映法國大革命作品的例證，說明，直接正面描寫者不但出現較遲而亦無傑作，而描寫了法國社會人生在革命中起了怎樣的變化，以及大革命對於社會人生有了怎樣的影響的作品，卻大多成了偉大而傑出的作品。「譬如投一石於水中，寫石子本身還不及寫池子裡的水被石子所激起的波動，更有意思。」從茅盾的創作實踐看，也是側面描寫的居多。如《幻滅》、《動搖》都寫到了國共合作的北伐革命。但這一政治歷史事件並未正面展開描寫，而是以大革命為背景來反映小資產階級知識分子在革命前的「亢奮」和革命失敗後的焦灼悲觀情緒。《子夜》則借民族資本家吳蓀甫事業的興亡史，來反映中國 30 年代的整個社會畫面，形象地分析了中國社會的性質，暗示了中國革命的前途。這就是茅盾反映重大社會事件所採取的特殊角度：寫重大事件、重大社會問題而不從正面展示，寫與各方面有著廣泛聯繫的中間人物以全面展示重大事件或重大社會問題。

　　如果說茅盾對上述關係的考察是偏於靜態的，橫向的，那麼對於現實與

〔註 5〕《和平‧民主‧建設階段的文藝工作》，載《茅盾文藝雜論集》（下）第 1143～1144 頁，版本同前。

未來關係的考察則偏於動態的了。他始終以「正視現實」、「忠實地反映現實」作為創作的出發點。從而使他的現實主義創作和理論帶有一絲不苟的嚴峻性質。但是他對「現實」的理解，卻從未看成靜止的凝固不變的東西，而是把它看成矛盾統一又變動不居的流動體。他認為任何事物都是流動的，都有一個從過去到現在，再從現在到將來的必然發展過程。因此，作家在觀察生活、選取題材時，都要從它的歷史發展中截取，以「表現從今天到明天這一戰爭過程中最典型的狂瀾伏流方生方滅以及必興必廢」的歷史面貌。這就是說，他「不但要反映現在」，還需要「指出未來」，不但要描寫和批判「方滅的」，並須描寫「方生的」——舊社會胎內的新的萌芽，「不但要從今天還是煊赫異常的舊勢力看出它必不可免的覆敗，並且還須從今天尚居劣勢的或尚在潛伏狀態的新興力量指出它一定勝利。」〔註6〕這種對現實的觀察與理解正是歷史唯物主義在文藝上的具體運用，它不但與早期的認識不同，與轉變期比較，也深刻透徹多了。

但是，對現實的這種深刻透徹的認識怎樣反映在文藝作品中呢？自然要通過形象。這時茅盾認為藝術的思維過程應該是這樣的：社會科學家經過縝密的觀察，分析綜合之後，「指出了如此這般，便可謂能事已盡；文藝作家則於得到了如此這般的『結論』以後，還得再倒回去，從最初的出發點再開始，從紛賾的表象中，揀出其最典型者，沿其發展之跡，用藝術手腕表現出來」。也就是說，文藝作家要比社會科學家多做一層工夫，「當其開始，是由具體到抽象，由表象到概念，而後復由抽象回到具體，由概念回到表象。在這回歸之後，才是創作活動的開始。」〔註7〕如果不做第一步工夫，就不能保證他的作品的積極性、深刻性，就不能保證他的作品的社價價值和時代意義；然而反過來說，如果他只做了第一步工夫而止，那麼他的作品便會成為概念化的東西。所以，文藝創作不但要對社會現實有深刻而正確的認識，還必須充分注意它的形象性特質。而在諸形象因素中，人物形象是第一位的核心的因素。所以，觀察人、表現人，就成了文學創作的中心，成了「第一義」的東西。社會科學家所取以為研究資料者，「是那些錯綜已然的現象」，在作家，「卻是

〔註6〕 《論魯迅的小說》，載《茅盾論創作》，上海文藝出版社，1980 年版，第 142 頁。

〔註7〕 《談技巧‧生活‧思想及其他》，載《茅盾文藝雜論集》（下）第 930 頁，版本同前。

造成那些現象的活生生的人」，而「人」又是個極為複雜的動物。他在社會中生活，有其社會屬性，如階級性，民族性，歷史性，時代性等，又有其自然屬性，如飲食本能、性欲本能、自衛本能等，血統遺傳等。因此，在觀察研究人的時候，一方面要觀察他本人生活的各個方面，如職業生活，私生活，隱秘的行為，個性氣質；另一方面，還要從他所處的錯綜複雜的社會關係中，從他們某一階層的膠結，與他們以外各階層的迎拒上，去觀察，去研究。只有這樣的人，才是既有「個性」又有「共性」的「活人」。這就是說，要善於選擇概括典型人物。同時，「人」與環境的關係也是相互依存、相互制約、又相互影響的。「最初是『人』創造了『環境』，其次是『人』的思想行動被這『環境』所支配」，再次是「由於這被支配而發生的反作用，能使『人』發生破壞束縛的思想而形成改造環境的行動」。由此可知，「人」和「環境」的關係是雙向交流的，「是在茅盾中發展的」。所以茅盾特別反對「從『人』和『環境』的固定關係上去觀察」研究和反映，而主張「從交流的，在矛盾發展的關係上」去觀察、研究和表現「人」和「環境」。只有這樣，才「可以灼見現象的過去現在和未來」，才可以從截取的一段「現在」去反映出「過去」，揭示出「未來」。當然在表現上，也不能沒有「事」，「事」是負有透過現象揭示本質的任務的。這就是作品的故事情節。但是，「事」與「人」的關係並非平行的，而是先有「人」，後有「事」，「『事』由『人』生」。「人」在作家心中成熟而定型的時候，「故事」的輪廓也就構成，二者在「人事關係」中統一起來。情節是人物性格的發展史，就說明了這種關係。所以，作者所苦心經營的，應是在觀察體驗的豐富材料中選擇那些最能表現某一特定「人事關係」的性質的東西，需要者留；不需要者，摒棄。這也就是為表現「人」而進行的典型情節的選擇與提煉。他在這裡強調的，是「深刻地寫出人與人的關係，人從歷史方面所承受的一切，生活環境對於人的影響，及人怎樣改造生活這四方面。」這種種論述都表現了他對恩格斯的「在典型環境中再現典型人物」的深刻理解。正因為他把握了人、事、環境的內在有機聯繫，所以在《腐蝕》這部「日記體」的小說中，也能借助一個狹窄的視角，反映出蔣、日、偽、我四個方面的各自面貌和四者之間極端錯綜複雜的關係。既「暴露了1941年頃國民黨特務之殘酷、卑劣與無恥，暴露了國民黨特務組織是日本特務組織的『蔣記派出所』」，「暴露了國民黨特務組織中不少青年分子是受騙、被迫，一旦陷入而無以自拔的」。又從敵與我的複雜鬥爭中描寫出地下黨及其支持的

進步組織所做的艱苦卓絕的鬥爭，並且在敵、我、友多重矛盾的對比中引導良心未泯的小特務逐步走上要悔過自新的道路。這就成功地通過「現在」社會的一角——十分黑暗的一角，不僅「透露出『過去』，並且暗示著『未來』。通過趙惠明的心理折射，把這複雜錯綜的多重矛盾從容裕如、舉重若輕地展現出來，真正做到了借一粒砂子反映大千世界。

二

　　從生活到藝術的中間環節——作家的精神狀態，一直是受到茅盾重視的。可是這時對作家的要求則更明確更深入了。早在 20 年代末寫的《讀〈倪煥之〉》中就曾說過：「準備獻身於新文藝的人須先準備好一個有組織力、判斷力，能夠觀察分析的頭腦，而不是僅僅準備好一個被動的傳聲的喇叭；他須先的確能夠自己去分析群眾的噪音，靜聆地下泉的滴響，然後組織成小說中人物的意識」。這就是要求作家必須具備先進的世界觀，而不僅僅是反映客觀世界的一面鏡子。成熟期則不但強調了樹立正確世界觀的重要性，而且提出了建立正確世界觀的方法、途徑，闡明了世界觀在創作中的作用。他在《談技巧・生活・思想及其他》一文中說：「『生活』固然要緊，而一個真能觀察、分析、綜合、體驗的好好地武裝過的頭腦，卻尤其要緊」。因為不用「社會科學」來武裝自己的頭腦，不建立起「正確的世界觀」，「就不知道怎樣去思索」生活現象，也無法正確反映生活現象，「尤其是我們這轉變中的社會，非得研究過社會科學的人每每不能把它分析得正確。只有用「精神上的顯微鏡和分光鏡」去觀察人生，用「進步的宇宙觀人生觀」去「咀嚼」社會生活，「探求出人們每一行動之隱伏的社會背景」，「探索到他們的社會關係和經濟基礎」，並確實體認出它的革命意義來，才能選出最有「普遍性和典型性」的題材，才能寫出揭示社會發展規律的文學作品來。這種要求，實質上反映了無產階級登上歷史舞臺之後，對文學提出的「較大的思想深度和意識到的歷史內容」，是無產階級的歷史使命感在文學領域中的具體表現。（所以有人說，茅盾作品中的「自我形象」，就是共產黨的形象。）不過，茅盾這裡所要求的「正確世界觀」，並不僅是指從書本獲得的社會科學理論，而是在現實生活和革命實踐中驗證過的真理。「只有從生活中把握到的正確觀念方是真正的正確」，因此他要求作家「深入生活」，「到群眾中去，從血淋淋的鬥爭中」「鍛煉出一雙正確而健全的普羅列塔利亞的眼睛」，「養成一

副能分析解剖社會的手眼」。當然，他並沒有走向另一極端；他仍然要求作家認眞研讀「社會科學」書籍。讀書和深入生活要辯證統一，不能有所偏廢，從中可以看出他的見解之深。「一個民族的前進活躍的藝術必然是此一民族全心靈所要求所爭取的偉大目標以及在此爭取期間種種英勇鬥爭的反映。一個前進的藝術家在民族的英勇鬥爭中親身體驗了鬥爭的生活，他的喜悅，他的悲憤，他的鬥爭時的快感，他的對於最後勝利的確信，是他個人的，然而亦就是全民族的，他由心靈的激動而來的『呼喊』一定是代表了時代精神的藝術。」〔註8〕

　　由於茅盾強調作家樹立正確世界觀的重要性，這就產生了一個「理想」與「現實」的關係問題。雖然茅盾早期就注意到文學中「理想」與「現實」的結合問題，但是怎樣才能在創作中結合統一起來，他還沒有足夠的經驗說清楚。到自己創作《蝕》三部曲時，由於「對革命前途的估計是悲觀的」，創作中先進思想的指導不夠充分，就使「現實」的反映掩蓋了「理想」，使「理想」出現了落差。後來他針對這一情況總結教訓說：「一個作家的思想情緒對於他從生活經驗中選取怎樣的題材和人物常常是有決定性的」，致使《蝕》的創作只反映了一部分生活的眞實而忽略了生活中正面的東西。而創作《三人行》時，則在認識了上述「錯誤而且打算補救過去的錯誤這樣的動機之下，有意識的寫作的。」但是又由於對其中所反映的學校生活，「既沒有『體驗』，也缺乏『觀察』，因而這一作品又是沒有生活經驗的基礎的」。這就是說，《三人行》又偏向了主觀「理想」的一面，致使「故事不現實，人物也概念化」。這樣一來，就又認識到「徒有革命的立場而缺乏鬥爭的生活，也不能有成功的作品。」從這兩部作品的經驗教訓中，茅盾進一步思考了作家世界觀、理想與客觀現實、生活積累之間的關係這一帶有本質性的理論問題，得出了這樣的結論：「將來偉大作品之產生不能不根據三個條件：正確的觀念，充實的生活，和純熟的技術；然而最主要的還是充實的生活。只有從生活中把握到的正確觀念方是眞正的『正確』，也只有從生活中體認出來的技術方是活的技術。」〔註9〕這就找到了「理想」與「現實」的結合點，統一處，從而使自己的革命現實主義理論達到了新的高度，成爲成熟的理論體系。《子夜》創作就是這一成熟理論的具體實踐，也是這一成熟理論的最準確的注釋。

〔註8〕　《向新階段邁進》，載《茅盾文藝雜論集》（上）第 577 頁，版本同前。
〔註9〕　《關於「創作」》，載《茅盾文藝雜論集》（上）第 310 頁，版本同前。

　　除此之外，茅盾這時對文藝技巧問題，內容與形式的關係問題，繼承與創新的關係問題，都作過大量的精闢的論述。這些論述不僅指導著革命文學的創作實踐，而且成爲他的革命現實主義理論的有機組成部分。

三

　　還有幾個過去未曾涉及，只在成熟期才探討的新問題，這裡需要簡單介紹評論一下，以便對茅盾成熟期的文藝思想有個全面而完整的認識。這幾個問題是：文藝大眾化、民族化的問題，怎樣貫徹「雙百」方針的問題，關於革命現實主義與革命浪漫主義相結合的創作方法問題。

　　關於大眾化的問題，「左聯」時期曾進行過討論，但問題並沒有解決。抗日戰爭的現實，又使文藝大眾化問題突出地呈現在眼前。茅盾從革命功利目的出發，認爲抗戰時期，什麼問題都應當和抗戰聯繫起來。當時最迫切的問題，是如何發動民眾抗戰。可是當時的新文藝，卻多是寫給知識分子和青年學生看的，並沒有深入到工農大眾中去，這就不能發揮它的教育民眾、動員民眾的作用。因此，文藝大眾化的問題已到了非解決不可的時候了。怎樣實現文藝大眾化？茅盾主張從兩方面入手：一方面是：「從文字的不歐化及表現方式的通俗化入手」；另一方面是「用各地大眾的方言，大眾的文藝形式（俗文學的形式）來寫作」，如說書、彈詞、楚劇、湘戲等都可採用。但利用民間的舊藝術形式，並不是把舊形式「整套的間架都搬了過來」。所謂「利用」，一是「翻舊出新」，二是「牽新合舊」，這兩者「匯流的結果，將是民族的新的文藝形式，這才是『利用舊形式』的最高目標。這種主張在抗日戰爭時期是起了一定指導作用的。他的《第一階段的故事》，〔註10〕就是這種主張的第一次實踐。這篇小說，在分章上有中國古典小說章回體的影子，但拋棄了「欲知後事如何，且聽下回分解」這種「形式之形式」。其次，在人物描寫方面，作者沒有用他擅長的心理描寫手法，而用了寫動作寫對話的方法，即所謂「不用間接方法而用直接方法來刻劃人物」，這顯然是吸取了古典小說的長處，卻限制了自己原有的長處。再次，語言是很通俗的。這是他的文藝大眾化主張的初步嘗試。但是由於在主要方面是棄長（心理描寫）就短（人物動作），創作並不算成功。他這方面的成就不如老舍，但其主張還是比較正確的。

〔註10〕原在香港《立報》副刊《言林》陸續發表，1945 年在重慶出版單行本，題名爲《第一階段的故事》。

　　關於民族化問題，這是與大眾化有密切相聯的另一個問題。當向林冰提出民族形式必須以民間形式為中心源泉的主張時，茅盾寫了《舊形式、民間形式與民族形式》一文，表示不同意向林冰的觀點，因為向林冰否定了「五四」以來新文學的偉大成就。茅盾認為，建立新的民族形式，必須既「吸收過去民族文藝的優秀傳統，更要學習外國古典文藝以及新現實主義的偉大作品的典範；要繼續發展五四以來的優秀作風，更要深入於今日的民族現實，提煉鎔鑄其新鮮活潑的素質」。後來的文藝創作實踐證明，茅盾的這一見解也是正確的。他創作的日記體小說《腐蝕》，就是既深得外國文藝之長，又具有民族化特點的典範；《霜葉紅似二月花》，更是傳統的民族風格和細膩的心理描寫相結合的傑作；《走上崗位》（即《鍛煉》）與這時的一些短篇小說，都加強了民族化手法，語言上也擺脫了歐化影響，表現比較成功。王若飛在祝賀茅盾五十壽辰時指出：「茅盾先生在中國新文藝的『大眾化』工作和『中國化』工作上，一直是站在先驅者的行列，而且是認認真真在實踐中探索著前進的道路的。在他的初期創作中，我們可以看到歐洲文學作風的影響。但是這影響卻隨著時代要求的前進和他的創作方法的改進，逐漸減退。另一方面大眾化和中國化的作風，卻有顯著進展。直到最近的《霜葉紅似二月花》──這長篇小說的第一部──我們可以看到茅盾先生的作風，是在利用民族形式爭取更廣大的讀者群這一點上，作了很大的努力。」這的確是非常中肯的科學評價。全國解放之後，茅盾對文藝的民族化問題闡述得就更精闢更深刻了。這時他認為，文學的民族形式主要包含兩個因素：一是語言，是主要的，起決定作用的；二是表現方式（即體裁），是次要的，只起輔助作用。這種特點，在詩歌中表現得特別明顯；小說雖不那麼顯著，但也不可忽略。如魯迅小說，在形式上與外國小說非常接近，但又有自己的民族形式，這就是他的民族語言。他不同意把章回體、筆記體、有頭有尾、順序開展故事等看作我國小說的民族形式，因為這不但太外在，而且太簡單化了；主張在「小說結構和人物塑造這兩方面去尋找」民族形式。他認為中國小說的民族形式的結構特點是：「可分可合，疏密相間。似斷實續」，「舒卷自如」，「大小故事紛紜雜綜，然而安排得各得其所」。人物形象塑造的民族形式，是「粗線條的勾勒和工筆的細描相結合。」「前者常用以刻畫人物的性格」，「後者常用以描繪人物的聲音笑貌，即通過對話和小動作來渲染人物的風度。」據此，他充分肯定了李季、阮章競、賀敬之、郭小川等人的詩歌，又充分肯定了趙樹理、老舍、梁

斌、馬烽、李淮、孫犁，杜鵬程、王汶石等的小說。

關於「百花齊放，百家爭鳴」方針的闡釋也是極為辯證、深刻、準確的。茅盾指出，文藝創作的「品種和風格，應當是愈多愈好。」他說：「在現實生活中，他們需要煉鋼廠，需要水閘，但也需要美麗的印花布，需要精緻的手工藝品，在文化娛樂方面，如果只供給抒情詩，圓舞曲，翎毛花卉，群眾就會有意見，但如果我們朝朝暮暮只給清一色的表現重大社會事件的作品，而且從形式到內容又不免千篇一律，那麼，群眾也會有意見」。「自古以來，人民所創造的文藝就不是單調、生硬，而是包羅萬象，多姿多采的」。「百花齊放就是要發揚這個傳統」。這種見解與解放前強調寫重大社會題材恰成鮮明的對照。然而時代變了，人民群眾的需要變了，茅盾的文藝思想當然也要跟著變化。這就是說，具體主張雖有所不同，但為人民大眾服務的總原則並沒有變。所以，茅盾對「百花齊放」的闡釋，是代表了人民的心願的，也是深刻而正確的。按照「百家爭鳴」的方針，茅盾認為「應當容許文藝上有不同的派別，而且通過自由討論，互相競爭，來考驗它們存在的價值」。他說：「我們提倡而且宣傳社會主義現實主義的創作方法」，同時也堅決主張作家們在選擇創作方法時應當有完全的自由；關於文藝理論上和創作上一些紛爭未決的問題，關於作家作品的評論，「完全應當採取自由討論的方式，既不應強調求一致，也不必匆促地作出結論。」他認為文藝批評上的種種清規戒律，必然要妨害作家們「自由活潑的創造力，不敢追求新的形式和風格」；相反，「理論和批評上的『百家爭鳴』不但不會造成思想上的混亂，而恰恰相反，可以糾正『一家獨鳴』在理論上的片面性，可以克服主觀和武斷，從而最後地達到思想認識上的基本一致。」因此，茅盾進一步指出，在貫徹「雙百」方針的問題上，必須「反對教條主義，同時要反對右傾思想，這是兩條戰線上的鬥爭」。他說，「不要怕『放』出不好的東西來，而要及時進行細緻深刻的科學的批評，不要怕『鳴』出不入耳的聲音，而要進行批評之批評，展開自由討論」，「從討論中加強馬列主義的思想教育。」

關於革命現實主義與革命浪漫主義相結合的創作方法問題，茅盾分析了歐洲和我國古代現實主義和浪漫主義的特點，指出過去作家「不可能在一篇作品中有像現代革命作品中」那樣的「兩結合」。至多不過在少數傑作中「結合了浪漫主義和現實主義兩種因素」，但也不能稱之為「兩結合」的作品，因為我們所說的「兩結合」，「是在馬克思列寧主義世界觀的思想指導下，結合

了科學分析的求實精神和不斷革命論的雄心壯志，站在共產主義的高度，既反映今天的現實，又要用無限的熱情、豪邁樂觀的調子、淋漓飽滿的筆墨，來歌頌一切產自現實基礎上的萌芽狀態的明天，即一切生氣蓬勃的新事物」的創作方法。毛澤東同志的詩詞，就是這種「兩結合」的光輝典範。再如歌劇《白毛女》、《紅旗歌謠》中的部分民歌，也是這種「兩結合」的作品。此外，有些傑作，從構思方面看，屬於革命現實主義作品，但又塑造了風貌堂堂的具有共產主義思想品質的英雄人物，這些人物是現實的，又是理想的。這種作品也體現了「兩結合」的精神，如《創業史》、《百煉成鋼》、《林海雪原》、《紅旗譜》等。所以，學習「兩結合」的創作方法，從根本上說是一個「加深馬列主義修養、培養共產主義風格的問題，也就是善於把衝天幹勁和科學分析相結合的問題」。決不能把「暢想未來，人鬼同台」的胡編亂造或超現實的誇張當作「兩結合」的創作方法。

1957 年，茅盾還積極參加了帶有國際性的現實主義問題的大論戰，寫成了具有深厚學力的《夜讀偶記》。這本著作，系統闡述了古今中外一切文藝思潮流派的發展和演變，並作出了比較中肯而公允的評價，從而悍衛了優良的現實主義文學傳統，批判了形形色色的反現實主義思潮流派，有很高的學術價值。內容上，包羅萬象；形式上，隨意而談。因此，在輕鬆活潑的形式中，探討了極為重要、極為深刻的藝術規律問題，從藝術哲學的高度，概括指出了文藝思想鬥爭史，就是現實主義（廣義的）與反現實主義（反現實主義的各種流派）的鬥爭史，從而明確肯定：「怎樣的世界觀，就產生怎樣的思想方法，而怎樣的思想方法，又產生怎樣的創作方法。」

從認識論的角度來看茅盾的論斷，自然是創作方法研究的深入和發展，它可以讓人看清各種各樣文藝思潮流派的本質，但是，用「唯物」、「唯心」、「現實主義和反現實主義」這些概括性極強的概念來涵蓋紛紜複雜的文藝現象，是否又失之簡單化了，這是值得我們繼續思索探討的大問題。不過，從《夜讀偶記》中我們可以看清茅盾文藝思想的本質特徵（其中的思想內核是他早期文藝思想發展的必然結果），的確是一家之言。它有它的優點和缺點，貢獻和局限，然而誰也不能否認它是值得我們認真總結的珍貴的精神財富。

1988 年 4 月 25 日定稿

十一、茅盾對現實主義理論的貢獻

　　茅盾的現實主義理論是有個形成、發展、成熟和深化過程的。大體來說，1925 年以前是它的形成期。茅盾較系統地提出了他的以進化論爲指導思想的「爲人生」的現實主義文學理論。1925 年以後是它的發展成熟期。「五卅」運動後，由於新民主主義革命的蓬勃發展，也由於他的馬克思主義世界觀已基本確立，他的文藝觀逐步由一般的現實主義發展爲革命的現實主義，其現實主義理論已臻於成熟；中經第二次國內革命戰爭和抗日戰爭，他的革命現實主義理論得到進一步深化，成爲更明晰、更系統、更完整的理論體系。

　　茅盾對現實主義理論的貢獻，可以簡要概括爲如下五個主要方面。

　　一、從理論上較早地較正確地闡明了文藝與群眾、文藝與革命的關係。文藝爲什麼人和它對革命起什麼作用的問題，是兩個帶有根本性的原則問題，也是茅盾從事文學活動之後首先予以關注和努力加以研究解答的問題。他在 1919 年寫的第一篇文學評論《托爾斯泰與今日之俄羅斯》，就探討了文藝與革命的關係。隨後寫的《現代文學家的責任是什麼》、《新舊文學平議之評議》等一組文學論文，就提出了「文學是爲表現人生而作的」〔註 1〕著名論點，並對新文學應當具備的諸要素作了如下說明：「一是普遍的性質；二是有表現人生、指導人生的能力；三是爲平民的非爲一般特殊階級的人的」。〔註 2〕這是茅盾對文藝爲什麼人和文藝的社會功用所做的最初的理論概括。在這裡，茅盾所說的「平民」是指與「貴族階級」相對立的「下層社會」的勞苦群眾，即「受苦的民眾」，「被損害者與被侮辱者」，「城市勞動者」，「農民」，「第四階級」等，而不是專指城市小資產階級和資產階級。至於在怎樣爲這些勞苦群眾服務的問題上，茅盾要求文學家「把德謨克拉西充滿在文學

〔註 1〕　《現在文學家的責任是什麼？》，載《茅盾文藝雜論集》第 3 頁，上海文藝出版社 1981 年 6 月版（此書版本下同，不再注）。

〔註 2〕　《新舊文學平議之評議》，載《茅盾文藝雜論集》第 12 頁。

界，使文學社會化，掃除貴族文學的面目，放出平民文學的精神。下一個字是爲人類呼籲的，不是供貴族階級賞玩的；是『血』和『淚』寫成的，不是『濃情』和『艷意』做成的，是人類少不得的文章，不是茶餘酒後消遣的東西。」〔註3〕可見他的文學功利觀帶有爲群眾服務和爲革命服務的進步性。

不過，當時茅盾的文藝觀點是比較複雜的，既有馬克思主義因素，也有進化論的基本傾向，因此，在文學表現什麼人，爲什麼人服務的問題上，常常流露出人性論的觀點，如他在一些文章中也說過文學要表現「全人類的生活」，宣泄「全人類的感情」，「爲全人類服務」等話。然而即使如此，也應該恰如其分地肯定他的文藝觀的歷史進步性和在當時所起的革命作用。他不但以這種爲人生的文藝理論掃蕩了視文學爲遊戲爲消遣的鴛鴦蝴蝶派，批判了「爲藝術而藝術」的唯美主義觀點；而且要求新文學要對罪惡的「私產制」施以攻擊，要「表示對於罪惡的反抗和被損害者的同情」，還要「宣傳新思想」，以使新文學成爲「代全人類呼籲的唯一工具」，擔當起「喚醒民眾而給他們力量的重大責任」。這就令人看到他的文學觀中的反強暴、反壓迫、主持正義、同情弱小、渴求平等的革命民主主義特色。

「五卅」運動前後，由於革命運動的蓬勃發展和茅盾已「確信了馬克思底社會主義」〔註4〕，加之他對蘇聯無產階級文藝的研究，便寫了《論無產階級藝術》等一批重要論文，從無產階級歷史地位的變化上，探討了無產階級文學產生的歷史必然性和它的偉大使命。他針對前一時期的「爲全人類」的觀點，明確批評說：「文學實是一階級的人生的反映，並非整個的人生」〔註5〕；針對過去推崇的羅曼・羅蘭的「民眾文藝」論，又說「我們看見的是此一階級和彼一階級，何嘗有不分階級的全民眾？」〔註6〕因此，他認爲唯有表現「一時代統治階級的思想、意志、感情」的文學，才算對人類盡了貢獻之職〔註7〕。雖然歷史上的各個統治階級都對「人類文化的演進，各盡了應盡的一分力」，但只有到了無產階級革命時代所產生的無產階級藝術，才眞正體現了社會發展規律，反映了最大多數人的利益，代表了人類對文學的徹底的革命功利要求。正是從這一認識出發，茅盾不同意把「刺激和煽動」

〔註3〕 《現在文學家的責任是什麼？》，載《茅盾文藝雜論集》第5頁。
〔註4〕 《五四運動與青年底思想》，載1925年5月11日《國民日報・覺悟》。
〔註5〕 《告有志研究文學者》，載《茅盾文藝雜論集》第210頁、第211頁。
〔註6〕 《論無產階級藝術》，載《茅盾文藝雜論集》第193頁。
〔註7〕 《告有志研究文學者》，載《茅盾文藝雜論集》第210頁、第211頁。

當作無產階級文學的「全目的」，而主張文學應該「助成無產階級達到終極的理想」〔註8〕，即爲實現全人類的徹底解放達到共產主義而發揮巨大的作用。結合當時中國革命和文學運動的現狀，茅盾對無產階級文學者提出的新使命是：（一）新文學工作者「決不能離開現實人生，專去謳歌去描寫將來的理想世界」，在創作中必須處理好忠實地描寫現實同表現理想的關係；（二）「文學者目前的使命就要抓住了被壓迫民族與階級的革命運動的精神，用深刻偉大的文學表現出來，使這種精神普遍到民間，深印入被壓迫者的頭腦，因以保持他們的自求解放運動的高潮，並感召起更偉大更熱烈的革命運動來」；（三）「文學者更須認明被壓迫的無產階級有怎樣不同的思想方式，怎樣偉大的創造力和組織力」，然後以精湛的藝術「確切著明地表現出來」，以便爲宣傳無產階級思想盡力。只有這樣的文學，方才算得上既能「如實地表現人生」又能「指示人生向美善的將來」的新文學〔註9〕。

　　1929 年以後，他又根據當時大革命失敗後的社會特點，要求文學家反映「封建軍閥、豪紳地主、官僚買辦階級、資產階級聯合」起來「勾結帝國主義加緊向工農剝削」的社會現實，以啓發群眾的覺悟〔註10〕；「九一八」事變後，他又針對日本帝國主義侵入中國的現實，要求文學家去「喚起民眾」，進行「反帝國主義的民族革命」鬥爭〔註11〕。同時，對於政治上「左」傾盲動主義和文藝上的「唯我獨左」及公式化概念化傾向，也進行了有力的批判，使新文學能沿著正確的航向前進。

　　在抗日戰爭和解放戰爭時期，他除了要求文藝爲抗戰服務、爲解放戰爭服務、爲人民大眾服務之外，又用主要精力探討了文藝大眾化和民族化的問題；從語言、藝術形式到作品中的思想感情、作家的立場，他都做了深入而細緻的研究，發表了不少精闢而有益的意見，爲尋找老百姓喜聞樂見的藝術形式，作出了自己的傑出貢獻。

　　由此可見，茅盾的「爲人生」的功利文藝觀，是隨著革命前進的步伐而不斷發展的，因而它永遠保持著戰鬥的新鮮活力，也不斷地充實和完善著自己的理論體系。

〔註 8〕　《論無產階級藝術》，載《茅盾文藝雜論集》第 183 頁。
〔註 9〕　《文學者的新使命》，載《茅盾文藝雜論集》第 218 頁。
〔註 10〕　《「民族主義文藝」的現形》，載《茅盾文藝雜論集》第 320 頁。
〔註 11〕　《我們所必須創造的文藝作品》，載《茅盾文藝雜論集》第 330 頁。

　　二、比較正確闡明了作家掌握「社會科學」，樹立先進的世界觀對新文學創作的重要意義。與「為人生」的功利文藝觀相適應，茅盾一直是要求新文學作家去掌握「社會科學」和先進的世界觀的。他在 1920 年 1 月就指出：「舊文學家是有了文學上的研究就可以動動筆的，新文學家卻非研究過倫理學、心理學（社會心理學）、社會學的不辦」〔註12〕。1925 年前後，他從意識形態上考察了文學的階級性，確認隨著無產階級革命而興起的無產階級文學，只有集中表現出無產階級的思想感情、意志願望，才算是真的無產階級文學；並進而說明了新文學家體驗無產階級生活、樹立無產階級世界觀的重要性和必要性。所以從此以後，茅盾所要求作家掌握的「社會科學」與「正確的世界觀」，主要是指馬克思主義和無產階級世界觀。他要求作家必須用馬克思主義世界觀作指導來觀察、體驗和反映現實生活。因為「沒有社會科學的基礎」和「正確的世界觀」，「就不知道怎樣去思索」〔註13〕生活現象，也就無法正確反映社會生活現象，「尤其是我們這轉變中的社會，非得認真研究過社會科學的人每每不能把它分析得正確」〔註14〕，只有用「精神上的顯微鏡和分光鏡」去觀察人生，用「進步的宇宙觀人生觀」去「咀嚼」社會生活〔註15〕，努力探求出人們每一行動之隱伏的背景，「探索到他們的社會關係和經濟基礎」〔註16〕，並實地體驗出革命意義來，才能選出最有「普遍性或典型性」的題材進行創作，才能寫出真正的無產階級文學。茅盾這種要求用馬克思主義世界觀來改造和充實作家思想的觀點，實質上從一個側面反映了無產階級科學思想運用於社會歷史領域之後，對文學提出的「較大的思想深度和意識到的歷史內容」〔註17〕的要求，反映了新文學突破舊現實主義影響，向革命現實主義躍進的趨向。

　　在怎樣掌握「社會科學」和「正確世界觀」的問題上，開始也只是講學習書本知識，後來才逐漸強調在社會生活中學習，並將書本知識運用於革命實踐，以切實樹立無產階級世界觀。1935 年寫的《兩方面的說明》，既肯定了

〔註12〕　《現在文學家的責任是什麼？》，載《茅盾文藝雜論集》第 4 頁。
〔註13〕　《思想與經驗》，載《茅盾論創作》第 433 頁。上海文藝出版社 1980 年 5 月版。（此書版本下同，不再注）。
〔註14〕　《我的回顧》，載《茅盾論創作》第 8 頁。
〔註15〕　《論如何學習文學的民族形式》，載《茅盾文藝雜論集》第 858 頁。
〔註16〕　《致文學青年》，載《茅盾論創作》第 425 頁。
〔註17〕　恩格斯：《致斐迪南·拉薩爾》，載《馬克思恩格斯選集》第 4 卷第 343 頁。人民出版社 1972 年 5 月版。

「書本子上的理論對一位作家的幫助很大」，又指出了只「記住幾條社會科學的原則」，而不能「養成一副分析解剖社會現象的手眼」的不行。1942 年 6 月又說，如果僅以書本知識「爲滿足」，那就有危險，遇到實際問題時，他就會手足無措，甚至看社會現象也會分析錯誤，作家如果單單仗著從書本子上得來的正確世界觀，就來寫作品，「其結果一定是空洞、抽象的東西」。但是「把書本拋開了，完全不注意理論學習，這也是不妥當的」。所以，「學習與生活實踐應當並重，兩者應當互相補足。」〔註18〕這就是全面而又辯證的看法了。

總之，他要求作家要「準備好一個有組織力，判斷力，能夠觀察分析的頭腦」〔註19〕，有一種能「找出普遍性或典型性的人和事」的「眼光」〔註20〕。只有有了這種「頭腦」和「眼光」，才可寫出具有深刻社會意義的作品，才可塑造出有思想深度的形象。

三、茅盾雖然重視作家正確世界觀的建立和文藝的革命宣傳作用，但是，他從不把文學當作政治的傳聲筒，也從未忽視過對藝術特點和創作規律的研究。他在早期的論文中就指出：「欲創造新文學，思想固然要緊，藝術更不容忽視。」因此對創作提出了這樣的要求：「（一）文學的組織愈精密愈好。（二）描寫的方法愈『獨創』愈好。（三）人物的個性和背景空氣愈明顯愈好。」〔註21〕並根據這樣的要求，批評了當時「千部一腔，千人一面」的公式化創作傾向。與此同時，爲了幫助新文學隊伍提高藝術水平，他還大力翻譯評介了不少外國名家名著，讓青年作家學習借鑑，但又指出不能僅學皮毛，機械模仿，應該創造性地學習，翻舊出新，有所創造。

茅盾是極力提倡藝術「創新」的。他認爲文章的美不美，不在用的美的詞頭兒多少，而在「創造的原素多不多」。創造的原素愈多，便愈美。「如果一篇文學作品的體裁、描寫法和意境，都是創造的，那麼這篇文章即使不用半個所謂美的詞頭兒，還是一篇極美的東西；不然，即使全篇裡填滿了前人用過的風花雪月，亦不過像泥水匠畫照壁，雖然顏料用的是上等貨，畫出來的，終究不成個東西」〔註22〕。因此，他要求從事文學創作的人，要在繼承

〔註18〕 1942 年 6 月，茅盾在題爲「作家的主觀與藝術的客觀性」的座談會上的發言摘錄。
〔註19〕 《讀〈倪煥之〉》，載《茅盾論創作》第 237 頁，上海文藝出版社 1980 年版。
〔註20〕 《從思想到技巧》，載《茅盾論創作》第 510 頁，版本同上。
〔註21〕 《雜談》，載《茅盾文藝雜論集》第 137 頁。
〔註22〕 《雜感》，載《茅盾文藝雜論集》第 163 頁。

借鑑過去文學遺產的基礎上，努力「消化了舊藝品的精髓而創造出新的手法」。同樣，一個已經發表過若干作品的作家，也應該努力使自己的新作不至於「粘滯在」舊作「所鑄成的既定的模型中」〔註 23〕。他應全力以赴去探求更合於時代節奏的新的表現方法。只有這樣，才能形成作家的個性和風格。

為了幫助作家藝術上的創新和形成自己的獨特風格，茅盾對繼承借鑑中外文學遺產提出了正確的原則，而且發表了從現實生活中攝取藝術養料的極好意見。在探索新文學發展道路的問題上，他主張向中外文學遺產「博採眾長」、「探本窮源」，以便從廣泛而深入地學習比較中，為中國新文學找出一條既切實可行又比較理想的發展道路。在對待中和外的態度上，他雖然在早期是把主要力量放在對外國文學的研究上，但是同時也主張「從根柢上」研究中國的「舊文學」，希望能從舊文學的研究中提出它的特質「和西洋文學的特質結合，另創一種自有的新文學出來」〔註 24〕。況且 30 年代之後，他又大力探討了文藝大眾化、民族化的問題，為建立中國老百姓喜聞樂見的藝術形式盡上了自己的一份力量。在對待學習借鑑的主要對象和次要對象的關係上，五四時期他主張「兩無所偏」，後來就主張「我們可以有一個最佩服的老師，然而也應該廣泛吸收這一位最佩服的老師以外的大作家的長處，甚至二、三流作家的一得之長。〔註 25〕在繼承和創新的關係上，茅盾主張「翻舊出新」，也就是通過學習研究，融會前人的精華，創造出自己的東西來。他說：「文藝作品之獨創的風格（包括技巧）無疑是生活經驗加學習的結果。各人所受於前人者雖相同，然而各人的生活經驗不同，兩者乘除，故而各人的風格遂有種種差異。此有古今中外諸大家的作品及其身世可為明證」〔註 26〕。在這裡，又引出了如何從現實生活中吸取藝術營養的問題。茅盾說：「只有詩人們為熱情所鼓舞，為偉大的時代所擁抱，以耳目所接，心靈所感應，發自心聲，然後情緒與節奏，自然和諧，所謂不求技巧而技巧自在其中」〔註 27〕。茅盾這些正確而又切實可行的意見，為文學的藝術創新指明了道路。

在文藝創作中怎樣處理好思想內容與藝術形式之間的關係，茅盾也作了精闢的論述。首先，他認為思想內容與藝術形式是不能截然分開的。「因為文

〔註 23〕《宿莽·弁言》載《茅盾論創作》第 53 頁。
〔註 24〕《小說新潮欄宣言》載《茅盾文藝雜論集》第 7 頁。
〔註 25〕《幾個初步的問題》載《茅盾文藝雜論集》第 1106 頁。
〔註 26〕《雜談思想與技巧、學力與經驗》載《茅盾論創作》第 517 頁。
〔註 27〕《這時代的詩歌》，載《茅盾文藝雜論集》第 685 頁。

學創作上所謂『思想』是離不開形象的，一個作家腦海中出現了一個『主題』的時候，『形象』必伴之而來，在創作過程中，決沒有什麼不與形象相伴隨的光桿的所謂『思想』〔註28〕。其次，藝術形式又有相對的獨立性。創作中常有題材和思想內容很好，因「整理、佈局和描寫」不好致使創作「減了色」的〔註29〕。因此，他經常強調作家要向古今中外的藝術大師學習，苦練藝術技巧。再次，茅盾還從藝術創作特點和藝術思維規律上，說明了思想與藝術的關係。他說：「文藝作家以表現時代為其任務」。然而他藉以完成任務的方法卻與科學家不同。社會科學家只要把對社會觀察、研究的「結論」告訴讀者，便算完成了任務；文藝作家卻要「多做一層工夫」。他必須「由具體到抽象，由表象到概念，而後復由抽象到具體，由概念回到表象，在這回歸之後，才是創作活動的開始。如果一個作家沒有做第一步工夫，那麼他就不能保證他的主題的積極性，甚至不能保證他的作品有多少社會價值和時代意義。但是反之，如果作家只做了第一步工夫而止，那麼他的作品將只是概念披上了文藝的外衣」〔註30〕，不可避免地就會出現公式化概念化。後來他對這個問題的表述就靈活多了。他說：「在作家的構思過程中，邏輯思維與形象思維並不是自覺地分階段進行而是不自覺地交錯進行的」〔註31〕。這樣，就從藝術創作特點和藝術思維規律上說明了思想與藝術的辯證關係，也為創作中處理好思想與藝術的關係找到了正確途徑。

四、他不僅從一開始就確認了「寫實主義對於惡社會的腐敗根極力抨擊，是一種有實力的革命文學」〔註32〕，而且對其創作方法也進行了長期的探討和研究，作了系統、周密而又精闢的論述。

在對待真、善、美的態度上，茅盾認為現實主義藝術家追求的「最大的目標是『真』」，因為「在他們看來，不真的就不會美，不算善」〔註33〕，「『美』『好』是真實」〔註34〕。顯然，茅盾在這裡是把藝術上的真作為美、善的基礎的。因此他非常注重藝術中的真實的價值，非常強調創作中的「實地觀察

〔註28〕　《從思想到技巧》，載《茅盾論創作》第 512 頁。
〔註29〕　《對於系統的經濟的介紹西洋文學的意見》，載《茅盾文藝雜論集》第 17 頁。
〔註30〕　《談技巧‧生活‧思想及其他》，載《茅盾文藝雜論集》第 930 頁。
〔註31〕　《漫談文藝創作》，載《茅盾文藝雜論集》第 601 頁。
〔註32〕　《我們現在可以提倡表象主義的文學麼？》載《茅盾全集》第 18 卷第 28 頁。
〔註33〕　《自然主義與中國現代小說》，載《茅盾文藝雜論集》第 92 頁。
〔註34〕　《小說新潮欄宣言》，載《茅盾文藝雜論集》第 72 頁。

和客觀描寫」〔註35〕。但這不是說他對美、善有所否定或忽視；其實他對美、善還是相當重視的。例如主張在創作中「宣傳新思想」、用「理想做骨子」、從黑暗現實中透視出光明的未來等帶有功利性的藝術觀，就屬於「善」的範疇；而對於「美」，他更認為是將生活轉化成藝術必不可少的關鍵環節。他說：「外界投射於我們意識鏡上」所形成的意象，隨著「外物」不停的流動，也在「忽起忽落」、「方生方滅」。這時「我們意識界裡的『審美』先生」「將它們捉住，整理，編製，並使之和諧」，然後「將編製好的和諧的意象用文字表現出來，就成了文學；那些集團的意象的和諧程度愈高，便是那『文學』愈好。和諧是極為重要的條件，而使意象得成為和諧集團的，卻是審美觀念」〔註36〕。可見茅盾對美和善是比較重視的，只不過它們與真的位置不同罷了。在茅盾的美學觀裡，真實是高於一切的。而他所強調的「真」的內涵，歸納起來大致有三點：（一）文學是社會生活的鏡子，「人們怎樣生活，社會怎樣情形，文學就把那種種反映出來」〔註37〕。作家要直面現實，直面人生，「寫自己熟悉的」，不熟悉的要去熟悉，去觀察，去經驗，反對「向壁虛造」。（二）借助典型揭示生活的內蘊，抓到能夠反映時代本質的真正有意義的東西。因此，他要求作家在觀察生活的時候，不但要「廣」，且要能「深」；不但要看「正面」，也要看「反面」；不但要注意表面的、顯著的，也要注意內在的、隱微的；不但要看得具體，也要能夠概括。只有從「全般的社會現象」和「全般的社會機構」〔註38〕中去「努力探求人們每一行動之隱伏的背景，探索到他們的社會關係和經濟基礎」〔註39〕，才能選出最有「普遍性或典型性」的題材去創作出史詩性的作品。他說：「在橫的方面，如果對於社會生活的各個環節茫無所知，在縱的方面，如果對於社會發展的方向看不清楚，那麼，你就很少可能在繁複的社會現象中恰好地選取了最有代表性、最典型的，即是具有深刻的思想性」〔註40〕的事物作為小說的題材。關於在典型中體現時代精神的問題，更是茅盾經常論及的問題，甚至因此形成了他的典型化理論的突出特徵。他不僅認為時代背景就是人物活動的大環境，要求作家

〔註35〕 《自然主義與中國現代小說》，載《茅盾文藝雜論集》第 92 頁。
〔註36〕 《告有志研究文學者》，載《茅盾文藝雜論集》第 204 頁。
〔註37〕 《文學與人生》，載《茅盾文藝雜論集》第 110 頁。
〔註38〕 《〈中國新文學大系·小說一集〉導言》，載《茅盾文藝雜論集》第 532 頁。
〔註39〕 《致文學青年》，載《茅盾論創作》第 425 頁。版本同前。
〔註40〕 《茅盾選集·自序》，載《茅盾論創作》第 21～22 頁。版本同前。

在作品中反映出不同歷史時期的時代風貌，而且要求作家緊跟歷史的步伐寫出各個時期的重大歷史事件；他不但認爲阿Q、倪煥之等典型人物體現了時代精神，而且他創作的人物系列也無不是時代精神的產物；他不僅認爲社會生活就是一定時代的社會生活，而且認爲文學就是「時代的反映」〔註41〕。

（三）茅盾所要求的眞實的藝術，必須是作家通過審美感受所體驗的生活寫成的。他認爲缺乏生活實感，是寫不出好作品的。藝術的生命是眞實，只有在生活中有了眞情實感、眞知灼見，才能寫出栩栩如生的作品。因此，他要作家「到民間去」體驗勞動者的生活，後來又要求作家與人民大眾打成一片，與人民息息相通。

在創作與生活的關係上，茅盾不是一般地要求文學反映客觀現實，而是要求文學從繁複紛紜的社會生活整體，特別是其中的「政治、社會和思想的大變動」中，展示歷史發展的曲折性和「革命必然取得最後勝利」的歷史趨勢，從而使文學自覺地成爲時代的鏡子和社會的史詩。應該說，這就是茅盾的現實主義創作方法的本質特徵和核心內容。

五、茅盾也是新文學運動中湧現出來的傑出的批評家，他的文學批評觀是其現實主義文藝理論的重要組成部分。如果說《新青年》、《新潮》等刊物的文學批評還比較零散，缺乏系統，那麼茅盾接編《小說月報》之後，那就面貌全新了。他高舉現實主義的文學批評的大旗，以《小說月報》、《文學旬刊》等純文學刊物爲陣地，展開了系統的文學批評工作，指導著新文學創作的健康發展。他的文學批評爲我國現實主義文學批評奠定了基礎。

首先，他通過文學批評積極宣傳了他的「爲人生」的文學主張，堅持並發展了他的現實主義原則。例如通過對魯迅及其作品的評論，就不僅使他的理論和魯迅的創作實踐聯繫起來，既闡明了魯迅及其作品的意義和價值，也豐富和發展了現實主義理論。再如批評革命文學運動中的公式化概念化傾向，指出了深入工農生活並取得工農思想感情的必要性，也提出了寫自己熟悉的題材的變通辦法，還從藝術創作的特點上反對「宣傳大綱」式和「標語口號」式的創作傾向，批評了狹隘的功利主義觀點，堅持並發展了革命現實主義原則。

其次，通過文藝批評，茅盾培育、扶植了一批又一批的青年作家，爲壯大新文學隊伍作出了重要貢獻。五四時期，他就通過文學的綜合評述，充分

〔註41〕《創作的前途》，載《茅盾文藝雜論集》第52頁。

肯定了那些「忠實表現人生的作品」，也指出了它們題材狹窄，「人物面目都一個樣」的缺點，指導著新文學隊伍前進。30 年代，魯迅提出了「造出大群新戰士」的重要任務。茅盾與之密切相配合，寫了大量的作家作品論，爲建立和壯大左翼文學隊伍做了許多卓有成效的工作。從丁玲、張天翼、艾蕪、沙汀、臧克家、田間、艾青、吳組緗、蕭紅、歐陽山、姚雪垠等一直到無名作家的值得稱讚之作，他都給予評論和鼓勵，引導青年作家堅定地走革命現實主義的創作道路。

再次，茅盾的文藝批評總是貫徹實事求是的精神，決不從概念出發，也很少引經據典地故作驚人之語，而是根據作品的實際，聯繫有關的社會背景和藝術特點給以歷史唯物主義的說明，得出自己的結論，因而他的評論能經受住時間的考驗，成爲後來文學史家評論作家作品的重要依據或參考。他的文藝批評也很重視藝術分析，尤其注重人物分析，對題材、主題、情節、結構、語言等也給予具體剖析，考察其表現的完美程度，因而不僅能肯定其藝術成就，而且能幫助讀者進行藝術欣賞。在文學批評中，他還常常採用對比的批評方法：一是將作家作品置於整個文壇的背景上比較。恩格斯曾指出：「任何一個人在文學上的價值都不是由他自己決定的，而只是同整體的比較當中決定的」〔註42〕。茅盾高度評價魯迅的《風波》、《故鄉》、《阿 Q 正傳》等作品，就是將這些作品同當時文壇的創作相比之後，而指出魯迅的小說是當時尋不出的好作品，特別是藝術形式上的創新在當時是無與倫比的。二是將一個作家的作品與其他有聯繫的作家相比，分析其優劣，顯示其各自的特點，以便取長補短，相互學習。如將冰心、廬隱、孫俍工三人相比，葉紹鈞與王統照相比，艾青與劉半農相比等，都比出了他們各自的創作特色，說明了他們在文學史上的地位。三是以作家自己的作品相比，來看作家創作的發展變化，從而引出必要的經驗教訓。如《冰心論》、《徐志摩論》就是用了這種方法。

茅盾的文學批評同他的文藝理論一樣，也是一筆寶貴的財富，值得好好地繼承和發揚。

〔註42〕 《馬克思恩格斯全集》，第 1 卷第 523～524 頁。

十二、淺論茅盾的文藝批評

　　文藝批評有廣、狹二義：廣義的文藝批評，是包括著所有文藝理論的；狹義的文藝批評，則專指具體作家作品的評論。我們這裡論及的茅盾的文藝批評，乃是狹義的，主要指的就是他對中國現代作家作品的評論，而不包括他的文藝理論，甚至也不包括他為探索新文藝理論而對外國作家作品的評論。範圍是很小的。但是，由於他具有淵博的學識和深厚的文藝理論修養，又具有豐富的生活閱歷和創作經驗，所以他的文藝批評是有著深厚的功力，含蘊著豐富而又寶貴的經驗的。他的數以百計的現代文學評論，不僅立論精當，經受了時間的考驗，成為現代文學史家編史的指南和重要依據，而且他所持的態度，遵循的原則、批評的方法、文風筆致等，也都可作為我們學習的榜樣。因此，認真細緻地研究探討他的文藝批評的經驗，實在是發展我們今天的文藝批評所必需。本文只想從他對文藝批評的見解和態度、運用的原則和標準、採取的方式和方法、創立的文風筆致諸方面，做些初步的探討，以期引起評論界的重視和研究，進而借鑑繼承這份寶貴的文學批評遺產，把我們今天的文藝批評進一步活躍並發展起來。

識見和態度

　　對西洋文學有過精深研究的茅盾，是深知文藝批評之重要的。早在《〈小說月報〉改革宣言》中他就說過：文藝批評「有極大之威權，能左右一時代之文藝思想」，能與文藝創作「互相激勵而至於至善」。正是在這個意義上，他提出了「必先有批評家，然後有真文學家」的論斷。這就是說，茅盾剛步入文壇，就從文藝批評與文藝創作發展的辯證關係上，看到了文藝批評對文藝創作的指

導扶植作用，從而引起了他對文藝批評之極端重視的。於是他操起了文藝批評的武器，為新文學的建立和發展探索道路，披荆斬棘，排舊扶新，做出了不可沒滅的貢獻。但是，在新文學的發展方向道路問題上，新文學內部也有爭論。他針對某些人的門戶之見，反對把某種「主義」當作「金科玉律」去「扼殺自由創造之精神。」他欣賞「法朗士把美學上的爭論比做永無止息的笛師的爭論」的說法，「覺得文學批評論也有點相似」。他認為「正惟其多紛爭，不統一，文學批評論才會發達進步」；「對於一件作品有許多不同的見解互相辯詰」，更會促進創作的繁榮發展〔註1〕。由此可見，他對不同流派的作家作品是相當尊重的，希望別人也持此尊重態度來對待不同流派的作家作品，都站在完全平等的立場上，以自由討論的方式切磋琢磨，互相幫助，取長補短，共同提高，而不要去當「大主考」和「司法官」，動不動就去「判決」〔註2〕。無論哪一流派的批評家，也不管是對哪一流派的作家作品，他在進行文學批評時，只能直率地談出閱讀「某作品所得的印象」，只能「闡釋」作品的「內蘊」，指出得失和如何才好的發展方向，而不要光去「搬弄術語」，把本流派的標準當咒語使用，使文學批評成了「司法官的判決書」，因為這樣做，不僅有害於創作的繁榮，也有礙批評的正常開展。茅盾認為，在新文學的初創階段，要允許不同文學流派的自由競爭，不要各立門戶，作繭自縛；要通過自由競爭、自由批評來促進新文學的健康成長。因此，他大聲疾呼，要批評的「自由」，並且要通過批評的自由來保證創作的自由。無疑這是代表了當時正確的文藝思潮的。

後來，隨著社會革命的深入和茅盾自己思想的發展成熟，茅盾確立了無產階級的革命現實主義文藝觀，認為文藝批評應是「站在一階級的立點上為本階級的利益而立論的」，所以無產階級的批評論也必將為維護本階級的利益而盡其批評的職能〔註3〕。然而對待文藝的特點，對待不同的文學流派，對待作品的藝術性，他都始終是謹慎、客觀而又寬容的，因而他的評論無不持平公允，又深刻精當。

我們看到，在他的一百多篇作家作品的評論裡，沒有一篇不是抱著實事求是、持平公允、客觀分析又是切磋商量的態度的。無論對什麼作家，也不

〔註1〕 《茅盾文藝雜論集》（上）上海文藝出版社1981年版（下同不注），第100～101頁。

〔註2〕 《茅盾文藝雜論集》（上）上海文藝出版社1981年版，第100～101頁。

〔註3〕 《茅盾文藝雜論集》（上）第188面，版本同前。

管對什麼作品，他從不主觀武斷，以勢壓人，亂打棍子，亂扣帽子；也從不為名家、好友避嫌護短，有意抬轎子，吹喇叭；而是根據他的原則和標準，實事求是地具體分析，有好說好，有歹說歹，中肯恰當，透闢深刻，經受住了歷史的篩選和考驗。與此同時，我們還發現茅盾批評態度的另一特點，就是他對名家好友的要求反而從嚴，對無名作家和自己不熟悉的人，卻比較寬容愛護，表現了他的正直無私和寬懷大度。

眾所周知，茅盾是魯迅的好友，魯迅是現代文學的大師。但是他評論魯迅及其作品時，總是不避嫌疑不護短，從具體作品出發，實事求是地進行分析，得出客觀科學的結論。當魯迅及其作品還未被人們充分認識時，特別是當魯迅作品受到某些批評者歪曲非議時，他挺身而出，力排各種錯誤言論，從魯迅作品的主要思想傾向上，指出魯迅作品充滿了對封建主義的反抗呼聲和無情剝露。他無情地解剖「老中國的毒瘡」，同時又給青年指出了怎樣生活著，怎樣動作著的大方針。其創作特點，就在於將「老中國的兒女」靈魂上所負著的「幾千年的傳統」重擔揭示出來，促人猛省，催人自新；他能「抓住一時代的全部」，揭示「被壓迫者的引吭的絕叫」，和苦悶者的「疲沓的宛轉的呻吟」。從而證明，魯迅小說裡的思想是「離經叛道」的，是充分表現了「五四」時代的徹底反封建精神的。然而《吶喊》卻「沒曾反映出彈奏著『五四』時代的基調的都市人生」，《彷徨》雖然有兩篇都市人生的描寫」，不過也只是「表現了『五四』時代青年生活的一角，因而也不能不使人猶感到不滿足」〔註4〕。這就是說，即使對於當時已負盛名的魯迅，在充分肯定他的同時，也指出了他的取材上的缺陷，可見他對名家要求之嚴。

葉聖陶是文學研究會的重要成員，也與茅盾有很深的交情。但茅盾在評論他的作品時，總是「抓住了對象來說切實的話」，好處說好，歹處說歹，評得論失，鐵面無私。如在《評四五六月的創作》中，在談到葉聖陶描寫勞動人民生活的作品時，既肯定了《曉行》「似乎最熨貼」，又指出《獵人筆記》中的幾個農夫與農婦的描寫，「顯出不是個中人自道」的缺點來。甚至對他所高度評價過的《倪煥之》，也直率地指出，它的結構「發生了頭重腳輕的毛病」；後半部的人物，讓人只覺得是「在一張彩色的布景前移動，常常要起空泛的不很實際的印象」，「成為平面紙片一樣的人物」〔註5〕。這批評是

〔註4〕 《茅盾文藝雜論集》（上）第279頁，版本同前。
〔註5〕 《茅盾文藝雜論集》（上）第287頁，版本同前。

實事求是的，也是嚴格的。這種責之從嚴的態度，可以說對文學研究會的作家都是如此。譬如許地山發表了《命名鳥》的時候，有一位不知名的讀者對它寫了一篇非常偏激的批評投給《小說月報》，掌握著《小說月報》發稿實權的茅盾，完全可以把它扔在字紙簍裡，置之不理，但茅盾卻偏偏把它發表出來，讓廣大讀者去思索，供作者去參考〔註6〕，這是何等開闊的胸懷啊！

對於一位高水平的評論家來說，發現名家創作中的某些缺點和不足，恐怕還是容易做到的；但在無名作家中看出好的苗頭，並積極熱情地加以扶植和培養，大概就很難了。這除了興趣、耐心之外，還得公正無私，有一顆發展新文學的強烈的責任心。茅盾在這方面的工作是堪稱楷模的。後來成名、當時無名的作家，有很大一批都是經過茅盾發現或扶植培養過的。如臧克家、吳組緗、沙汀、姚雪垠、張天翼、碧野、葛琴等。當臧克家在艱難中自費印了第一本詩集《烙印》時，茅盾立即著文評論，滿腔熱情地肯定《烙印》是當時詩壇不可多得的好詩，說臧克家是「目今青年詩人中，最優秀中間的一個」〔註7〕。茅盾在讀了沙汀《法律外的航線》這個短篇集時，又立即寫了「讀後感」，指出它是一本用了寫實的手法，很精細地描寫出真實的生活圖畫的好書，並具體分析了作者的「個人風格」。這些分析和評論，對這兩位作家的一生的創作，都起了舉足輕重的作用。沙汀說：「他的評價，使我有勇氣把創作堅持下去」。臧克家也說：茅盾的批評是「老一輩革命作家對於文學新兵的深切關懷」，給了他「莫大的鼓舞」。他甚至認為，「30年代以及以後出來的作家，大都與茅盾先生的關懷提攜有關」。〔註8〕這確實不是溢美之詞。

此外，經茅盾發現並獎掖扶植而沒有成名的作家也還不少。如《三天勞工底自述》的作者利民，《偏枯》的作者王思玷，《他的子民們》的作者馬子華，《鄉下姑娘》的作者于逢、易鞏，《遙遠的愛》的作者郁茹等等，這些作者雖然由於種種原因沒有繼續取得優異成果而負盛名，但不能不承認茅盾的良苦用心和獨具的慧眼。

茅盾這種善於發現文壇新秀並及時熱情獎掖扶植的做法，一直持續到晚

〔註6〕 該文發表在《小說月報》1921年11月第12卷第11號上。

〔註7〕 《茅盾論中國現代作家作品》第186頁，人民文學出版社1966年出版。

〔註8〕 臧克家：《學習茅盾先生的評論風格》，載《茅盾研究》第1期，文化藝術出版社1984年出版。

年。譬如解放後對王願堅的《七根火柴》的評價和對茹志鵑《百合花》的評價，就不但引導他們走上繼續前進的道路，而且使他們名播文壇。《青春之歌》的討論，在意見分歧、「左」傾思潮抬頭的時候，茅盾的《怎樣評價〈青春之歌〉？》一文，又澄清了一些混亂思想，維護了現實主義原則，對《青春之歌》給予了高度而中肯的評價，充分體現了老作家對青年作家的關心和愛護。誠如姚雪垠同志對茅公所讚美的：「手澆桃李千行綠，點綴春光滿上林」。他對批評的見解和態度，的確值得每一個關心文藝事業的人嚴肅的思考和認真的學習。

原則和標準

茅盾雖然主張批評的自由，但又認為文藝批評家卻不可沒有自己的批評原則和標準。批評自由和堅持原則是辯證的統一。只有藝術上各個流派都堅持自己的原則開展自由討論，才能形成百家爭鳴的局面，促進文藝創作的百花齊放。不過，他又認為，各家各派的原則和標準，都是一定社會力量對文學的選擇。只有那些代表社會發展方向，代表先進階級審美要求的原則和標準，才是促進創作繁榮和發展的正確原則和標準。所以，他要選擇代表時代思潮和先進階級審美要求的批評準則。為尋找和探索適合中國新文學發展的批評原則和標準，茅盾對中外文學發展演變作了深入的「探本溯源」的工作。從廣泛深入的比較中，針對當時中國的社會現實和文壇狀況，他早期採用了「為人生」的現實主義原則和標準，1925 年後又逐漸發展為無產階級的革命現實主義的原則和標準，並為維護、促進它的發展和成長而兢兢業業地奮鬥了一生。實踐證明，茅盾所堅持的批評原則和標準，是代表了時代要求和先進階級的審美標準的，因而被文藝界的大多數人所接受，在文學研究領域和創作領域發揮了不可估量的巨大作用，做出了傑出的歷史性貢獻。

茅盾的文學批評，就是嚴格按照革命現實主義原則（1925 年前是按照為人生的現實主義原則）進行的。在運用這一原則和標準批評具體作品時，首先就需要用歷史唯物主義的眼光，考察作品反映的社會生活是否真實，真實的程度如何，是否從歷史的發展中反映了「時代的動態」，在「時代動態」中有沒有新的發現；作家的主觀見解是先進，還是落後反動？他有沒有體認出黑暗現實中的光明前途？其次要看他在作品中表達的思想內容與特定生活情景有沒有矛盾？矛盾的性質及深淺程度如何；藝術上有無突破和創新，形象

的豐富性、完整性如何；最後還要看看別人是否批評過該作品，批評得正確與否，不正確的批評錯在哪裡？這些都需要一一加以闡明，但也不是每篇評論都要這樣面面俱到，只要根據作品的實際情況，突出強調某幾個特點就可以了。這些地方，茅盾的文學評論，給我們提供了具體而寶貴的經驗。

在是否反映生活真實的問題上，茅盾激烈反對過鴛鴦蝴蝶派「遊戲」「消遣」的文學觀，也反對過新文學陣營中一些人倡導的唯美主義，還反對過「革命文學」中的公式化概念化的傾向，因為他們都是非現實主義的。同時，對於只寫「庸俗的身邊瑣事」和「純客觀」的創作傾向，茅盾也提出了批評，從而維護了真正的革命現實主義原則。

在評論余上沅的劇作時，茅盾批評了他不顧時代特點只追求藝術趣味的非現實主義態度。余上沅在《兵變》一劇中，將「兵變」這一嚴肅的社會事件寫成了「戀愛喜劇」，這就把「一個含有非常重大的社會意義的題材」，寫成了「為太太小姐解悶的玩藝兒」了；《回家》也是為了有「戲」可看，讓在外當兵十多年的兒子一回家，就看到了自己的妻子和自己的父親給生了個「兒子」。這就使劇作離開了「時代性」，也離開了「社會現象」。從而說明余上沅的世界觀「使他看不見社會現象中那些更深刻和更真實的東西」。〔註9〕但是，「過分認定文學是思想一面的東西，不顧生活實感」，只按自己對社會的主觀認識去創作，也不行。所以他又反對「宣傳大綱」式和「標語口號」式的創作傾向。他在《讀〈倪煥之〉》、《〈地泉〉讀後感》、《法律外的航線》等評論中，都嚴肅地表明了這種觀點。茅盾認為蔣光慈等創作的「革命文學」不太成功的根本原因，就是採用了公式主義的創作方法和臉譜主義的描寫。指出他們「所寫的革命者和反革命者總是一套」，「革命者只有一張面孔」，「反革命者也只有一張面孔」，沒有寫出人物的個性特徵，沒有寫出生活的複雜性，因而嚴重地歪曲了現實，「使得作品對於讀者的感動力大大地減削」了。其實，革命派和反革命派中都有「動搖不定的分子」，「內部也有矛盾衝突」，分化瓦解。這種複雜的情況寫不出來，只用「臉譜主義」和「方程式」去描寫「革命鬥爭」，那是不會寫出生活的真實，也是不會有感人力量的。因此，茅盾建議革命作家要更刻苦地去儲備社會科學的基本知識，更刻苦地去經驗複雜的多方面的人生，更刻苦地去磨練藝術手腕，並使之精進和圓熟。《法律外的航線》評論中也指出，前幾年盛行著一種「公式」：結構一定是先有些被壓迫的

〔註9〕 《茅盾論中國現代作家作品》，人民文學出版社 1966 年版，第 211～215 頁。

民眾在窮苦憂憤中找不到出路，然後飛將軍似的來了一位「革命者」，──「一位全知全能的『理想的』先鋒，熱辣辣地宣傳起來，組織起來，於是『羊群中間有了牧人』，於是『行動』開始，那些民眾無例外地全體革命化」。這樣，一些有生活實感的青年作家，在這「公式」的影響之下，也「不得不拋棄了他們『所有的』，而虛構著或者摹仿著他們那『所無的』。」《法律外的航線》這個短篇集的重要意義，就在於它基本擺脫了「那個舊公式」，而按照生活的本來面貌來反映生活，而且「作者的手法也是他自己的」。因而是非常「可喜的現象」〔註10〕。這就可以看出茅盾是極力反對公式化、概念化以及脫離「時代」的不良傾向的。但是茅盾也反對創作中的「純客觀」態度。如評價吳組緗的《西柳集》的時候，一方面充分肯定了它的寫實手法和「圓熟的技巧」，能「把我們帶到農村去看」；另一方面則批評了「吳先生的寫作態度」「有時太客觀」，他只像個嚮導似地指給我們看，「農村就是這個樣子」，而「自己不參加意見」。其實，「作家和客觀現實的關係當然不是『複印』而是『表現』；作家有權力『剪裁』客觀現實，而且『注入』他的思想到他所處理的題材」中去，「不用說，他這思想也是客觀現實」「所形成的」。而吳組緗儘管是一位非常忠實地用嚴肅的眼光去看取人生的作家，但在作品中卻缺少了「熱惹惹的一方面」。在評論臧克家的《烙印》時，也有類似的意見。茅盾首先引用聞一多的話說：「克家的詩，沒有一首不具有一種極頂眞的生活的意義」。但是茅盾又指出，至於「人生的眞義到底是什麼，『拼命』的對象又是什麼，而『美麗的希望』是怎樣一個面目，我們的詩人沒有告訴我們明白。」這就又強調了作者自己的正確透徹見解在創作中的重要意義。

總之，從茅盾全部的文藝批評論著中看，他是既強調忠實地反映具有時代特點的社會現實，又強調「注入」作者的正確見解和理想的。這就叫人看到了他對革命現實主義原則和標準的正確闡釋和恪守。

方式和方法

茅盾的文藝批評，雖然在原則和標準方面是認眞堅持的，但他決不從概念出發，也很少引經據典，故作高深，而是貫徹實事求是的精神，一切從實際出發，根據作家或作品的實際情況，進行歷史的和美學的批評，得出應有

〔註10〕見《茅盾論創作》，上海文藝出版社1980年版，第251～252頁。

的結論。因而他的批評方式和方法就靈活多樣，而且很有開創性，決沒有「八股腔」和固定的模式。

他的批評方式，大致說來有自以下三種：

（一）鳥瞰式的綜合評述。這種評述的目的，在於總結某一時期或某一藝術門類、某一藝術流派的創作得失，基本傾向，經驗教訓等，以便揚長避短，提高創作的藝術質量。其特點是：從大處著眼，宏觀把握，概括性強，指出方向性、傾向性的問題，以便發揚優點克服缺點或存在的問題，從總體上促進文學藝術的健康發展。如茅盾早期寫的《春季創作壇漫評》和《評四五六月的創作》〔註11〕，就是很典型的綜合性評述。其中，《春季創作壇漫評》指出的創作壇存在的問題是藝術表現問題：一、「不知道小說是什麼東西」，只當作「一己的留聲機」；二、只知「模仿西洋小說的皮毛」；三、「表現的手段太低，或是思想不深入」；四、作品主體比較好，但仍有缺點。然後對87個短篇，2部長篇，8個劇本分類評述，並逐一表明了希望。《評四五六月的創作》，那就「不重在指出這篇好，那篇歹」了，而重在指出創作題材上的問題：一、現在的創作壇所忽略的是哪方面，所過重的是哪方面；二、在過重的方面，一般作家的文學見解和文學技術已到了什麼地步。於是，通過創作題材的分類對比，指出了當時「描寫男女戀愛的創作獨多」，而「描寫城市勞動者生活的創作最少」的傾向性問題。同時，又指出少數描寫勞動人民的作品，也是讓「學生」穿上了「工人」、「農民」的服裝，並且是「一個面目」，「一樣舉動」，對話也一個樣，沒有個性，說明作者缺乏勞動人民的生活體驗。因此茅盾上條陳，希望作家「到民間去」觀察、體驗人生，才能克服創作題材的偏枯和描寫不真實的毛病。這就反映出他對現實主義創作原則的堅持。此外，為新文學大系小說一集所寫的《導言》〔註12〕，則概括了第一個十年文研會的創作情況和主要藝術特色，對於瞭解這個文學流派的思想藝術特點很有幫助。當然，這種綜合性的評述方式，必須處理好點和面、縱向和橫向的關係，才能寫得恰到好處。例如為小說一集寫的《導言》，共九節，前四節是從面上作縱向的歷史回顧，說明新文學運動的發展大勢，並點出文學研究會在新文學發展中的地位和作用；然後又用四節的篇幅分析這個流派中的作家作品，——在這裡既作了分類論列，又進行了橫向的比較分析，點面結合，條分縷析，不僅讓人有概貌性的瞭解，而

〔註11〕原載《小說月報》，1921年第12卷第4期和第8期。
〔註12〕原載《中國新文學大系‧小說一集》，上海良友圖書公司，1935年5月出版。

且能讓人看到每位作家的成就和創作個性。最後一節點明本書的主旨並作了些必要的交代，這就使這篇評論天衣無縫，嚴密完整，令人嘆爲觀止。

（二）作家論。用史家筆法全面評論一個作家的創作成就和創作特點，以幫助作家總結創作經驗，使讀者認識該作家的創作個性和特點，這是文學評論中常見的方式。它介於作品評論和某一時期、某一流派綜合評論之間，極爲重要。茅盾寫作家論的方式，大致有二：

1. 縱向分析式。即將作家放在一定的歷史過程中，按照歷史的順序分析作家思想和藝術的發展變化，看他在歷史和文學的發展中是前進還是倒退，以及前進或倒退的程度如何，並要做明確的評價，以幫助作家不斷前進，也幫助讀者正確認識作家，獲得必要的經驗教訓。如《冰心論》〔註13〕，就寫出了冰心創作道路上的「三部曲」：一是創作「問題小說」，寫出了「人間的悲喜劇」；二是宣揚「愛的哲學」，陷入神秘主義；三是又轉向現實人生，要在現實中「滾針氈」。這就是說，她的起點是對於「現實」的關注，關注以後又感到「問題」無法解決，於是在「心中的風雨來了」的時候，就「躲到母親的懷裡」去了。但在「母親的懷裡」又看到人間的不平，還是轉向現實人生，從而叫人看到了她的溫醇的心率和曲折前進的路程，暗示出緊跟時代的必要性。《女作家丁玲》〔註14〕，也寫出了丁玲的發展道路。她原是個追求個性解放的青年，但有濃厚的無政府主義傾向，對社會革命不太感興趣。從《夢珂》到《莎菲女士的日記》，表現了作者心靈上所負的時代苦悶和絕望的叫喊。《韋護》和《1930年的春上海》表現了革命與戀愛矛盾的主題，反映了作者向革命的轉變。丈夫胡也頻被害，更進一步左傾，主編「左聯」機關刊物《北斗》，向反動派進行了英勇的鬥爭。寫了《水》等小說，表示了他對工農命運的關心，對「革命與戀愛」公式的清算，還寫了些上海革命鬥爭的小說，從而說明她愈戰愈勇，是踏著革命先烈的血跡前進的。她的被捕，更暴露出統治階級「維持殘喘的最卑猥的手段」。

從轉折點入手，向兩頭延伸，前後對比，既可看出作家思想演變的過程，又突出了作家的個性特點，這也是縱向分析式的一種寫法，只不過它突出了歷史中的重點。在《徐志摩論》〔註15〕中，就是先分析詩人轉變期中的詩《我

〔註13〕原載1934年8月《文學》第3卷第2期。
〔註14〕原載1932年7月15日出版《文藝月報》，第1卷，第2期。
〔註15〕原載1933年2月1日出版《現代》，第2卷第4期。

不知道風是在哪個方向吹》，說明他在政治思想上的迷茫、矛盾。然後往前延伸，分析《志摩的詩》，看他早期的進取精神和政治傾向性——追求資產階級民主主義，並以《嬰兒》為代表，進行了深入剖析，說明他的思想在當時的歷史環境中還不失為一種進步；然後再看他的《猛虎集》，及其以後的詩作，指出這時的詩作是「圓熟的外形，配著淡到幾乎沒有的內容」。而僅有的一點「內容」，也不外乎「感傷情緒」，和對工農革命的不信任，甚至反感。這樣就成了歷史前進中的落伍者，從而說明徐志摩是「布爾喬亞詩人的代表」；「我不知道風是在哪個方向吹」，正反映了民族資產階級在大革命前後矛盾惶遽的心理特徵。真是一語中的，入木三分！

2. 橫向分析式。就是將一位作家的創作同相近、相反的作家比較分析或同作家所處時代的要求來比照分析的方式。《王魯彥論》〔註16〕、《盧隱論》、《落花生論》〔註17〕就是採用這種方式論述的。茅盾認為，王魯彥師法魯迅，也是以反映農民生活見長的，但他的作品與魯迅比，「有不同的色味」。魯迅寫的是「本色的老中國的兒女」，而王魯彥寫的「卻是多少已經感受著外來工業文明的波動」，「危疑擾亂的被物質欲支配著的人物」。他寫出了「工業文明打碎了鄉村經濟時」人們應有的「心理狀況」。葉紹鈞寫「灰色的人生」和「卑謙的利己主義」「很透徹」，但「冷靜」；王魯彥則是「敏銳感覺所發現的人生的矛盾和悲哀」，從而叫人看到了作家「向善的焦灼」，——「赤熱的心，在冰冷的空氣裡跳躍」。因而「焦灼苦悶的情調」，是貫串王魯彥作品的一條內在的線索。就在這樣的對比分析中，不僅突出了王魯彥的創作特點，而且說明了他的新的開拓和貢獻，給人留下了深刻的印象。《盧隱論》是從時代背景上來考察盧隱的思想和創作的。論文指出，盧隱是「『五四』時期的女作家能夠注目於革命性的社會題材的」「第一人」，她「滿身帶著『社會運動』的熱氣」，起點不低；但是，由於「她是資產階級性的文化運動『五四』的產兒」，所以「五四運動發展到某一階段」「停滯了，向後退了」，「她的『發展』也是到了某一階段就停滯。」雖然「時代的暴風雨的震蕩」促成過她的「第二次的『轉向』」，「頗想從她自己的『海濱故人』的小屋子裡走出來」，但是結果卻只在門口「探頭一望，就又縮回去了」，終於還是在《玫瑰的刺》，《女人的心》等作品上「停滯」。她反覆詠唱的，就是個性得不到發展的鬱悶和看不清

〔註16〕原載 1928 年 1 月 10 日出版《小說月報》，第 19 卷第 1 期。
〔註17〕原載 1934 年出版《文學》第 3 卷第 1 期和第 4 期。

前途的痛苦。這是她的「宇宙觀和人生觀」決定的。在這裡，我們不能不嘆服茅盾「善於用社會生活發展過程來說明」一位作家創作思想演變的傑出才能。落花生則是個「怪人」。他的創作總想給人找一個「合理」的人生觀，但這人生觀又無不帶點宗教意味；他有悲觀懷疑的色彩，但從不消極，仍要前進，可是卻不要「燈」引路，只願自己在黑暗中摸索前進。這就把落花生的特點玲瓏剔透地表現出來了。好一副靈活自如的大手筆！

總之，茅盾評論作家，是著眼於全人，又突出重點，還聯繫著時代背景和他的前後左右的作家情況，從而突出其創作特點，給人以啓迪。

（三）作品論。茅盾的作品論，除了以高度藝術鑑賞的眼光進行一般性思想、藝術分析外，最主要的特點，就是能聯繫當時的文壇狀況，指出一些帶有傾向性的問題，以指導作者的創作，推動新文學運動朝著健康的方向發展。因而他的作品論，就有著指導整個文壇創作的重大意義。譬如《〈地泉〉讀後感》是通過作品分析反對公式化、概念化的，而對《法律外的航線》的評論，則是肯定作者拋棄了當時流行的「那個舊公式」而「用了寫實的手法，很精細地描寫出社會現象」的。這就從正反兩方面維護了現實主義的原則，給創作界指出了正確的方向。《讀〈倪煥之〉》，不但通過作品分析肯定了現實主義創作方法，而且強調指出了作品反映「時代性」之重要。評《西柳集》時充分肯定了作者忠實於現實的創作態度和「圓熟的描寫技巧」，但又指出了他的描寫「有時太客觀」，幾乎看不出「他的思想」，他的「意見」。這就提出了現實主義創作中的主觀認識和理想因素的問題。《一個青年詩人的「烙印」》更提出了創作中理想因素如何才能具體明朗的問題。《〈窯場〉及其他》這篇評論，還提出了技巧不等於藝術的命題。茅盾認為，《窯場》作者的描寫技術雖不甚高，但作品的藝術感染力卻很強。從而表示，「與其讀工整平穩不痛不癢的作品，我寧願讀幼稚生硬而激動心靈的作品」。在茅盾看來，藝術性的根本因素是真實——生活的真實與感情的真實。這樣一來，就使他的每篇評論，那怕是對一篇具體作品的評論，都具有普遍性的指導意義。通過他的評論，不僅使我們看到了茅盾對具體作品所提出的中肯而精到的意見，而且看到了他在革命現實主義文學發展中所起的巨大作用和傑出貢獻。

上面粗略介紹了茅盾常用的一些批評方式。在批評實踐中，方式和方法是很難截然分開的。因此，上述批評方式，叫做批評方法也未嘗不可。不過，從方法這個側面講，上述的方式可以概括為「美學的歷史的批評方法」和比

較的批評方法。

關於比較的批評方法，是茅盾最常用且效果最好的方法、因此還想引申介紹一下。他的比較分析法，也有這麼幾種形式：一是將作家作品置於整個文壇背景上比較分析，以發現其新的成就和獨特貢獻，確定其他位和價值。恩格斯說：「任何一個人在文學上的價值都不是由他自己決定的，而只是同整體的比較當中決定的。」〔註18〕因為只有從整體背景上才能顯示出作家個人的特點、成就和意義。如茅盾在評價魯迅的《風波》、《故鄉》、《阿 Q 正傳》時，就是將這些作品同當時整個文壇的創作相比之後，才指出這些小說是當時無法再尋出的好作品。特別是藝術形式上的創新，更是無與倫比的。評價葉聖陶的《倪煥之》，更是先分析了此前一些主要作家的創作之後，才肯定《倪煥之》的意義和價值是：「把一篇小說的時代安放在近十年的歷史過程中的，不能不說這是第一部；而有意地表表示一個人—— 一個富有革命性的小資產階級知識分子，怎樣地受十年來時代的壯闊所激蕩，怎樣地從鄉村到都市，從埋頭教育到群眾運動，從自由主義到集團主義，這《倪煥之》也不能不說是第一部」。這兩個「第一部」，就是指的它在文學史上的地位和價值。而這一結論的得出，也只有將作品置於整個文壇的歷史背景上才有可能。二是將一個作家的作品與其他可比作家的作品相比較，分析其長短，找出其聯繫和區別，顯示其各自的特點，確定其地位與價值，以便取長補短，互相學習。這裡又可分為正比與反比。正比是找出與之相近的作家比較分析，反比是找出與之不同的作家比較分析。如《新文學大系‧小說一集導言》中對文學研究會幾位重要作家的評論，就是正比。他將冰心、廬隱、孫俍工等三位探索人生究竟的作家放在一起比較評述，又將葉紹鈞、王統照、許地山三位從理想到寫實的作家放在一起比較評述，就比出了他們各自的創作特色，也說明了他們各自藝術成就和在文學史上的獨立地位。《王魯彥論》將王魯彥與魯迅、葉紹鈞在題材與情調上比較，則是反比，比出了王魯彥的創作特點。三是將作家自己的創作前後對比，看作家思想和藝術上的發展變化，鼓勵前進，批評後退，引出必要的經驗教訓，以資他人借鑑。如《冰心論》、《徐志摩論》，就是採用了這種方法，將作家思想、藝術的變化軌跡，論述得一清二楚。

有比較才有鑑別，有鑑別才有發展。故比較分析法是可靠而有效的批評方法，很值得我們揣摩學習。

〔註18〕 《馬克思恩格斯全集》第一卷第 523～524 頁。

筆致與文風

　　茅盾的批評文字，一般地說，總是那麼自然樸素，簡潔明快，剔透暢達，毫無拖泥帶水、故弄玄虛、咬文嚼字之感。但是，在這一總風格的統攝之下，又能根據評論對象使用不同的文字，使評論筆調與被批評的作家作品的風格相諧和，相一致，因此，筆墨又富於變化，綽約多姿，光彩照人，給人以藝術享受。所以，他的文風與筆致，我以爲也是應該好好學習的

　　譬如《魯迅論》〔註 19〕，就是用了史家的筆致，寫得謹嚴而莊重。該文首先針對人們對魯迅的議論逐一加以辨正，——從小學生到大學教授，再到張定璜以至成仿吾，層層引述辨析，表明自己的態度，然後說出自己的見解，發人之所未發，顯示了高瞻遠矚的美學眼光，行文也很嚴正。而在解放後寫的《聯繫實際，學習魯迅》這篇文章中，那就在嚴肅中含著微笑了：樸素中顯出秀逸，常有警策般的語言耐人尋味。比如他在論述魯迅雜文的風格時，是這樣寫的：「魯迅稱雜文爲『匕首』或『投槍』，脫手一擲，能致敵人於死命。」「但魯迅雜文的藝術手法，仍然是回黃轉綠，掩映多姿。他的六百餘篇，一百萬字的雜文，包羅萬有，除了匕首、投槍，也還有發聲振聵的木鐸，有悠然發人深思的靜夜鐘聲，也有繁弦急管的縱然歡唱」〔註 20〕。這段簡練的文字，通過幾個比喻，就既概括出魯迅雜文的主要內容，也指出了它的藝術風格特徵；不僅使我們對魯迅雜文的認識提高了一步，也給我們留下了耐人尋味的印象，使我們愈想愈有收穫。

　　再如《冰心論》、《盧隱論》、《徐志摩論》、《〈呼蘭河傳〉序》〔註 21〕等，莫不各具特色，使自己的評論筆調與作家的創作風格相接近，而且天然成韻，毫無人工痕跡。這正反映了茅盾對其研究對象瞭解之深，體察之透，同時也顯示了茅盾運用語言文字的高超本領。

　　《冰心論》不僅遣詞造句有著冰心散文的清新柔婉，詩的凝練含蓄，筆底流瀉著泉水似的柔情，就是全篇的立意、謀篇佈局也體現了冰心的思想情感、性格和情趣。《盧隱論》和《徐志摩論》，都是以歷史的回顧和對作者生活經歷與創作活動的自然敘述，巧妙地把作家、作品同時代糅合在一起進行評論的，論據確鑿，論證有力，爲讀者所折服。但細按兩篇文字的風格，一

〔註 19〕原載 1927 年 11 月 10 日出版《小說月報》，第 18 卷第 11 期。
〔註 20〕見《茅盾文藝評論集》（下），文化藝術出版社 1981 年版，第 524 頁。
〔註 21〕載 1946 年 10 月 17 日上海《文匯報》。

則形象活潑，一則輕靈飄逸。他的《廬隱論》，在分析作者「思想的停滯」後又想振作時，寫了這麼一段妙文：「廬隱她只在她那『海濱故人』的小屋子門口探頭一望，就又縮回去了。以後，她就不曾再打定主意想要出來，她至多不過在門縫裡張望一眼。」這就極為生動形象地刻劃出廬隱「思想停滯」後的複雜矛盾的狀態，舉重若輕，具體、鮮活、生動，將「廬隱的停滯」這一重要論點，活脫脫地描畫出來，不僅給人留下鮮明而深刻的印象，而且啓人思考，可以想到更多的東西。後者《徐志摩論》，在分析詩人的矛盾、彷徨、苦悶的心理狀態時，引了他的《我不知道風是在哪一個方向吹》為例，肯定首章末句「在夢的輕波里依徊」是該詩的主旨。然後說道：「詩人所詠嘆的，就只這麼一點『迴腸蕩氣』的傷感情緒；我們所能感染的，也只有那麼一點微波似的輕煙似的情緒。」而這正是「錯綜動亂的社會內某一部分人的生活意識在文藝上的反映」，進而說明徐志摩是「布爾喬亞詩人的代表」。這種分析文字，同徐志摩的輕靈飄逸的風格，基本是一致的。

寫得感情最深厚的，當屬《呼蘭河傳‧序》。這篇「序」，簡直就是一首散文詩。在這篇序言裡，茅盾寫了蕭紅的寂寞的童年，寂寞的一生，寂寞的死，寂寞的墓地和淒婉悲愴的《呼蘭河傳》，並分析了她那寂寞的原因，乃是「感情上」一再受傷，使得這位感情多於理智的女詩人，被自己狹小的私生活圈子所束縛，同廣闊的進行著生死搏鬥的大天地完全隔絕了，這結果是，一方面陳義太高，不滿於她這階層的知識分子們的各種活動，覺得那全是扯淡，是無聊，另一方面卻又不能投身到工農勞苦大眾的群中，把生活徹底改變一下。這樣，怎麼能不感到苦悶而寂寞？文章既對蕭紅的身世遭遇充滿了同情，又對她的不能「徹底改變一下」生活環境深表惋惜。這是一篇情深意切的文藝評論，也是一首充滿理性分析的悼亡詩。

準確地把握作家的創作個性和風格，對於一個評論家來說是很難的一關。然而使自己的評論文字同作家的風格相近或一致，那就更是難上加難。茅盾的評論，確能因人因文而運筆，盡力使自己的評論風格與作家的創作風格相一致，的確難得！

1985 年 9 月

十三、茅盾論魯迅的雜文

　　茅盾不僅是魯迅最早的知音，而且也是最能深刻闡發魯迅思想與藝術的卓越評論家。在他 50 多篇研究魯迅的論文中，雖然沒有一篇是專論雜文的，但是，在其闡釋魯迅思想及其創作的總論中，凡涉雜文，每臻絕唱：既新穎獨到，發人之所未見，又精湛深邃，給人以深廣的啓發。因而他在魯迅雜文的研究中，不但具有開闢草萊之功，而且不斷拓展研究的範圍，起著開路先鋒的作用，使魯迅雜文研究日益完善成熟。在今天看來，茅盾對魯迅雜文的那些精闢論述，也許已成爲老生常談，然而他的開創之功是不容抹殺的，他的批評經驗和方法，更是值得我們認眞總結並加以學習借鑑的。

一

　　魯迅的雜文，是時代「感應的神經，攻守的手足」，是魯迅在政治思想文化戰線上的鬥爭的記錄；對於敵人，「是匕首，是投槍，能和讀者一同殺出一條生存的血路的東西」，對自己人，當然也能給以「愉快的休息」，不過「這愉快和休息是休養，是勞作和戰鬥之前的準備」，「並不是『小擺設』，更不是撫慰和麻痺」。這就是說，它是現實鬥爭的產物。茅盾對魯迅雜文的研究，直接繼承了魯迅的戰鬥傳統，也是根據社會現實和文壇的需要，有的放矢地闡發宣傳魯迅的思想和藝術，因而每個時期有每個時期的重點，每個時期有每個時期的特色，不重複別人和自己已闡明的論點，也不人云亦云，而是常寫常新，發前人之所未見，糾正別人偏頗失當之論，不斷開拓新的研究角度，不斷提出新的論斷，指導著魯迅研究朝著正確的方向發展。

　　在 1927 年大革命以前，文藝界對魯迅的創作是存在著不少誤解和謬見

的。如陳西瀅就污蔑魯迅的雜文是「罵人」、「挖苦人」的「刻薄」東西。張定璜雖對魯迅作品提出了不少深刻的好見解，但又說魯迅作品只善於解剖別人，是個「冷靜」的「旁觀者」。甚至在共青團的刊物上，也有人發表文章，認為魯迅的著作雖然是極力反對封建禮教的，然而在小說中表現的作者的態度卻是「失望的，冷的」，只有在雜文中才是「希望的，熱的」；而且還說魯迅只善於解剖別人，卻不注意解剖自己。顯然，這些見解是偏頗和錯誤的，會對正確認識魯迅造成混亂。

針對評論界的這些謬誤，茅盾在 1927 年 11 月發表了《魯迅論》，較為系統深刻地評述了魯迅的著作，正確闡釋了魯迅的戰鬥精神，反駁了某些人的片面和糊塗的認識。首先，他把魯迅的小說和雜文密切聯繫起來，相互參照，相互印證，從而說明小說中的魯迅與雜文中的魯迅乃是一個人，其戰鬥精神是貫通的，一致的，並不是分裂的，矛盾的，只不過在不同的作品中有不同的表現形式罷了。其次，在茅盾看來，魯迅在創作中確實是無情面地解剖別人，然而同時也在無情面地解剖自己，而且常常把這兩種解剖結合在一起，這在小說和雜文中都有典型例證。所以，魯迅並不是現實生活的冷眼旁觀者，而是有理想有抱負、懷著熱烈的愛憎來對待現實和人生的，他對待自己身上的「毒氣」和「鬼氣」也是深惡痛絕，時時在進行著無情解剖的。茅盾說：「他不是一個站在雲端的『超人』，嘴上掛著莊嚴的冷笑，來指斥世人的愚笨卑劣；他不是這種『聖哲』！他是實實地生根在我們這愚笨卑劣的人間世，忍住了悲憫的熱淚，用冷諷的微笑，一遍一遍不憚煩地向我們解釋人類是如何脆弱，世事是多麼矛盾！他決不忘記自己也分有這本性上的脆弱和潛伏的矛盾。」〔註1〕因而在他的著作裡，「充滿了反抗的呼聲和無情的剝露。反抗一切的壓迫，剝露一切的虛偽！老中國的毒瘡太多了，他忍不住拿著刀一遍一遍地不懂世故地自刺。」〔註2〕這是對魯迅前期著作主要思想傾向和基本精神的總論斷，也是對誤解和謬見的有力批駁。它不僅說明了魯迅強烈的愛憎分明的創作態度，而且說明了魯迅既嚴於解剖別人、也無情面地解剖自己的自覺革命精神，對正確認識魯迅和正確理解魯迅作品，無疑具有無可辯駁的指導作用。

為了闡明魯迅這種無私無畏的革命精神，茅盾聯繫當時已出版的魯迅雜

〔註 1〕見《茅盾心目中的魯迅》第 4～15 頁。陝西人民出版社 1992 年出版。
〔註 2〕見《茅盾心目中的魯迅》第 10 頁。陝西人民出版社 1992 年出版。

文的實際，著重分析了魯迅的革命堅定性及對青年的指導作用。

在茅盾看來，無論是「五四」革命時期產生的《熱風》，還是「五四」運動落潮期產生的《華蓋集》及其「續編」，始終貫串著對中國幾千年來封建精神文明的掃蕩和對封建衛道者、復古主義者的批判，都表現了魯迅的革命堅定性。不過細分起來，《熱風》與《華蓋集》又有不同的色彩。這是文化革命歷史留下的痕跡。《熱風》收入的是 1918 到 1924 年的雜文，那時新文化運動正處於高潮，「橫屬不可一世」，文章中表現了活潑樂觀、一往無前的批判精神。但是，自 1925 到 1926 年，文化革命處於低潮，「五四」運動形成的革命統一戰線分裂了，「有的高升，有的退隱，有的前進」，新文苑變得很「寂寞」了。魯迅目睹了這一變化，經驗了這種孤軍奮戰的「寂寞」。但是他依然繼續「攻擊老中國的國瘡」，「寂寞中間這老頭兒的精神和大部分青年的『闌珊』，成了鮮明的對照。」1925 年的雜文收入《華蓋集》，1926 年的收入《華蓋集續編》，這兩年的收穫竟比前 6 年多了好幾倍，說明低潮時期的魯迅，戰果更是輝煌。不過在這累累戰果中，卻時時流露出尋不到戰友的孤獨感和對復古主義者的激憤情緒。這雖然反映了魯迅思想情緒的變化，但也表現了魯迅的倔強性格和無私無畏的革命精神，從而證明，無論是革命處於高潮時期，還是處於低潮時期，魯迅總是堅定地站在反帝反封建的革命立場上，英勇頑強地「剜剔國瘡」、掃蕩「國粹」，進行著毫不妥協的鬥爭。茅盾用這種前後對比的歷史分析方法，用戰果來說明魯迅的革命堅定性，是富有說服力的。這樣分析，不僅回擊了一些人對魯迅的中傷，而且在青年面前樹立起了一個光輝的榜樣，這對大革命失敗後的廣大青年來說，無疑會從這裡產生巨大的鼓舞力量的。

20 年代，有些人貶低魯迅的著作，就是為了詆毀魯迅的人格，打擊魯迅的威信，離間魯迅與青年的關係，消彌魯迅對青年的指導作用。為此，他們甚至不惜用漫罵諷刺的辦法，嘲笑魯迅是「思想界的權威」，「青年叛徒的領袖」，「青年的導師」。對於這些無聊的攻擊，魯迅向來是嗤之以鼻的。他在《寫在〈墳〉後面》一文中說：「中國大概很有些青年的『前輩』和『導師』罷，但那不是我，我也不相信他們。」〔註3〕然而魯迅在青年中的威信確實是很高的，他的雜文確實對青年是有重大指導作用的。對於這一點，茅盾是非常清楚的。因此，他在《魯迅論》中特別提出和論述了魯迅與青年的關係問題。

〔註 3〕《魯迅全集》第 1 卷，人民文學出版社 1982 年版，第 284 頁。

他說：魯迅「從不擺出『我是青年導師』的面孔，然而他確指引青年們一個大方針：怎樣生活著，怎樣動作著的大方針。魯迅決不肯提出來呼號於青年之前，或板起面孔教訓他們，然而他的著作裡有許多是指引青年應當如何生活如何行動的。」〔註4〕所謂「大方針」，就是指導青年愛祖國，愛人民，解放思想，改造社會，反帝反封建，追求真理，修正錯誤，敢於鬥爭，善於鬥爭等等革命的方向和道路。對此，茅盾聯繫魯迅的雜文作了深入細緻的分析論證，從而闡明了魯迅對青年的愛護、關懷和指導作用。很明顯，在大革命失敗之後青年們茫無所從之時，用魯迅指導青年「如何生活如何動作的大方針」來教育他們，希望他們沿著魯迅指示的「大方針」繼續奮鬥，使魯迅精神繼續發揮作用，不能不說是有的放矢、會做文章。這一方面表現了共產黨員茅盾對時局的關心，對思想教育工作的重視，對青年的愛護，另一方面也反映了茅盾對魯迅雜文理解之深，評價之準。

在抗日戰爭時期，茅盾又寫了《韌性萬歲》、《一口咬住……》、《寬容之道》等短論，乃是為了闡揚魯迅精神來為抗戰服務。茅盾認為，魯迅的精神，就是韌性戰鬥的精神，就是一口咬住不放的精神。「他好像是盤旋於高空的老鷹，他看明了舊社會的弱點就奮力搏擊。二次，三次，無數次，非到這弱點完全暴露，引起了普遍的注意，他不罷休。」〔註5〕未戰之前，他竭盡全力觀察、研究，如果敵人的弱點和要害尚未看準，或自己準備不足，他是不肯輕易進擊的；一旦看準，並有了充分準備，就奮力搏擊。「敵人如果仆倒了，他一定還要看看是不是詐死，要是詐死，他一定再加以致命的打擊；如果敵人敗逃了，他就追逐在遁逃的敵人後面，非把他繳械是不放手的；敵人躲到洞裡去了，他一定還要挖出來消滅他的武力」〔註6〕，直至他們完全被消滅為止。對於那些主張「寬容」的「正人君子」，魯迅是看得很清楚的，他們起著「巧妙地掩護敵人」的作用，決不能上他們的當！那些居心混淆是非界限的人，那些披著各種偽裝來欺世盜名引誘青年的傢伙，那些翻雲覆雨、毫無操守、儼然裝正經的丑角，魯迅也決不寬容。識破他們，才能更好地戰鬥，才能真正完成「爭取民族自由和解放的事業」。

抗戰勝利之後，國內國際形勢起了重大變化。這時，茅盾研究魯迅的雜

〔註4〕 《茅盾心目中的魯迅》第13頁，版本同前。
〔註5〕 《茅盾心目中的魯迅》第181頁，版本同前。
〔註6〕 《茅盾心目中的魯迅》第181頁，版本同前。

文，闡揚魯迅的精神又有了一些新的特點。1941 年寫的《研究・學習・並且發展他》一文，就借談魯迅雜文的藝術特徵，來闡發魯迅的革命精神的。茅盾認為，魯迅雜文的根本特徵，就是「論時事不留面子，砭錮弊常取類型」。「論時事」、「砭錮弊」是其雜文的內容，「不留面子」是其創作態度，「取類型」是其創作方法。為什麼要寫這種內容？因為中國現實中的積弊太深，不把它暴露出來讓人們看清，就無法革除。為什麼要「不留面子」？因為「時事」、「錮弊」上面常罩著「一張幕」──「面子」，不撕破這張「幕」──「假面」，就不能使「真相畢露」，它就還能騙人，也就還能害人。所以，一定要「揭開那『浩然巾』，看清那些『兩面人』藏在巾中的猙獰鬼臉，要盯那些『偽君子』的梢，暴露他們怎樣在鎖了房門以後幹著不可告人的醜事，要追究那些下台以後念佛的屠伯們在台上時的凶惡」，莫存幻想，莫輕易樂觀，莫輕信人家的美麗言詞，莫相信那些掛著金字招牌的慈善家和指導者，要用事實下判斷，要透過表面看本質〔註7〕狼總是狼，變來變去還是狼；奴才總是奴才，換一百個主子還是奴才。所以必須「疾惡如仇」，「不留面子」，「除惡務盡」。但是，僅有這「不留面子」的創作態度，還不能使其成為雜文，還必須採用「常取類型」的創作方法。魯迅雜文所以不同於一般的政論短評，就因為他用的是「常取類型」的表現方法。「常取類型」，故有形象性，有詩意，能給人以想像和思考的空間，意在言外，舉一反三，餘音繚繞，使人常讀常新，百讀不厭。它的特點是概括性強，可以畫出「或一形象的全體」，不致於使一部分人「賴帳」：恰如病理學上的圖，假如是瘡疽，則這圖便是一切某瘡某疽的標本，或和某甲的瘡有些相像，或和某乙的疽有點相同。這樣，既可使有相同「瘡疽」的人難於輕輕滑過，也可以防止他們以為所畫的只是他某甲的「瘡」，便要問罪，「制畫者死命」。而且對於追求真理、立意改革者也大有好處，因為看熟了「瘡疽」的標本，便能自去在某丙某丁身上找出相似或相同的「瘡疽」，從而知所戒，知所診治。至於一些還有點是非感的「瘡疽」患者，看了標本也有好處，能知道病屬何種，病在何處，也許會去求醫服藥。總之，在社會還有病態的時候，人們還不斷生長瘡疽的時候，便會對這些病圖感興趣，便能從中得到許多教益。

類型之中，魯迅畫得最多的是：比它主人還凶的狗，媚態的獺，未叮人之前還要哼哼地發一通議論的蚊子，喝著血又營營地叫著戰士們缺點和傷痕

───────────

〔註 7〕《茅盾心目中的魯迅》第 213 頁，版本同前。

的蒼蠅，脖上掛著一個小鈴鐸的山羊，以及討闊人太太喜歡的叭兒狗類。它們所代表的內涵，就是豪奴、幫閑、二丑、偽善者、「正人君子」等。這些類型，在解放前是經常可以遇到的。聯繫抗戰後國統區的現實，茅盾特意例舉了「蒼蠅」和「山羊」的特點來論述，說明「蒼蠅」和「山羊」的無恥和洋洋得意，讓人們看清國統區那些「喝血者」和「引導人」的醜惡嘴臉。

全國解放之後，茅盾對魯迅雜文的研究，既注重全面性，著重研究了魯迅後期的雜文，又注意聯繫解放後青年的思想狀況，提出了一些新的研究課題，發表了《如何更好地向魯迅學習？》、《聯繫實際，學習魯迅》、《學習魯迅與自我改造》、《魯迅──從革命民主主義到共產主義》的專論。這時他說：魯迅雜文主要是針對敵人的，是匕首，是投槍，脫手一擲就能致敵人於死命。但是，他的雜文也有對朋友，對自己人的。在藝術手法上，真是回黃轉綠，掩映多姿。因而魯迅的雜文，「除了匕首、投槍之外，也還有發聲振聵的木鐸，有悠然發人深思的靜夜鐘聲，也有繁弦急管的縱情歡唱」〔註8〕。這就是說，「在對敵鬥爭時，魯迅用的是匕首和投槍，但在對內、對友、對中間分子時，魯迅有時用醒木，有時用戒尺，有時則敲起警鐘。故就魯迅的雜文而言，片面性和簡單化的說法是不符合實際的」〔註9〕。這固然是對魯迅研究中的「片面性和簡單化」而發，但也可以看作魯迅研究的新開拓，新發現。像《慶祝滬寧克服的那一邊》，就是在革命勝利進軍中，為革命民眾擊響的「木鐸」，提醒人們不要陶醉在凱歌聲中，「忘卻進擊」；忘卻進擊，敵人又會「乘隙而起」。所以，革命者絕不可被勝利衝昏頭腦，而要發展勝利成果，徹底消滅敵人。「最後的勝利，不在高興的人們的多少，而在永遠進擊的人們的多少」。真是警世名言！再如《對左翼作家聯盟的意見》，就是對革命作家敲起的警鐘；《中國人失掉自信力了嗎？》又是對中華民族優良傳統的縱情高歌。此外，還有談學問、論創作等等，娓娓而談，妙趣橫生，益人心智。這種研究角度，對解放後的青年人來說，無疑是有親切的教育作用的。

總之，茅盾對魯迅雜文的研究，總是根據現實社會鬥爭的需要，有所為而發。每次評述，雖不一定「全面」，但因為他掌握了魯迅作品的總精神，所以那怕只有幾百字的小文章，也一針見血，評述精當，成為魯迅研究中的絕唱，為後來的魯迅研究者所採納。

〔註8〕 《茅盾心目中的魯迅》第 164 頁，版本同前。
〔註9〕 《茅盾心目中的魯迅》第 164 頁，版本同前。

二

茅盾研究魯迅雜文的藝術性，往往也是根據文壇的實際需要，聯繫魯迅的為人、治學、論文而闡發，以期對創作有所助益，很少做書齋式的研究。

針對某些人對魯迅雜文的歪曲，茅盾論述了魯迅雜文的基本特徵。這就是上文說過的「論時事不留面子，砭錮弊常取類型」。通過這一特點的具體闡述，不但恢復了魯迅雜文的本來面貌，以便人們正確地理解魯迅，而且讓人們明白了魯迅雜文的藝術特點，對雜文創作也會有所助益。但是思想學力不夠，觀察體驗不深不細，只是照此態度和方法寫來，也會產生公式主義。所以茅盾又強調魯迅的學識修養和觀察描寫的具體深細。他說：魯迅雜文的別一個藝術特點，就是「幽默和諷刺」。「他的雜感性往往使被攻刺的對象弄得啼笑皆非，而這巧妙的潑辣的使『人』啼笑皆非，就給與了讀者大家以愈讀愈雋永的回味，愈想愈明白的認識」〔註10〕。讓人受到刺激，又耐咀嚼，它的積極作用就愈大愈強烈，這是魯迅的「發明」和「創造」。然而這種「幽默和諷刺」，如無魯迅的天才，是很難學到手的；勉強去學，難錫要「畫虎不成」。我們從魯迅那裡要學而且能夠學的，主要還是他的思想學識的修養，對「時事」洞察分析的能力是分不開的。因此，必須認真學習他的治學和為人。

正像他的對對鬥爭一樣，他的治學、為人、著文，也具有那種「一口咬住不放」的韌戰精神，和一絲不苟的「謹嚴」作風。無論什麼問題，也不管問題大小，他都是一口咬住了就不放，非把它研究透徹，做得盡善盡美不可。

對於著文，他要求「多看看，不要看到一點就寫」；文章寫好之後，要反覆推敲修改，「寧可將可有可無的字、句、段刪去，毫不可惜」。這就可以防止文章的片面性和表面性，使文章允當深刻，精益求精。他自己寫的雜感、小說等，無不是經過深細觀察研究又反覆修改出來的精品。一條千把字的雜感所用的力氣並不少於幾千字的長文，獅子搏兔，亦用全力，決不稍有鬆懈。一句成語，一個典故，甚至為了一個字，他都要去查對核實。茅盾說：「為了一種植物的譯名，魯迅先生肯費幾天的功夫去查許多書；要查的一本書手頭沒有，近處也借不到，就寫信給遠地的朋友請他代查。他是這麼『認真』！一位青年木刻家把人物的手刻反了，另一位畫家把浴在河裡的牛弄成了黃牛；都是魯迅先生給指出來。無論對什麼，他都『細心』！認真與細心見於藝術形象的，是犀

〔註10〕《茅盾心目中的魯迅》第 182 頁，版本同前。

利，猛鷙，深湛，雋永。」〔註11〕另一方面，由於魯迅先生的認眞與細心，也造就了他那淵博的學識和深刻獨到的觀察能力。在他雜文天地裡，可以說古今中外，包羅萬有；宇宙之大，蠅蚋之微，兼包並蓄。「如果把他引用過的中外古今的書籍編一個書目，將是很長」的。可以說，他的全部雜文所展示的，是他對於歷史（中國的和外國的）、科學（尤其是生物學）、古今中外的文學藝術的廣博知識和深刻理解。正因爲他有如此廣博深厚的基礎，再加上他那洞察秋毫的認識現實的能力，就使他的雜文，無論其思想性還是藝術性，都達到了前無古人的高度。「博」與「專」在這裡也達到了辯證的統一。使雜文「析理精微，剗刺入骨；嬉笑唾罵，既一鞭一血痕，亦且餘音悠然，耐人咀嚼」。而且形象生動，千姿百態，「不僅是戰鬥性極強的政論，也是藝苑的珍珠。」〔註12〕

對於治學，不僅認眞細心，謹嚴第一，而且視野開闊，勇於向外國借鑑，提倡「拿來主義」，以求中華民族文化的振興發達。魯迅曾明確指出：勇於吸收外國文化的精英，常常發生在中國的強盛時期，表現出民族的上進和自信，如漢唐盛世，就敞開國門吸引外來文化；而澆薄季世失了自信力的統治階級則往往抱殘守缺，故步自封，不敢接觸外來的新鮮事物。「他在《拿來主義》這篇短論中，大聲號召，凡有益於我的東西，無論中外古今，都應該學習，都應該吸收使成爲自己的血肉」〔註13〕。自然，盲目崇拜外國偶像，拿一兩本洋文書嚇唬青年，魯迅也是反對的。關鍵是能對發展自己有利。

就在這一信念的基礎上，魯迅曾以大部分精力介紹和翻譯過外國的文學和藝術。在日本時期，他介紹西方文化與西方文學，目的是「非物質而張靈明，任個人而排衆數」，從而舉起張揚個性反對因襲守舊的大旗，參加了反對洋務派和保皇派的鬥爭。這主張雖有偏激之處，然而是對當時的封建保守勢力而發，無疑是曠野的呼聲，具有振聾發聵的作用。他介紹「摩羅詩人」拜倫、雪萊、裴多菲、密茨凱維奇等到中國，就是爲了借別人的精神食糧，來改造中國的舊文學、舊思想。後來，隨著俄國十月革命的勝利，「五四」運動的興起，魯迅的思想解放的主張發展成社會文化運動的看法，所以，在繼續翻譯介紹被壓迫人民和被奴役民族文學的同時，根據我國文學的榜樣，提出了文學必須「爲人生，並且改良人生」的戰鬥口號。1927 年大革命時期，由

〔註11〕《茅盾心目中的魯迅》第 215 頁，版本同前。
〔註12〕《茅盾心目中的魯迅》第 266 頁，版本同前。
〔註13〕《茅盾心目中的魯迅》第 269 頁，版本同前。

於事實的教訓，確認了新興的無產階級才代表著社會的未來的信念，努力學習馬列主義，不斷改造並完善著自己的思想體系。在跟創造社、太陽社的文藝論爭中，他一面翻譯蘇聯的無產階級文藝理論，一面希望別人也來切切實實地做做這一工作，並詼諧地說，這是借別人的火來煮自己的肉的。1928 年他在回答一位讀者的來信時更確切地說：「希望有切實的人，肯譯幾部世界上已有定評的關於唯物史觀的書，——至少是一部簡單淺顯的，兩部精密的，——還要一兩本反對的著作。那麼，論爭起來，可以省說許多話。」〔註 14〕在這裡，他提出「還要一兩本反對的著作」，表現了一種徹底的唯物主義精神和嚴肅認真的態度。他翻譯的普列漢諾夫的《藝術論》和盧那察爾斯基的《藝術論》、《文藝與批評》，就是這一精神和態度的具體實踐。後來，他還翻譯了法捷耶夫的《毀滅》，也為曹靖華翻譯綏拉菲摩維奇的《鐵流》的出版，費盡了心血。這就說明，魯迅在學習外來文化時，既是開放的，又是有選擇的，其目的是在為中國社會的改革和文化的振興發展服務。正因如此，他的學術研究才那麼紮實、正確和先進，並經受住了歷史的考驗。

三

把魯迅的小說和雜文聯繫起來，相互印證，相互說明，來探討魯迅著作的基本精神，這是茅盾研究魯迅的一個重要的原則和方法，也是茅盾重要的批評經驗，——從各個部分來說明整體，又從整體精神來論證各個部分。

在茅盾看來，魯迅前期的作品都是為了探求「最理想的人性」，都是指示人們「怎樣生活怎樣動作的」大方針。但由於文體的不同，故存在著不同的表現形式和表達方法。在他的小說裡「有反面的解釋」，在他的雜文裡就是「正面的說明」。《吶喊》和《徬徨》中的作品，「大都是描寫『老中國的兒女』的思想和生活」的。單四嫂子的悲哀，閏土的辛苦麻木，孔乙己的懶散苟活，祥林嫂的悲慘淒苦，阿 Q 的愚昧自尊……他們都「負著幾千年的傳統的擔子，他們的面目是可憎的，他們的生活是可咒詛的，然而你不能不承認他們的存在，並且不能不懍懍地反省自己的靈魂究竟已否完全脫卸了幾千年傳統的重擔」〔註 15〕。這是「老中國的兒女們的灰色人生」。而《幸福的家庭》和《傷

〔註 14〕魯迅：《三閑集・文學的階級性》，見《魯迅全集》第 4 卷第 127 頁，人民文學出版社 1982 年版。
〔註 15〕《茅盾心目中的魯迅》第 20 頁，版本同前。

逝》，是僅有的兩篇描寫「現代青年的生活」的作品。然而，《幸福的家庭》指給我們看的，是現實怎樣地嘲弄理想；《傷逝》則「在說明一個脆弱的靈魂（子君）於苦悶和絕望的掙扎之後死於無愛的人們的面前」〔註16〕。至於《在酒樓上》和《孤獨者》中的主人公，「都是先曾抱著滿腔的『大志』，想有一番作爲的，然而環境——數千年傳統的灰色人生——壓迫他們，使他們成了失敗者。」〔註17〕呂緯甫於失敗之後變得「敷敷衍衍，隨隨便便」，寧願在寂寞中寂寞地走向人生的終點——墳；魏連殳於失敗之後，則變得躬行先前所憎惡、所反對的一切；拒斥先前所崇拜、所主張的一切。「他以毀滅自己來『復仇』了」！表面勝利了，實際上徹底失敗了。「他像一匹受傷的狼，當深夜在曠野中嚎叫，慘傷裡夾雜著憤怒的悲哀」。這是現實人生的眞切寫照，它對「理想的人性」來說，自然是「反面的解釋」。那麼，魯迅「最理想的人性」是什麼呢？《狂人日記》中有所透露，這就是「沒有吃過人的孩子」，即具有人的天性的互尊互愛、自由平等的「眞人」。但是這種透露仍是抽象的，隱約其詞的；眞正對人生大方針作出確切的「正面說明」的，還是他的雜文。魯迅的雜文沒有「人生無常」嘆息，也沒有暮年的暫得寧靜的歆羨與自慰（像許多作家常有的），反之，他的著作裡充滿了反抗的呼聲和無情的剝露。反抗一切壓迫，剝露一切虛僞！「老中國的毒瘡太多了，他忍不住拿著刀一遍一遍地不懂世故地自刺。」在這裡，有對「祖傳老例」的攻刺，有對新貴的揭露，有對暴政的抗爭，也有對未來的希望，即有「指引青年應當如何生活如何行動的」方針。茅盾引證魯迅的話說：

> 世上如果還有眞要活下去的人們，就先該敢說，敢笑，敢哭，敢怒，敢罵，敢打，在這可詛咒的地方擊退了可詛咒的時代。（《華蓋集》第 40 頁）

> 我們目下的當務之急，是：一要生存，二要溫飽，三要發展。苟有阻礙這前途者，無論是古是今，是人是鬼，是三墳五典，百宋千元，天球河圖，金人玉佛，祖傳丸散，秘製膏丹，全都踏倒他。（《華蓋集》第 43 頁）〔註18〕

後來魯迅對此曾解釋說：「我之所謂生存，並不是苟活；所謂溫飽，並不是奢

〔註16〕《茅盾心目中的魯迅》第 28 頁，版本同前。
〔註17〕《茅盾心目中的魯迅》第 28 頁，版本同前。
〔註18〕原載北京新書局 1926 年 6 月出版《華蓋集》單行本。

侈；所謂發展，也不是放縱。」因爲苟活的「理想鄉」，就是監獄，然而那裡沒有自由。所以，「人類爲向上，即發展起見，就該活動，活動而有若干失錯，也不要緊。惟獨半死半生的苟活，是全盤失錯的。因爲他掛了生活的招牌，其實卻引人到死路上去！」茅盾說，這些話雖然平淡無奇，卻是當時「青年們所最需要的」，就在今天，也不無啓發意義。關於行動的步驟與方法問題，魯迅也多所論及。魯迅要求青年們不要去尋那「掛著金字招牌的導師」，而要去「尋朋友」，並且「聯合起來」，「向著似乎可以生存的方向走」。「遇見森林，可以闢成平地的，遇見曠野，可以栽種樹木的，遇見沙漠，可以開掘井泉的」。但是，「第一需要記性。記性不佳，是無產佃於己而有害於子孫的。人們因爲能忘卻，所以自己能漸漸地脫離了受過的苦痛，但也因爲能忘卻，所以往往照樣地再犯前人的錯誤。」第二需要「韌性」，不管是「國粹」，還是公開的敵人，或是什麼需要解決的問題，都要有「一口咬住不放」的精神。不要怕幼稚，不要怕失敗，要像幼兒學步那樣，要像競走中落後人物堅持走到終點那樣，堅定地奮鬥到底！「不克厥敵，戰則不止」。要做敢於「單身鏖戰的武人」，「撫哭叛徒的吊客」，「失敗的英雄」！但是，對於拿槍的敵人，對於陰險與凶殘的屠伯，不要存有幻想，不要去做「徒手的請願」，要「以眼還眼，以牙還牙」，「血債必須用同物償還」。但是「血的應用，正如金錢一般，吝嗇固然是不行的，浪費也大大的失算」，必講究鬥爭的方法和藝術。由此可見，魯迅從不以導師自命，或板起面孔教訓人；可是他的的確確指出了「怎樣生活著，怎樣動作著的大方針」。這就是他的雜文的功效。不見雜文，看不到魯迅的正面主張；不見小說，也看不到他對社會現實觀察得那麼深透。只有合起來相互參證，才能充分認識魯迅作爲思想家和革命戰士的本色。

十四、試論茅盾小說的理性化特徵

　　茅盾小說的藝術特徵，從不同角度分析就會有不同的結論。我個人認為，其理性化特徵乃是決定其他特徵的關鍵，所以便不揣淺陋地作些初步探討，以就教於同志們，也希望同志們作些深入研究，以使我們對文藝的本質有個更全面更深刻的理解。

一

　　茅盾小說中的理性化有些什麼外在表現呢？

　　首先，他所創作的每一篇小說，幾乎全是從一定的社會科學命題出發的，因而小說的內容既與社會人生密切聯繫著，也與時代要求密切聯繫著。這是他作為一個馬克思主義者的歷史使命感在創作中的體現，又是他作為一個革命作家對現實生活自覺有為的反映。正因如此，他的取材既具有時事性又具有迫切性。大革命失敗之後僅兩個月，他「便開始動筆」寫《蝕》，以反映這次「大革命的經歷」，總結其經驗教訓；為了反映「一九三〇年春夏間中國經濟上和政治上各種勢力的衝突」，參與中國社會性質的論辯，1931 年 11 月他又開始動手寫長篇巨著《子夜》，離「事件發生的時間也只有一年餘」；反映抗戰初期動亂狀況的《第一階段的故事》〔註1〕，距事件發生的時間還不滿一年；發表於 1941 年的《腐蝕》，幾乎是與皖南事變同步。……這樣緊跟時代的腳步，在事件還沒有成為歷史的時候，就以驚人的敏銳目光形象地加以反映，幫助人們思考並認識現實生活中重大而迫切的問題，簡直成了茅盾自覺

〔註 1〕 1938 年連續發表在香港《立報》副刊《言林》上，1945 年在重慶出版單行本。

的追求，成了他進行創作的基本原則。這樣一來，就使他的作品不僅給人以新鮮感，而且讓同時代人去思考這些剛剛發生過的大事，一起關注社會的發展前景，從而具有極強的現實針對性。與選材的這種特點相一致，茅盾所注重反映的並不是歷史進程中的表面現象，而是關係社會人生的深刻而重大的問題，譬如小資產階級的革命出路問題，民族資產階級的命運問題，工人、農民的覺醒與奮起鬥爭的問題，也就是幫助人們樹立正確的世界觀與人生觀的問題。這就能給同時代人以啓發和幫助，使其正確對等自己所處的時代和環境，對歷史的發展起些推動作用。因此，茅盾的小說不僅具有審美教育意義，也有革命行動的意義。這就是茅盾小說理性化的第一方面的表現。

其次，茅盾塑造人物形象，尤其是塑造典型人物形象，總是同社會本質相聯繫，同歷史的發展趨勢相呼應，因而無不打著時代和階級的烙印。他塑造的地主豪紳形象，就與魯迅塑造的不同。魯迅塑造的魯四老爺、趙七爺等，著重表現從辛亥革命到五四運動這一歷史時期「老中國的暗陬的鄉村」裡地主豪紳的頑固、自大、蠻橫、沒落的特點；茅盾則著力反映地主階級在社會大變動中的迷惑失措和垂死掙扎。具體地說，就是以表現大革命時期和第二次國內革命戰爭時期地主豪紳的種種醜行為特點的。《動搖》中的劣紳胡國光就是以其「積年老狐狸」的特點完成其性格塑造的。他在革命到來時雖則恐慌萬狀，但又不甘心滅亡。他靠多年的投機鑽營的經驗，狡猾地混入革命陣營，陽奉陰違，興風作浪，幹了許多不可告人的勾當。最後終於投靠反革命軍隊，赤裸裸地反對起革命來。從這個劣紳的形象中，既可看到這時地主階級的心理特徵——負隅頑抗、垂死掙扎，又可瞭解大革命的複雜性和艱巨性。這是大革命時期劣紳形象出現在現代文學中的第一個。茅盾創造的另一個地主形象是《子夜》中的馮雲卿。他害怕農民運動，從家鄉逃到上海，又捲入了公債投機，為了發財不惜將自己的親生女兒送給金融買辦趙伯韜玩弄，結果雞飛蛋打、人財兩空。這個企圖把敲詐剝削農民同搞資本主義投機發財結合起來又舉措失當的地主分子，在 30 年代，甚至可以說在中國現代文學史上是不多見的。更加意味深長的是，當茅盾寫到像魯迅筆下的地主豪紳形象（吳老太爺）時，讓他一見近代都市文明便「風化了」。可見茅盾對特定時代的地主階級特點理解之深，體察之透。

茅盾塑造的最成功的典型人物的吳蓀甫。在吳蓀甫身上的確概括了 30 年代民族資產階級的本質特徵。他有發展民族工業的雄圖，也不缺乏辦工業的

手腕和才智，然而在帝國主義政治經濟的侵襲下，他不但才智難得施展，而且在同帝國主義掮客趙伯韜的搏鬥中，節節失敗，最後落了個傾家蕩產的悲慘結局。同時在同工農的矛盾鬥爭中，則露出了他的凶殘狠毒的面貌。他是個力圖發展中國民族資本主義的英雄，又是個反對工農革命的丑角。在他的性格中，既有進步與反動的二重性，又有剛強與軟弱的二重性。這個形象概括了第一次大革命失敗後到「九・一八」事變之前民族資產階級的共同特徵。他既想努力擺脫帝國主義和封建主義的束縛、限制，獨立發展民族經濟，又企圖反對工農革命的鬥爭，以建立資產階級的王國。然而兩個方面都無力取得勝利，表現了他先天的軟弱性。這個形象的典型意義，就在於反映了那個歷史時期的各種社會矛盾，從而揭示出中國的社會性質是在帝國主義掠奪壓迫下日益殖民地化，同時暗示出中國的前途，只有進行工人階級領導的革命武裝鬥爭，才有真正的出路。吳蓀甫是中國現代文學史上第一個成功的民族資本家的藝術典型。自他問世之後，至今也還沒有創造出超越於他的典型。此外，《林家舖子》中的小商人林老闆，《春蠶》中的老農老通寶，都是極為成功的藝術典型，各自體現著他們那個階級的階級性和他們所處的那個時代的時代性，體現著作者對這些人物體察、理解之深透。

然而茅盾寫得最多最生動的還是小資產階級女性形象。這裡有沉靜型的靜女士，頹廢狂放型的章秋柳，革命型的梅女士，保守型的方太太，墮落型的趙惠明。真是千姿百態，爭奇鬥艷，然而又無不體現著小資產階級的經歷了「五四」狂潮的衝擊之後面對黑暗現實所形成的本質特徵。在這裡，我們不能不佩服茅盾那高超的藝術才能，也不能不驚嘆他對人物性格本質的理解能力。

再次，是情節、細節所涵蓋的社會內容的深廣性。不要說吳蓀甫發展民族工業失敗的故事反映了中國社會的性質，暗示了中國歷史發展的方向；也不要說老通寶養蠶破產的故事反映了帝國主義經濟侵略給農村帶來的災難；就連《野薔薇》中的愛情故事，也無不是「借了戀愛的外衣」來反映「階級的意識形態」的。在細節方面，林佩瑤日記中的一朵乾枯的白玫瑰，透露了她跟雷參謀藕斷絲連的感情，也表現了她同吳蓀甫冷漠孤寂的夫妻關係，並進而反襯了吳蓀甫一心忙於「事業」的性格特點。一缸金魚在馮雲卿的眼裡幻化成金燦燦的元寶，讓我們看到了他那卑鄙齷齪的醜惡靈魂。「小火輪」在《春蠶》中代表著帝國主義政治經濟的侵略，在《霜葉紅似二月花》中又反映了資本主義勢力對自給自足的小農經濟的衝擊。如此等等，足以看出茅盾

在情節、細節的提煉中所概括的深廣的社會內容，也可悟到理性參與形象創造所起的強大作用。

又次，在藝術形象的創造過程中，茅盾的理性認識是滲透在客觀描述之中的，從不直接出面議論，甚至沒有明顯的抒情，而是將「自我」隱藏在生活圖畫的背後，將客觀現實原原本本地呈現在讀者的面前。契訶夫認為，小說創作的「態度越是客觀，所產生的印象就越有力」〔註2〕。茅盾正是這樣理解小說創作的。他似乎永遠也不願在形象和讀者之間多嘴，只願客觀地再現生活本身。如描寫《動搖》中的方羅蘭，本意是要寫他的「無往而不動搖」。但在描述過程中，卻從未做過這樣的抽象介紹，而是把他放在同胡國光、農軍、童子團、孫舞陽、方太太等的關係中來寫，寫他在同這些人交往中的態度、言行，從而表現他的矛盾猶疑的內心活動，反映他妥協動搖的本質。這樣寫，自然要比作者出面介紹評論他的性格要真實得多，生動得多。再如對吳蓀甫雙重性格的刻畫，茅盾是通過他與趙伯韜、與工農群眾的矛盾衝突來完成的，也是通過他在「事業」上的興衰所引起的心理變化來表現的，甚至還通過他的姿態習慣動作、生理反映來加以刻畫。然而卻從來沒有給他下過結論。在這裡，茅盾對形象的理性認識和客觀描寫達到了完全和諧一致的程度。尤其是通過心理描寫來折射社會現實，更是茅盾得心應手的藝術手法。這種寫法，既保持著形象描寫的客觀化，又能自如地滲透進作者的理性認識。如《霜葉紅似二月花》中對張恂如起床的描寫，雖然「無一評語」，卻將他的煩躁、不滿的心情刻畫得維妙維肖。

總而言之，茅盾的創作是將人物放在特定的環境中，客觀描述他與周圍人的關係、與自然環境的關係，對他的行為動作，語言心態，從不亂加評語和出面指點。而他的理性思考和審美評價，就深藏在人與人、人與環境的相互關係與交互作用裡。同時，這種理性思考和審美評價又是同現實生活的本質規律相一致的。這就使他的小說具有科學的認識價值，並且避免了公式化、概念化的弊端。

二

茅盾在創作中是怎樣將他的理性認識滲透進藝術形象的，創作時的思維

〔註2〕契訶夫：《論文學‧致阿維洛娃》。

方式和習慣又是怎樣的，這是本書需要著重探明的問題。

在正式創作之前，茅盾根據自己對中外文學研究的體會，認為文學創作的一般思維過程應該是這樣的：

> 以我看來，文學所從構成的原素有二：一、我們意識界所生的不斷常新而且極活躍的意象；二、我們意識界所起的要調諧整理一切的審美觀念。

> 意象可說是外物（有質的或抽象的）投射於我們的意識鏡上所起的影子，只要我們的意識鏡是對著外物，而外物又是不息在流轉在變動，則我們意識界內的意象亦必不斷的生出來而且自在的結合，自在的消散。當這些意象在吾人意識界裡方生方滅，忽起忽落的時候，我們意識界裡卻有一位「審美」先生便將它們（意象）捉住了，要整理它們，要使它們互相和諧；於是那些可整理可以和諧的意象便被留起來編製好了，那些不受整理無法和諧的，便被擯斥了。將編製好的和諧的意象用文字表現出來，就成了文學；那些集團的意象的和諧程度愈高，便是那「文學」愈好。和諧是極重要的條件，而使意象得成為和諧集團的，卻是審美觀念。〔註3〕

在這裡，用「審美觀念」來整理、編製鮮而活的「意象」的說法，就把文學創作的思維過程和方式描述得再準確清楚也沒有了。首先，作為文藝最小細胞的「意象」，它不僅是客觀外物在我們心靈上的映象（心理學稱之為表象），而且也包含著作者的直觀感受；它是「鮮而活的」。當「審美先生」在捉住它們加以挑選、整理、編製，並使之和諧的時候，是必然將它們作為一個個「小生命」看等的，決不允許將它們擠癟、壓死，隨意擺弄。也就是說，「審美先生」必須十分尊重他們。然而「審美先生」又有極大的權威，它可以按照自己的「心意」自由地加以選擇、整理、組合，使之形成自覺的表象運動。其中的奧秘，就在於「審美先生」能夠認識這些「小生命」的性質，發現它們之間的內在聯繫，並能夠按照事物本身的內部規律將它們組織起來，使它們成為完全和諧的「意象集團」。經過自覺表象運動所確定的組合方式，就體現著作者的審美趣味和審美判斷，也體現著作者的理性認識和世界觀。比方「小火輪」的意象同「和平的綠的田野」、「鄉下人的赤膊船」等意

〔註3〕茅盾《告有志研究文學者》，載《茅盾文藝雜論集》（上），上海文藝出版社 1981 年版，第 204 頁。

象相組合，就使人感到了帝國主義對中國農村的經濟侵略以及中國農民生活動蕩不安的情景；而「小火輪」同大雨過後的滿河大水相組合，「小火輪」開過就使河水外溢淹沒農田的意象，又讓人感到了近代物質文明給自足的小農經濟帶來了衝擊的力量。由此可見，「審美先生」在整理、組合意象時，雖然離不開具體和個別，但要反映的卻是普遍和一般。它要在感性經驗的個別性之中表現出時代、階級的普遍性，在經驗的偶然性中表現出客觀的必然性；它所組合起來的形象，在本質上具有社會的歷史的客觀內容，在現象上又具有豐富的個性經驗的特徵。這就是「審美先生」在創作過程中所起的作用。它的作用力愈使意象和諧，便是那作品愈好；和諧的程度，體現著作者的審美能力。這種講法是完全符合創作中思維規律的。〔註4〕

對於小說創作的思維規律，茅盾是這樣理解的，也是這樣實踐的，這有他的大量的創作經驗談和作品可以證明。因此，上述他對創作思維規律的見解，是完全可以當作他的小說創作的一般思維方式看待的。

他在介紹自己的創作經驗和創作過程時，突出強調的要點：一是實地觀察、體驗，盡可能佔有「第一手」的材料；二是對獲得的生活素材要進行反覆「咀嚼」、「消化」，直至「思想整理了經驗，經驗又充實了思想」，這才進入創作過程。他堅決反對「把一眼看見的材料『帶熱地』使用」，認為「太憑『靈感』總非正常之道」。這就說明，他的創作恰與郭沫若、郁達夫等人相反，不是「靈感」一來就不能控制自己，而是在冷靜清醒的心理狀態下從容不迫地對生活表象進行深入細緻的理性過濾，從而保證他的作品都有明確的創作意圖，每個形象和細節都有新穎而深刻的「社會意義」。這種創作心態，在他的幾部代表作品的創作過程中表現得極為明顯。譬如《春蠶》的構思過程：

> 先是看到了帝國主義經濟侵略以及國內政治的混亂造成了那時的農村破產，而在這中間的浙江蠶絲業的破產和以育蠶為主要生產的農民的貧困，則又有其特殊原因，——就是中國「廠」經在紐約在里昂受了日本絲的壓迫而陷於破產（日本絲的外銷是受本國政府扶助津貼的，中國絲不但沒有受到扶助津貼，且受苛捐雜稅之困）。絲廠主和繭商（二者是一體的）為要苟延殘喘便加倍剝削蠶農，以為補償，事實上，在春蠶上簇的時候，繭商們的托拉斯組織已經定

〔註4〕參見金開誠著《文藝心理學》中「抽象思維與自覺表象運動」一節，北京大學出版社1982年版。

下了繭價，注定了蠶農的虧本，而在中間又有「葉行」（它和繭行也
常常是一體）操縱葉價，加重剝削，結果是春蠶愈熟，蠶農愈困頓。
〔註5〕

基於這樣的認識，才將《春蠶》的主題確定為：帝國主義掠奪下，任你小農
怎樣勤勞奮鬥，都只能是破產的結局。由此可見，由於理性認識的參與，就
保證了作品主題的明確性和積極性。然而在長篇小說的構思過程中，一次性
確定主題的事是少有的，大多要經過反覆推敲才能確定。所以編寫創作提綱
（或提要）就是非常必要的了。而編寫創作提綱，正是茅盾的創作習慣。通
過編寫提綱，反覆加以思考過濾，就可以檢驗意圖的正確與深刻程度，也可
以檢驗意圖與生活積累的相容程度。如果確定的主題正確而深刻了，生活素
材與主題融合一致了，那就可以進入正式創作過程；如果還不盡一致，或者
主題思想方面還存在著一定問題，那就要在編寫提綱過程中反覆加以修改。
《子夜》的立意是幾經修改提綱才確定的。

　　構思《子夜》時，開始「打算一方面寫農村，另方面寫都市」，寫成「農
村與都市的『交響曲』」，以「反映出這個時期中國革命的整個面貌」，然而這
樣龐大的計劃，沒有充分的生活積累，是很難勝任的。當時茅盾生活在國民
黨統治區，不僅沒有農村土地革命的生活經驗，而且農村的一般生活狀況也
不甚熟悉，就是城市生活的形形色色，他也很難全面體察瞭解。所以在構思
過程中，通過寫作大綱的編寫，發現了自己的不足，只好改變計劃，也改變
了最初的「企圖」，改成專寫都市生活。而專寫都市生活的計劃，原也訂得太
大，只好再加修訂，最後改成了現在的輪廓，即寫了三個方面，買辦資產階
級，民族資產階級，革命運動者及工人群眾。而這三者之中，前兩者有過接
觸，比較真切地觀察了其人其事，因而寫得比較生動真實；後一者則僅憑「第
二手」的材料，就寫得比較差。由此可見，茅盾的構思和創作，雖然引進了
強健的理性思考，但決不因此而違背現實主義創作原則，用推理來虛構形象，
用虛構的形象來實現自己的主觀「意圖」；另一方面，又因理性思考參與形象
創造，使已獲的生活素材盡量發揮強大的思想力量，因而這部「半癱瘓」的
作品，也充分回答了中國社會的性質問題，即「中國並沒有走向資本主義發
展的道路」，而是在帝國主義掠奪壓迫下，「更加殖民地化了」。從而在這一點

〔註 5〕《我怎樣寫〈春蠶〉》，《茅盾論創作》第 68～69 頁，上海文藝出版社 1980 年
　　　　版。

上，使寫作意圖和實踐「比較接近」。由此可見，「審美先生」的權威是在表象運動的過程中實現的，它一點也離不開表象；表象運動又是在「審美先生」的統率、指揮下進行的，它不是盲目活動。這樣就形成了茅盾小說的顯著特徵──客觀化與理性化。

由於他重視並強調理性思考在創作中的作用，就使他的小說具有強烈的社會分析性質，具有深刻的社會認識價值，從而與郁達夫等人的小說區別開來；同時，又由於他在強健的理性思考時從未脫離過表象運動，所以他的小說就避免了公式化概念化的弊端，從而又在藝術思維方式上同蔣光慈諸人區別開來。

然而，由於他是將深刻的理性思考融化在藝術形象上，沒有集注於審美情感上，或者說，創作時還比較缺少情感的積澱，所以茅盾作品的藝術感染力不如魯迅的強烈。在魯迅那裡，對社會人生深刻而透闢的理性認識，與深沉真摯的情感積澱是融合在一起的，而茅盾的作品，只是冷靜而理智地分析形象的社會內涵，具有洞察幽微的透視性和啟迪性，但卻缺乏感情的濃度。我以為這與他創作中的思維方式，心理機制的運動特點是有密切關係的。相對地說，他的《蝕》的感情因素要濃於《子夜》等代表作品，因為在創作時心理機制的運動形式是不同的。《蝕》中的《幻滅》是「信筆所之」，一任感情宣泄，創作《追求》又受到悲觀情緒的影響，因而感情的氛圍較濃。而《子夜》則是反覆進行理性思考，感情受到嚴格控制的產物。不過，從茅盾創作的整體上看，應該說《子夜》型的創作方式才是他的創作個性的真正代表。而《子夜》型的創作思維方式，正是妨礙他感情放縱奔流的框框，甚至成了束縛感情的枷鎖。這樣，雖能充分表現出作者對社會人生的真知灼見，但由於不是用熱烈的愛和恨擁抱他所創造的影響，就使他筆下的人物，雖然豐滿生動，但卻缺乏感情的衝擊力量。

那麼，茅盾小說中是不是就沒有情感因素了呢？不是的。只是由於他的「審美觀念」中的理性力量超過了情感的力量，因而由它整理、組合成的和諧「意象集團」，總是偏向於理性，而情感則隱藏在理性認識的背後，雖然深沉，但不強烈，而且總有它的定向性──隨理性認識而流動的淡淡的感情，絕無伴隨藝術直覺或潛意識而出現的情感。所以形成這樣的創作個性，是與他的心理素質及創作主張有關的，而創作主張和創作習慣的形成又是與時代的要求分不開的。

三

茅盾小說呈現理性化的特點，原因不外兩個方面：一是歷史的，一是個人的，當然，歷史的原因也要通過個人而起作用。

茅盾從事文學批評和創作的黃金時代，正是中國社會大動盪、大變革、棄舊圖新的歷史時代。這樣的時代要求著人們，不但需要有飽滿的革新創造的熱情，而且需要具備清醒睿智的科學頭腦，以便選準正確的奮鬥目標和前進的路線。兩者缺一不可。正是在這種時代的要求下，茅盾將自己改革社會的熱情潛藏在心底，化爲改革社會的強大動力，又用清醒理智的頭腦思考著社會人生的問題，革命前途的問題，文藝作用的問題，從而形成了他的文學理論和文學創作的理性化、客觀化的特點。

不過，我們也應當看到，現代文學中的理性化特徵並不是茅盾所獨具，而是帶有普遍性的文學現象。不僅「爲人生」派的作家有此主張和實踐，「爲藝術」派的作家也常常不自覺地流露出理性色彩，左翼革命作家那就更不用說了，幾乎全是在馬克思主義指導之下進行創造的〔註6〕。這是一個時代的文學的共同特徵，不是一兩個人的特點，只不過有的自覺，有的不自覺，有的程度深，有的程度淺而已。其中成就最高，影響最大的，當以魯迅爲代表。而茅盾，則是除魯迅之外的佼佼者。

茅盾何以能夠代表時代的這種要求，力主在文學創作中引進理性思考並且身體力行地加以實踐呢？這與他的心理素質有關，也與他所受的教育和文學素養有關。這種冷靜、清醒、理智的心理素質的形成，除了生理因素外，當然與後天的教育、環境的影響密不可分。他自幼受到良好的家庭教育，開始接觸到近代意識，思想比較開明，在中小學所受的教育，又進一步發展了這種近代意識。因此，在「五四」時期，他就能自覺而積極地接受「科學」「民主」思想，並有較深的理解。而且，隨著十月革命的影響和馬克思主義在中國的傳播，他又開始接觸了更爲先進的現代意識，鼓起了改革社會的熱情和勇氣，參加了上海的共產主義小組，參與了中國共產黨的籌建，成爲最早的老黨員之一，並且開始了實際的革命鬥爭。所以，他從「開始叩文學的門」，就是以一個社會改革家的姿態出現的。因而視野比較開闊，眼光比較敏銳，又特別注重文學的革命功利作用。他不但強調文學要反映現實，而且要求新

〔註 6〕劉納：《「五四」新文學的理性色彩及其對現代文學的發展的意義》，載《中國現代文學研究》1985 年第 4 輯。

文學宣傳新思想以喚醒民眾，「改良人生」，所以提出了「爲人生」的寫實主義的文藝主張。「五卅」運動以後，又在此基礎上發展成爲革命現實主義的文藝觀。這種文藝觀要求文學家要「認明人類歷史的進化路線，瞭解自己對於人類和社會的使命」，以便自覺站在時代的高度，從「全般的社會現象」和「全般的社會機構」中去「探求人們每一行動之隱伏的背景，探索到他們的社會關係和經濟基礎」，進而「體認出將來的必然」，「使我之認識，自平面而進於立體」。因爲這樣才能夠創作出既反映人生又能指導人生的作品來。要做到這一步，自然就不能單靠創作「靈感」和藝術「直覺」，而必須多靠強健的理性認識作指導。在這裡，他既排除作者的主觀隨意性，也排除作家情感對理性的衝擊，決不允許因情感的放縱而破壞理性的思考，因爲這兩種東西都會使創作失眞。他反覆強調對原料的「咀嚼」和「消化」，因爲「原料是愈咀嚼愈能消化，愈能分別出精華和糟粕，而題旨，也總是多化時間研究，便多些正確」〔註7〕，等到「思想整理了經驗，經驗又充實了思想」，才算進入了創作境界。這就可見茅盾對創作中理性思考之重視，也可以看到他所以這樣要求的原因，而這原因不正是時代對文學的要求在他身上自然而然的表現嗎？

四

　　將理性認識引入文學創作無疑會增加作品的認識價值和教育作用，這不僅早已爲理論所闡明，也爲文學的歷史所證實。

　　中國傳統的文學，向來有「主志」、「主情」兩派。「主志」派以《詩經》發其端，「主情」派以《離騷》爲源泉，綿延發展均有兩千餘年。從整個文學史上看，應該說，「主志」派是主流，「主情」派是支流。不過，「主志」派發展到韓愈提出「文以載道」說之後，曾經走向極端：創作中的理智活動主要不是對現實生活的思考，而是對聖經賢傳教義的思考。入此魔道，文學創作就脫離了現實生活，成了封建教義的傳聲筒。而「主情」派發展到明代公安派，就成了玩味個人性情的「名士派」，完全脫離了現實，脫離群眾。所以，「主情」、「主志」都可以聯繫生活，也可以脫離生活；而一脫離生活，它們都會衰敗，聯繫著生活，紮根於現實的土壤，又都可以枝葉茂盛。

　　「五四」時期傳來了托爾斯泰、易卜生等人的寫實主義文學，也傳來了

〔註7〕　《創作的準備》，載《茅盾論創作》第475頁，上海文藝出版社1980年版。

歌德、雪萊等人的浪漫主義文學，還傳來了王爾德的唯美主義，波德萊爾的象徵主義文學，隨之也傳來了「再現」「表現」說的理論。有著深厚中國文化根基又已大量接觸過外國文學的茅盾，從紛至沓來的各種外國文藝思潮中，選定了寫實主義作為自己的立足點，向「文以載道」和「遊戲消遣」的舊文學觀念開戰，提倡功利主義的「為人生」的寫實主義，反對「為藝術而藝術」的唯美主義，初步形成了自己的文學觀。後來，隨著馬克思主義思想水平的提高和對蘇聯文學的研究，他的「為人生」寫實主義文學觀又逐步發展為革命現實主義的文學觀。他的小說創作，就是在革命現實主義文藝觀的指導之下進行的，自然也會體現著他的理論主張。因此，統觀他的小說，雖然缺少「娛樂」性，「審美情感」也不夠濃烈，但它所反映的現實生活內容，卻達到相當深刻的認識程度，的確能強心益智，提高人們對社會生活的認識能力，起到強有力的教育作用。這就是它的理性化的積極成果。同時，這種理性化又沒有導致公式化概念化，所以仍有極高的藝術價值。因而從宏觀的角度講，茅盾對小說創作客觀化、理性化的主張和實踐，不僅是中國「主志」派優秀傳統的繼承，也不僅是對外國「有主義的寫實主義」優秀文學的汲取，而是又有所創新和發展，既創作了宏偉的歷史畫卷，形象地反映了新民主主義的歷史進程，又避免了公式化概念化的弊端，使作品成了精湛完美的藝術品。這就說明茅盾掌握的分寸和火候是恰到好處的。深入研究茅盾小說的理性化特徵，不僅可以看清「主志」派和「再現」派藝術的本質，而且可以幫助我們正確理解整個文學藝術的本質。

今天，出現於我國文壇的西方現代派思想，究其實也不過是「主情派」「表現說」的極端化而已。他們的「唯美」論、「唯情」論，雖然從一個側面探討了文藝的本質，對文藝創作不無一定指導意義，然而終究不是文藝本質的完善定義。正像「主志派」、「再現說」一樣，它們都是片面的。文學藝術發展到今天，人類的歷史發展到今天，是需要認真而全面地總結前人的經驗，從而提出更完整、更正確的理論，寫出更深刻、更完美的作品的時候了！──這就是我寫這篇文章的根本出發點和主要意見。

1986 年 5 月 25 日改定

十五、茅盾的短篇小說和散文

茅盾創作的主要成果是長篇小說，但他的短篇小說和散文的藝術成就也很高。

一、短篇小說

茅盾短篇小說的創作，從 1928 年開始，至 1949 年為止，共寫了 50 多篇。大部分都收在《野薔薇》、《宿莽》、《春蠶》、《泡沫》、《煙雲集》、《委屈》、《耶穌之死》等幾個短篇集裡。

這些短篇小說。一方面藝術地反映了第一次大革命失敗後到全國解放前夕這一歷史變革過程中的社會面貌和各種各樣人物的思想特徵；另一方面也表現了作者的思想和藝術在各個發展階段上的不同水平，留存著作者思想變化和藝術探索的痕跡。

《野薔薇》中的 5 個短篇，雖然作者是想借「戀愛的外衣」來揭示「一些重大的問題」〔註1〕，但他描繪的卻全部都是大革命失敗後小資產階級的「灰色的人生」。在藝術上，作者力求忠實地反映生活，卻出現了一些性的細節描寫。這就給他的思想和藝術塗上了一層自然主義色彩。《宿莽》中的作品，較之《野薔薇》有了新的轉變。不僅苦悶、空虛的知識分子看到了出路，而且開拓了新的藝術領域，注意了農村階級鬥爭生活的反映。藝術上開始擺脫自然主義的影響，力圖運用革命現實主義的創作方法，積極挖掘現實中的本質

〔註1〕 《寫在〈野薔薇〉的前面》，載《茅盾論創作》第 50 頁，上海文藝出版社 1980
　　　　年 5 月版。

的東西。

　　1932 年到 1937 年全面抗戰之前，是茅盾創作的全盛期。這時創作了《林家舖子》、《春蠶》等大量膾炙人口的短篇小說。這些小說，多方面地描繪了 30 年代中國都市和農村的半封建半殖民地的社會生活，揭示了當時存在於社會生活方面的民族矛盾和階級矛盾，反映了在帝國主義侵略和國民黨反動統治下中國人民的貧困痛苦和反抗鬥爭。這說明作者的視野更加擴大，對歷史的發展趨勢有了更明確的把握，革命現實主義的創作方法運用得更加純熟。

　　《林家舖子》寫成於 1932 年 6 月，是茅盾短篇小說的「最佳之作」〔註2〕。它通過林老闆小廣貨店倒閉過程的描寫，反映了「一・二八」事變前後城鎮商業蕭條、破產的景象，暴露了國民黨反動統治者對人民加緊進行敲詐勒索的罪行，暗示出人民已到了無法容忍的邊緣。小說在藝術上也是很成功的。它以「一・二八」上海戰事為背景，選定小市鎮商業旺盛的年關季節，來寫林家舖子由掙扎到倒閉的過程，這就把特定的歷史條件、特定的環境同人物的獨特命運有機地結合地起來，從而做到了選材高度簡練，人物形象豐滿而又具有時代特色，手法非常巧妙。正如蘇聯作家卡達耶夫所指出：「《林家舖子》這篇小說以純粹的巴爾扎克般的技巧描繪出以林家為代表的階級的破產和滅亡的圖畫」〔註3〕。

　　《春蠶》寫於 1932 年 11 月，《秋收》、《殘冬》均寫於 1933 年上半年。這是三篇互相聯繫又各自獨立的反映農民生活和鬥爭的短篇小說，合稱為「農村三部曲」。《春蠶》寫蠶農因蠶絲工業蕭條而破產的經過，《秋收》寫穀賤傷農、迫使饑荒中的農民展開了「吃大戶」的鬥爭，《殘冬》寫生計完全無望的農民，終於搞起了自發的武裝鬥爭。這是一幅農村生活的活動圖畫。如果說《子夜》描寫的是 30 年代初期大都市的社會生活圖畫。那麼「農村三部曲」描寫的則是 30 年代初期農村的社會生活圖畫。它是作者大規模地描寫中國社會，分析中國社會的性質，探索中國社會發展前途的一個重要組成部分。這裡主要表現了兩方面的意思：（一）在帝國主義侵略和軍閥買辦統治下，中國農村的生產，任你有多好的天時地利條件，任你花費多麼大的勞動，任你收成多好，都無法擺脫貧困破產的厄運；（二）在此情況下，農民只有奮起反抗，

〔註2〕 朱自清：《〈子夜〉》，見《朱自清文集》開明書店 1953 年 3 月版。

〔註3〕 《一九五四年下半年卡達耶夫在〈真理報〉上發表的評論》，1955 年 4 月 5 日《作家通訊》總第 12 期。

打倒帝國主義和官僚買辦階級，才能改變自己的悲慘命運。但是，農民身上有幾千年封建階級給他們戴上的沉重的精神枷鎖，有千百年小生產的習慣勢力，迷信、落後、保守。因此，批判這些落後意識，啟發他們覺醒，以便擔負起歷史賦予的重大使命，這也是不可缺少的工作。這兩方面的意思有機結合，構成了作品的主題。作品的這一主題，是通過對老通寶、多多頭等人物的刻畫表現出來的。

老通寶是個有一定典型性格的人物。他以其勤勞和保守的突出特徵引人注目。當他家由小康的自耕農變成了貧苦農民之後，他並不絕望，還把希望寄託在春蠶的豐收上，所以他又借了債養蠶，並且全力以赴。沒料到春蠶豐收反而負了債，而且自己還得了場大病。可是他還沒有失去生活的信念，仍然借債種田，期望在水稻上得個好收成，「鄉下人就可以翻身」。他之所以這樣相信勞動可以拯救厄運，是有他的根據的。他記得「自己的老子怎樣永不灰心地做者，終於創立了那份家當」，「自己還是 20 多歲少壯的時候」，那是怎樣的勤奮，家境於是也逐漸好起來。但後來父親留下來的一份家產卻這麼變小，變做沒有，而且現在負了債，他感到這並不是自己不愛勞動，而是「洋鬼子騙去了」，因此，他「恨洋鬼子」。他還認為「新朝代」，即國民黨政府是「串通了洋鬼子」的。這就是他在實際生活中形成的愛憎分明的觀念，其中含蘊著中國勞動人民刻苦耐勞和反抗壓迫的鬥爭精神。然而他又視野狹窄，思想保守，不贊成多多頭他們「吃大戶」、搶米囤的反抗行動，甚至還錯誤地認為陳老爺家的破落和他家的困頓，「好像是一條線兒牽著」，同一命運。由於他對現實的急劇變化無法理解，便求之於菩薩、鬼神、命運。老通寶的這些弱點，反映了小生產者思想的局限性。生活是最好的老師。現實鬥爭終於使老通寶覺悟，認識到只憑勞動而不敢向舊勢力作鬥爭，是不會有出路的。他臨終前對多多頭說：「真想不到你是對的！真奇怪！」他承認兒子所走的反抗道路是正確的。

作品中的另一重要人物是多多頭。他的形象雖然不及老通寶豐滿，然而作為富有反抗性格的農民來說，卻是極有意義的。多多頭生長在自耕農逐步破產下來的貧苦家庭，他沒有老通寶勞動發家的經歷，所以「他永不相信靠一次蠶花好或是田裡熟，他們就可以還清了債再有自己的田；他知道單靠勤儉工作，即使做到背脊骨折斷也是不能翻身的。」因此他同老通寶的思想不同，他沒有像老通寶那樣的憂慮、固執、迷信，他對生活充滿了興味，他是

那樣快活、爽朗，在鬥爭中又是那樣猛鷙、堅韌。他之所以走上武裝鬥爭的道路，一是總結了老通寶的慘痛經歷，二是家庭貧困的促成，三是農民兄弟陸福慶等人的影響。這個形象的意義，說明在帝國主義侵略和國民黨反動派統治之下舊中國的貧苦農民已經從災難中覺醒過來，走上了反抗的道路，並暗示出他們這些在國統區崛起的農民自發鬥爭必然會轉向自覺的鬥爭。

「農村三部曲」在藝術上以《春蠶》為最好。《春蠶》的藝術特點是，以特定的歷史條件為背景，選用現實中極平凡的養蠶事件，並將故事集中於這一點，曲折有致地刻畫了十來個人物，揭示了深刻的主題，顯示出精煉的藝術風格。

抗日戰爭期間茅盾創作的短篇小說，除已收入《委屈》和《耶穌之死》兩個集子者外，尚餘一篇《某一天》。這些作品不但揭露了國民黨賣國投降的醜惡嘴臉和荒淫無恥的行徑，而且反映了人民群眾的抗日反蔣情緒，以及中國人民一定能夠打敗日本侵略者，贏得民族解放戰爭偉大勝利的堅定信念。從藝術上說，作者在作品的民族化方面又有了新的進展，表現出了雋永的風格。但由於生活不夠安定，成績仍不及 30 年代突出。

解放戰爭時期的短篇創作，有《驚蟄》、《一個理想碰了壁》、《春天》等（後來收入《茅盾短篇小說集》）。這些作品著重反映了蔣家王朝覆滅的歷史命運，歌頌了共產黨領導下的解放區欣欣向榮的景象，嘲笑了美帝扶植的「第三種力量」即「自由主義的中間分子」愚蠢舉動，預告了人民解放戰爭勝利時日的來臨。但由於對新的生活缺乏實感，所以有時出現概念化的毛病。

通過對茅盾短篇小說創作情況的巡禮，可以看到他的短篇創作與他的長篇一樣，都是緊跟時代的步伐勇於反映現實矛盾和鬥爭的產物，因而具有強烈的時代感。這是非常難得的歷史畫卷。

二、散文創作

茅盾的散文也有很高的藝術成就。還在 1925 年「五卅」運動期間。他就創作了《五月三十日的下午》、《暴風雨》和《街角的一幕》等散文，熱情歌頌了廣大人民群眾的英勇鬥爭精神，揭露了帝國主義者的醜惡和凶殘，初步顯示了作者寫作散文的卓異才能。

1928 年作者東渡日本後不久寫的幾篇散文，《賣豆腐的哨子》、《霧》、《紅葉》、《叩門》等，後來大都收在散文集《速寫與隨筆》中。這些散文集中表

現的還是作者大革命失敗後的那種悲觀、消沉的情緒。

「一·二八」上海戰事起來以後，作者常在《申報·自由談》和《東方雜誌·文藝欄》刊登散文。到 1933 年出版了《茅盾散文集》，1934 年又出版了《話匣子》，1935 年，《速寫與隨筆》也問世了。這一階段的散文，有的反映了作者思想轉變的歷程，描述了他在黑暗中追求光明、艱苦探索前進的面影，如《沙灘上的足跡》等；有的就表現了作者對革命風暴的熱烈的呼喚，如《雷雨前》、《黃昏》等；有的是對國民黨不抵抗政策的揭露和批判，如《阿Q 相》、《血戰後一週年》等；此外，《上海大年夜》、《上海》、《大減價》、《「現代化」的話》等，從不同方面上反映了半封建半殖民地中國的政治經濟特徵和國民黨統治下的上海灘的黑暗、混亂與腐敗。

抗戰期間主要有三個散文集：《炮火的洗禮》描寫的抗日戰爭初期的景象；《見聞雜記》主要是反映的西北大後方人民的生活和戰時的一些景況；《時間的記錄》，作者說：「命名曰《時間的記錄》者，無非說，從 1943 年到 1945 年，這震撼世界的人民的世紀中，古老中國的大後方，一個在『良心上有所不許』以及『良心上又有所不安』的作家所能記錄者，亦惟此而已。」

這期間的散文，有暴露，也有歌頌。暴露的是國統區的黑暗，如《「戰時景氣」的寵兒——寶雞》等；歌頌的是解放區的光明，是黨領導下的人民的抗戰，《白楊禮讚》和《「風景」談》是這方面的代表作。

《白楊禮讚》寫於「皖南事變」發生後不久，抗日戰爭極其艱苦的年代裡。國民黨消極抗日，積極反共，投降危險日甚一日。我們黨則肩負著民族的希望，領導著人民軍隊和全國人民，在廣大的戰場上，同日本侵略者進行著艱苦卓絕的鬥爭。《白楊禮讚》就是用象徵的藝術手法，通過對白楊樹的讚美，熱情歌頌了北方農民的「質樸，嚴肅，堅強不屈」和共產黨領導下的廣大軍民團結一致，抗戰到底的奮發精神和鋼鐵意志。

《白楊禮讚》藝術上的特點是；質樸無華，直抒胸臆。質樸無華，是由描寫對象——高原、白楊、農民、哨兵——決定的。對象的質樸，決定了文章的無華。文章直抒胸臆，一開篇就響亮地唱道：「白楊樹實在是不平凡的，我讚美白楊樹？」之後，一唱三嘆，反覆吟詠，最後仍以「我要高聲讚美白楊樹」做結。這樣，不僅使對象表現得充分、淋漓，而且情深意濃，高亢而激越，成為膾炙人口的藝術珍品。

1946 年，作者訪蘇。回國後寫了《蘇聯見聞錄》和《雜談蘇聯》兩書，

用簡勁明快而又細緻的筆調，介紹了蘇聯的革命和建設的情況，在當時起了很大的宣傳作用。如《第比利斯地下印刷所》，記錄了斯大林早年從事革命活動的一個側面，至今還有認識價值。

十六、茅盾美學思想芻議

　　茅盾的美學思想有沒有體系?回答是肯定的。那麼,茅盾美學思想的基礎、特徵及發展演變規律,又是什麼呢?本書當然不可能對茅盾整個美學思想囊括無餘並作出精闢的論斷,只是試圖從總體上對茅盾美學思想的特質作理論性的描述,從中探討茅盾美學思想的本質特徵。

茅盾美學思想的基礎——歷史唯物論

　　從總體上考察,茅盾美學思想的基礎,無疑是馬克思主義的歷史唯物論。不過,他的唯物史觀的建立同他的美學思想的形成一樣,都是有一個歷史過程的。

　　「五四」運動時期,中國的思想界引進了西方的「民主」與「科學」的思想,用以反對封建的專利和迷信,極大地振奮了中國人民的精神,解放了中國人民的思想。雖然「民主」與「科學」的武器還不足以催毀封建統治的基礎,但它極大地改變了人們對人的本質和價值的看法。反對封建專制、廢除宗教迷信對人性的壓迫和束縛,要求個性之解放,人格之獨立,這在中國現代思想史上是劃時代的進步,表明我們對人的本質的認識有了一個很大的飛躍。茅盾在後來回憶起這個時代的文學運動時曾確切地說:「人的發展,即發展個性,即個人主義,成為『五四』時期新文學運動的主要目標;當時的文藝批評和創作都是有意識的或下意識的向著這個目標。」〔註1〕

　　這種「科學」和「民主」的新思潮給了年輕的茅盾以極大的影響。當時

〔註 1〕轉引自莊鍾慶《茅盾的創作歷程》第 9 頁,人民文學出版社 1983 年版。

他貪婪地閱讀《新青年》等進步刊物，感到「刺激力很強，以前好像全在黑暗當中，到那時才突然打開窗戶」〔註2〕。不過與郁達夫等人比較起來，他的對人的看法又有自己的獨到之處。同樣是反對封建思想，主張個性解放，人格獨立，郁達夫崇尚的是人的自然本性，而茅盾則注重人的社會屬性。在否定了封建禮教對人性的壓抑之後，郁達夫接受了盧梭「返回自然」的思想，要求復歸人的自然本性，充分抒發自己的內在感情及欲望衝動。茅盾思想的特點則在於他否定了封建禮教的束縛之後，要求人們採取積極的態度，去改造那黑暗的現實，創造美好的未來。這是對人格的高揚，是對人的社會性的肯定。他在 1917 年發表的《學生與社會》中曾說：

> 今日之社會，雖令人不能滿意，而吾學生當泰然處之，只宜有
> 黽勉之心，不可有悲喪之念。蓋天下事之不可為者，皆在心死而不
> 為之耳。譬如父母有疾，雖極大，而為子者唯奔走求醫，斷無坐而
> 哭泣之理。今日學生之於社會，亦當如是。〔註3〕

他初出茅廬就有這樣敏銳的見解，不能不令人敬佩。過兩年之後，他在《尼采的學說》中又說：

> 我們誰能說人類只是能生活便滿心足意呢？誰能說大戰士、大
> 藝術家、大殉道者的視死如歸心理，不就是 Will to Power 的心理
> 麼？……唯其人類是有這「向權力的意志」，所以不願作奴隸苟活，
> 要不怕強權去奮鬥，要求解放、要求自決，都是從這裡出發；倘然
> 止是求生，則豬和狗的生活一樣也是求生的生活，我們求什麼改良
> 社會呢？

當然，人們的視死如歸，心理是否就是尼采說的「向權力的意志」的心理，這是可以討論的。不過值得說明一點，茅盾對尼采的學說並沒有全盤接受，他已經企圖用馬克思主義的理論對它進行批判的吸收。說明他已初步接觸到馬克思的唯物史觀了。

值得完全肯定的是，他是在人與動物的區別上提出人的社會之本質的。這種觀點是符合馬克思主義的「社會關係總和」的人的本質論，也是他對人的看法中最精彩的部分。

〔註2〕 轉引自莊鍾慶《茅盾的創作歷程》第 9 頁，人民文學出版社 1983 年版。
〔註3〕 茅盾：《學生與社會》，見《學生雜誌》第四卷 12 號，1917 年 12 月商務印書館出版。

　　隨著馬克思主義唯物史觀的確立，茅盾後來對「人」的本質作了明確的解說，他不僅引述了馬克思的「人是社會關係的總和」的論點，而且從「人」的社會行為的二重性上說明了「人」的本質特徵。他在 1936 年發表的《創作的準備》這篇文章中說：

> 　　最初是「人」創造了「環境」，其次是「人」的思想行動被這「環境」所支配，又次是由這被支配而發生的決定性作用又反撥了「人」的思想而產生改造這環境的意志和行動，——這是一串的矛盾的發展。在這中間，「人」的能動作用無論如何不能被忽視的。

這就從歷史發展中將「人」的本質說透了。因此，他要求新文學家以研究這樣的「人」為第一要務，要去理解「人之所以為人的四個方面」，即「人與人的關係，人與歷史的關係，生活環境對個人的影響以及人怎樣改造生活」〔註4〕，以反映「從今天到明天這一戰鬥的過程中所有最典型的狂瀾伏流方生方滅以及必興必廢」的時代特點〔註5〕。這時再來談「科學與民主」的內容，則完全注入了馬克思主義的靈魂了。他在《五十年代是「人民的世紀」》一文中說：「反對獨斷與武斷，反對偏見與成見，反對誇張局部而抹殺或歪曲全體，反對只許頌揚，不許批評，反對掩耳盜鈴的虛偽粉飾，反對只看見今天不看見明天的近視眼，反對無所用心的冷觀態度，——這便是現實主義文學的科學精神；面向民眾，為民眾，做民眾的先生，同時又做民眾的學生，認識民眾的力量，表現民眾的要求，——這便是現實主義文藝的民主精神。」〔註6〕這種出神入化的解說，證明他對「人」的認識已從理論思辨進入到行動著的「人」的深沉思考了。

　　我們在探討茅盾美學思想之前，之所以要先提出茅盾對人的本質的看法這一問題，是由於我們根據馬克思的「人的本質力量對象化」的原則，認為美的本質不能離開人的本質作單獨的孤立的考察，或者換句話說，對美的本質問題的看法往往要受制於對人的本質的看法；對於人的本質是怎麼看的，對美的本質就會怎麼看。茅盾自己就這麼宣稱過：「『人』是我寫小說的第一目標」〔註7〕因為「人物是本位」〔註8〕，所以新文學工作者應以研究人為第

〔註4〕《茅盾論文藝雜論集》（下）第 978 頁。版本同前。
〔註5〕《茅盾論文藝雜論集》（下）第 930 頁。版本同前。
〔註6〕《茅盾文藝雜論集》（下）第 1091 頁。版本同前。
〔註7〕茅盾《談我的研究》，見《中學生》1936 年 61 期。
〔註8〕《茅盾論創作》第 456，上海文藝出版社 1980 年版。

一要務。如果我們真正懂得了茅盾的對人的本質問題看法的特點，並且能夠緊緊把握住這一特點，也就等於找到了打開茅盾美學思想大門，直接進入其富麗堂皇的宮殿的鑰匙。

個體與社會相統一的美論

美是人類社會實踐的產物。沒有人就沒有美。所以美的創造既具有個體性，又具有社會性。茅盾的美論就是建立在個體性與社會實踐性相統一的基點上的。因此，他能充分又恰當地肯定文藝的功利目的和社會作用。

文學藝術的功利目的和社會作用，是我們當前文學界搞得比較混亂的一個問題，看一看茅盾先生對這個問題的深刻見解，也許對我們會有一定的啓發吧。

他在最早的文學論文《現在文學家的責任是什麼》中就開宗明義地提出：「文學是為表現人生而作的」，不是「一個人『寄慨寫意』的」，更不是「為名」「為己」的。因此「文學家所欲表現的人生決不是一人一家的人生，乃是一社會一民族的人生」。可見茅盾一登上文壇就否定了文學的個體性，肯定了文學的社會性和功利性，因而提出了「為人生而藝術」的文藝主張。後來，在同「為藝術而藝術」派的論辯中，不僅進一步提出了文學應成為「生活的教科書」的口號，而且根據意識形態受經濟基礎的制約的原理，論述了文藝的階級性質，又明確提出建立無產階級文藝，「為人民大眾服務」的論點。這時，他認為創作一部好書的必備條件是：「第一，它不能不講到大多數人所最關心最切身的問題；第二，它不能不揭露大多數人最痛心疾首的現象；第三，它不能只在問題的邊緣繞圈子，它必須直搗問題的核心；第四，它必須在現實的複雜錯綜中間指出必然的歷史動向」〔註9〕，以推動人民革命事業的發展。這就充分表現出茅盾那鮮明的無產階級藝術功利觀。但是，另一方面，茅盾也看到了文藝上的一切功利目的都只是人的外在規範形式，「社會科學給你的只是一個基礎」，「只有從生活中把握到的正確觀念方是真正的『正確』」〔註10〕。他還說：「自然我們也承認亢熱的革命精神與勇敢無畏的氣概，是需要的，是可寶貴的。但是對於歷史的信念與剛毅的意志而發生的革命精神與作戰勇氣，方是可寶貴的，可靠的；如果像打嗎啡針似的去刺激出來的，或

〔註9〕《茅盾文藝雜論集》（上）第311頁，版本同前。
〔註10〕《茅盾文藝雜論集》（上）311、194～23頁，版本同前。

是用了玫瑰色的鏡子去鼓舞出來的，那就是靠不住的、假的。」〔註11〕文學藝術不同於社會理論科學，也不能簡單地把外在的「刺激」誤認為藝術，只有通過生活體驗，使社會功利目的的外在規範積澱於作家的內在心理結構中，變成自覺的情感追求，才能創造出真正的革命文學。

他批評一些公式化的文學作品道：「他們太不把『心頭的強烈衝動』作為寫作的要件之一了。這是落在另一極端的誤解。這結果是作品的淺薄和公式化。」〔註12〕在茅盾看來，文學的社會功利目的的實行並不是使個體的情感屈從或犧牲於這個外在目的，而是通過對個體自身的肯定和完善，通過個體內心情感的強烈衝動來自覺地達到。如果文學的社會功利目的的實現不是人的自我肯定，而是人在某種外力的壓迫下不得不對人的自我感情的否定，那麼這樣的功利目的即使是善的，但在實質上卻不是美，這結果就是作品的淺薄和公式化。

既然文學藝術既要有一定的社會功利目的和作用，但又不能以犧牲作家藝術家的「個體情感」為代價，那麼怎樣才能統一呢？這裡「個體情感的實質是什麼」就成為問題的關鍵。茅盾解釋得很好：「原來文學誠然不是絕對地不許作者抒寫自己的情感，只是這情感決不能僅屬於作者一己的一時的偶然的」〔註13〕，而是「屬於民眾的，屬於全人類的」。也就是說文學是允許「個體情感」的存在的，只不過「個體情感」不是純然自己的個人的東西，而是裡面已經積澱有社會理性的內容了；只不過社會理性是作為內容通過作為形式的個體情感衝動表現出來的，兩者是不矛盾的。

那麼，思想理智的湧入會不會打消作家的創作欲望呢？茅盾回答說：「創作的最重要條件是題材的成熟。要是有人當真在『前思後想，左防右防』以後，便覺得『興頭』已過，『寫不下去』，那麼，問題的焦點絕不在什麼『興頭』的被掃與否而在題材尚未成熟。他所謂『興頭』是虛偽的一時的衝動，絕不是從豐富的積累的『材料』醞釀提煉而得到的精華。如果確是從深厚的經驗積累中產生的東西，那麼只有愈研究推敲便愈覺得『興頭』好，愈覺得『可寫』的方面太多的」〔註14〕理智的滲入可能會破壞或否定情感，但否定

〔註11〕《茅盾文藝雜論集》（上）第 311 頁，版本同前。
〔註12〕《茅盾文藝雜論集》（上）第 311 頁，版本同前。
〔註13〕《茅盾論創作》第 498 頁，版本同前。
〔註14〕《茅盾論創作》第 20 頁，版本同前。

的是人的虛偽的一時的情感衝動，不是全部情感，而眞正的藝術情感正由於社會理智的滲入才使自己與一般的自然性的情感衝動區別開來，因此思想理智的滲入不僅不會打消作家的創作欲望，反而能使這種欲望更符合社會的要求，更帶有社會性，從而得到更好地抒發。

因此，茅盾特點強調作家生活經驗的重要性。他從自己的創作經驗中體會到，「徒有革命的立場而缺乏鬥爭的生活，不能有成功的作品」〔註15〕。他還說：「將來的偉大作品之產生不能不根據三個條件：正確的觀念，充實的生活和純熟的技術；然而最主要的還是充實的生活。」〔註16〕在茅盾看來，「文學家的題材是從現實社會中取來的，然而一篇小說或戲曲卻的確不是現實社會裡種種相的記錄。」〔註17〕也就是說，作家到人民生活中去，並不是爲了機械地反映生活，而是爲了表現生活，這裡說的表現是指使生活中的某事物具有一種感動人們的能力。它包括兩個方面：一是爲了使作家個人的情感積澱有社會內容，培養作家的使命意識；二是爲了使外在的功利目的轉爲內在心理的情感追求。我認爲只有這樣理解我們過去提倡的「到生活中去」的目的和意義才是比較合適的，它對於我們今天正確理解文學與社會生活的關係，特別是社會生活對文學藝術的作用，撥去我們過去對這個問題看法上的迷霧，是大有啓發的。

在談到文學藝術的社會作用時，茅盾提出社會認識教育作用，必須通過審美作用，即通過對讀者的情感塑造（或組織）來達到。他在《〈地泉〉讀後感》一文中嚴肅地指出，小說《地泉》的缺點是「缺乏感情地去影響讀者的藝術手腕」。「如果我們既讀這本書後有所認識理解，那可是理智地得出來的，而不是被激動而鼓舞而潛移默向於不知不覺。」「文學作品之所以異於標語傳單者，即在文藝作品首要的職務是在用形象的言詞從感情地去影響普通一般人，使他們熱情奮發，使他們認識了一些新的——或換言之，去組織他們的情感思想。」〔註18〕由於文學藝術的作用問題和作家藝術家的創作問題在對情感媒介的要求上具有同等程度，再加上茅盾對這個問題已經表述得很清楚了，就用不著我們在這裡多囉嗦了。

〔註15〕《茅盾論創作》第 20 頁，版本同前。
〔註16〕《茅盾文藝雜論集》（上）第 310 頁，版本同前。
〔註17〕《茅盾文藝雜論集》（上）第 213 頁，版本同前。
〔註18〕載《茅盾論創作》第 247 頁，版本同前。

　　總之，無論從作家到作品的過程，還是從作品到讀者的過程，茅盾都極準確地把握到了文學藝術的特殊價值。他既強調文學的社會功利目的和社會認識教育作用，同時也否認作家的情感衝動和藝術對讀者的情感塑造。既強調文學的社會性，同時也不否認文學的個體性。社會性和個體性，兩者的關係不是誰征服誰，誰吞併誰的關係，而是個體性作為情感形式和社會性作為理性內容緊密地統一在作家的內在心理結構中，通過藝術形象傳達給讀者，通過對讀者的情感塑造來達到文學藝術的社會功利目的。這不正是美的品格嗎？要求個體在社會中的自我實現，要求個體與社會自由地統一，這不正是美的本質所在嗎？正是由於這一點，茅盾的文藝批評和文藝理論自始至終滲透著對「美」的思索和探討。

對審美態度的兩重規定

　　與對美的看法相聯繫，與「為人生」的文學主張相一致，茅盾在審美態度這個問題上要求讀者在欣賞文藝作品時，取消與文藝作品之間的距離，要求讀者「入迷」，反對以純然客觀的態度來欣賞文藝作品。他在《論「入迷」》一文中說：

　　　　有些人一拿起小說來讀，便在心裡說：「小說家言，豈能當真。」於是帶著懷疑的微笑，被動地看下去。有些人進入戲園，就自己提醒自己道：「這是做戲呀」……我們要說，真正含有嚴肅的人生意義的小說或戲曲，原來不是給此等人看的！此等人看小說進戲園只是糟蹋時間罷了！讀小說或觀劇，一定得有幾分「入迷」，──就是走入作品中和書中人一同哭一同笑，這才算不負那小說和戲曲，而小說或戲曲也沒有白糟蹋了他的光陰。（《茅盾文藝雜論集》第 460 頁）

可是，另一方面茅盾卻在《自然主義與中國現代小說》中批評中國舊派小說家道：

　　　　中國舊派小說家作小說的動機不是發牢騷，就是風流自賞。戀愛是人間何等樣的神聖事，然而一到「風流自賞」的文士筆下，便滿紙是輕薄口吻，肉麻態度，成為誨淫的東西；言社會言政治又是何等樣的正經事，然而一到「發牢騷」的「墨客」筆下，便成了攻訐隱私，借文字以報私怨的東西，這都是因作者對於一樁人生，始終未用純然客觀心理去看，始終不曾為表現人生而描寫人生。（《茅

盾文藝雜論集》第 94 頁）

茅盾在這裡卻又提倡起「純然客觀的心理」來了。從它本身的表現特徵看，與布洛所說的「心理距離」似有相同之處，即審美所應取的態度要把對象放到實用的需要和目的的考慮之外，與狹隘的功利目的保持一定的「心理距離」。這樣在茅盾論審美態度的問題上，似乎出現了這樣一個二律背反的公式。

要是審美的態度，必須在審美客體與審美主體之間消除距離。

要是審美的態度，不能在審美客體與審美主體之間消除距離。

那麼，茅盾在《論「入迷」》之後為什麼又要提倡「純然客觀的心理」呢？這是不是互相矛盾呢？他的提倡與西方資產階級學者布洛的「心理距離」有什麼不同呢？布洛等人雖然提倡審美主客體之間應保持適當的心理距離，但是對於為什麼人們能夠對審美客體保持適當的心理距離這一問題，卻沒有作出解答。他們當然不懂得用馬克思主義的實踐觀點，即從作為社會實踐的主體方面找原因，因而使「距離說」顯得虛無縹緲，無法使人找到適當心理距離的客觀依據。馬克思主義美學理論則在「自然向人生成」的社會實踐的運動中，從對人的社會性本質的肯定中，揭開了人類所必然具有的審美心理距離的秘密。這其中當然也包括作為馬克思主義者的茅盾。

馬克思說：「為了在對自身生活有用的形式上佔有自然物質，人就使他身的自然力——臂和腿、頭和手運動起來，當他通過這種運動作用於他身外的自然並改變自然時，也就同時改變了他自身的自然。」〔註 19〕

茅盾也認為：「人類創造了文化以征服自然，同時亦要征服人的原始性，以及人類在歷史過程中所自造的阻礙『人性』向真善美發展的種種人為的桎梏。」〔註 20〕

所謂「人的原始性」，就是人的在對自然生存有利的形式上佔有自然物質的狹隘功利目的的自然性。人類在開始進行物質實踐時，其目的在只是為了生存。但通過人們的實踐活動之後，「目的通過手段和客觀性相結合」〔註 21〕，便產生了遠遠超越有限目的的結果和意義。實踐使自然成為人的自然。不僅外在自然界，而且作為肉體存在的人本身的自然，也超出了動

〔註 19〕《資本論》第一卷第 201～202 頁，人民出版社 1975 年版。
〔註 20〕《茅盾文藝雜論集》（下）第 923 頁，版本同前。
〔註 21〕列寧《哲學筆記》人民出版社 1974 年版第 202 頁。

物性的本能而具有了人（社會）的性質。人在自然生存的基礎上，產生了
一系列超生物性的素質：吃飯不只是充飢，而成為美食；兩性不只是交配，
而成為愛情。總之，人類不只是有求生的目的，而且能夠在更高層次上即
在審美層次上對待一切。因此審美態度是在「自然向人生成」的過程中，
在社會實踐的發展中必然形成的，人類之所以能夠採用「客觀心理」對待
生活，這是由人的社會性本質所決定的。布洛的「心理距離說」恐怕也只
有在這裡才能找到最後的歸宿。

　　這樣看來，解決上面我們所說的那個二律背反公式的方法也就很簡單
了。正題是就人的社會性，即為人生的功利目的而言的。反題是就人的自然
性，即狹隘的功利目的而言的。也就是說，要求與為人生的藝術消除距離，
與狹隘的功利目的保持距離，這實際上是一個問題的兩個方面，兩種說法。
茅盾所說的「用純然客觀的心理對待人生」是針對把文學作為圖報私怨，輕
薄誨淫的狹隘功利目的的中國舊派小說家說的；要求審美必須在狹隘的功利
目的的考慮之外，並不是否認文學的一切功利目的；相反他特別強調文學的
社會功利目的，反對那些企圖超越一切功利目的的文學。關於這一點，他在
《告有志文學研究者》一文中講得更清楚。他說：「『美』使人忘了小我，發
生為全人類而犧牲的高貴精神，不是使人『怡然忘我，遊心緲緲』。但是不幸
世之頌祝文學能給我們一些美的，只是把『陶醉』『忘我』等等作為文學的功
績，其性質是消極的，不是積極的。」

藝術創新性的生理──心理原因

　　茅盾認為藝術與構成藝術品的材料是不同的。藝術的美否不由組成藝術
品材料的美否所決定，而由「創造原素」所決定。他說：「文章的美不美，在
乎他所含的創造的原素多不多，創造的原素愈多，便愈美。如果一篇文學作
品的體裁，描寫法和意境都是創造的，那麼這篇文章即使不用半個所謂美的
詞頭兒，也是極美的一篇東西；不然即使全篇填滿了前人用過的風花雪月，
亦不過泥水匠畫照壁，雖然顏料用的是上等貨，畫出來的終究不成個東西。」
〔註22〕他提出文章的美在於創造性，就極準確地抓住了藝術的根本特徵。藝
術固然不像克羅齊等人所說的「藝術即直覺即表現」，與藝術材料的表達無

〔註22〕《茅盾文藝雜論集》（上）162 頁。

關。但它畢竟與藝術材料是不同的，雕塑不等於大理石，繪畫不等於畫布、色彩和線條，文學也不能和文字等同，這裡關鍵的問題在於這些材料如何組成符合審美主體的內在心理結構的形式。由此，創新性是這個形式所必備的，只有這樣，才能引起審美者的注意和愉悅，這樣的藝術品才是美的

茅盾一再反對那些毫無創新性的模仿的文學作品，他說中國現代章回體派小說，「每回書的字數必須大略相等，回目要用一個對子，每回開首必用『話說』『卻說』等字樣，每回的尾必用『要知後事如何，且聽下回分解』，並附兩句詩。處處呆板牽強，叫人看了，實在引不起什麼美感」〔註23〕。他在《評四五六月的創作》中批評了「為創作而創作」的一個最大毛病，「就是『模擬』別人的作品，而不是作者自身經歷的結晶」。

那麼，文學藝術為什麼必須要有創新性呢？除了文藝自身發展的內在要求外，茅盾還從接受者生理——心理的角度探討了這個問題。他說：

> 純粹中國式的舊戲已經不能供給一般看客好新的欲念；二十年以來，中國舊劇刻刻在變換，……而這種變遷改革的動機並不是由於少數新人物的提倡，卻是社會生活改變後自然的趨勢。因為物質文明進步的緣故，現代人的欲望已不如從前人那樣簡單；現代人的五官感覺力也比以前人更為銳敏，中國舊戲的粗疏藝術自然不能滿足他們耳目的欲望，舊戲雖要不變，也不成了。(見《中國舊戲改良我見》)

> ……用詞與表現方式以新鮮活潑為貴；活潑，才有「意緒」可尋，才能引起讀者的強烈或微渺的興趣。……不過新鮮、活潑，也是相對的說法；因為無論怎樣新鮮活潑的詞，用得太熟，也將失了刺激性，不復耐人尋味。(《獨創與因襲》)

從以上兩段話中，我們大體可以總結出文學藝術之所以必須要有創新性的三方面原因：

第一，「現代人的欲望已不如從前人那樣簡單。」這是物質文明進步的緣故。上面我們已經講過，隨著社會實踐的發展，作為自然生存的不斷地社會化，人產生了一些超生物的素質，人不斷地擺脫那種動物性的求生存的狹隘目的，人對精神生活的滿足的要求越來越強烈，這可以說是歷史發展的必

〔註23〕《茅盾文藝雜論集》（上）84頁。

然，其結果就在客觀上要求文學藝術不斷發展，以滿足人們不斷發展的審美需要。

第二，「現代人的五官感受力也比從前人更爲銳敏。」這也要求文學必須要有創新性。有人曾把人的感官喻爲美到美感的窗口，可見感官在審美活動中的重要地位。任何審美活動都離不開人的感官。審美感官的發展外在地要求作爲審美對象的文學藝術也要不斷發展。同時，人的五官感覺不僅在實踐活動中而且也在審美活動中得到發展。美國馬克思主義美學家芬克斯坦說：「力量覺醒時的快樂，對於不照老樣子也能生活下去的眞理的發現，對於自身又高了一寸的感覺，這些便是審美情感的基礎。」〔註 24〕也就是說審美愉悅也能在感官發展過程中內在地得到。盧卡契則把人的感官的發展所得到的結果稱爲一種「普遍性的傾向」。他說，在人們日常的談話中──如：我看你撒謊，或者：我聽你說的不是眞情。──就「隱藏著人的視覺和聽覺的特別擴大了的普遍性」。正是由於感官的這種「普遍性傾向」才使審美活動得以進行，因爲「視覺和聽覺的普遍性使我們能用視覺和聽覺來感知那些既不能直接看到又不能直接聽到的現象」〔註 25〕。當然由於茅盾先生工作的特點決定他還沒來得及對審美感官在審美活動中的地位和意義作出像國外馬克思主義美學家芬克斯坦和盧卡契那樣科學的說明，然而單是他提出「感官的發展」這一點，不是已經使我們意識到了它將在審美活動中發生重要作用的意義了嗎？

第三，茅盾還從審美客體對人的神經系統的刺激性方面說明了文學之必須新穎的必要性。在茅盾看來，刺激並不一定能引起反應。我們知道西方行爲主義心理學曾標榜過「S（刺激）→R（反應）」的公式。在茅盾看來，這不正確，神經系統對刺激還具有一種抑制作用。抑制狀態的產生是由於刺激物反覆作用的結果。這就要求文學作品要新鮮、活潑，避開濫調俗套。只有這樣文學作品才能動人，才能引起審美快感。

大家知道，茅盾主要是從社會學角度進行文學批評活動的，然而這並不妨礙他對某些文學現象在沒有離開社會物質實踐這個基礎上做生理──心理的分析。這也就使他的美學思想顯得更加豐富。

〔註 24〕 芬克斯坦：《藝術中的現實主義》，上海文藝出版社 1985 年版第 13 頁。
〔註 25〕 盧卡契《審美特性》（上冊），轉引自《美學》第四期第 206 頁。

茅盾美學思想的總特徵──客觀性與理性化

從茅盾思想的結構形式上看，它有兩個明顯的特點：一是客觀性，二是理性化。這就構成了茅盾美學思想的總特徵。

茅盾認為：「有價值的作品一定不能從『想像』的題材中產生，必得是產自生活本身。」〔註26〕因此，他堅定地相信：「只要真實地反映了現實，就能打動讀者的心，使讀者認清真與偽，善與惡，美與醜。」〔註27〕這就可見，藝術的創造是既根源於客觀現實又作用於客觀現實的，所以藝術美是具有客觀性的。然而，這藝術美又是通過審美個體實現的。因此，在從生活轉化為藝術的過程中，審美個體的思想面貌、精神狀態、心理素質等就成了關鍵問題。在這個關鍵問題上，茅盾是有大量而具體的要求，系統而完整的論述的。

首先，他要求「從事於文藝寫作的人應當有冷靜的頭腦，熱烈的心腸，正確的思想和廣博的知識」〔註28〕。為什麼必須具備這四項條件呢？因為沒有「冷靜的頭腦」，就往往會被個人「一時的偶然的」感情衝動破壞對現實世界的縝密而切實的思考；沒有「熱烈的心腸」，就不能與人民心息相通、休戚與共；沒有「正確的思想和廣博的知識」，就會「迷失在生活的茫茫孽海中」，若干現象「將不能理解」，或將犯「認識錯誤」，人與人的「依存關係」、「因果關係」，也將「茫然無知」。所以，這四項條件是保證審美個體與社會相統一的前提。

其次，怎樣才能具備這四項條件？茅盾認為既要學習書本知識，又要參加社會實踐。重要的是深入人民群眾之中，參加群眾變革現實的實踐活動，以切實獲得正確的世界觀和人生觀，培養人民群眾的思想感情，並在「親身體驗」中「和人民的脈搏一齊跳動」，使自己的喜悅、悲憤、鬥爭時的快感、對最後勝利之確信同人民群眾一致起來。這樣，「他由心靈的激動而來的呼喊」就代表了人民群眾，也「代表了時代精神」〔註29〕。因為抓住了這一點，就抓住了個體與社會、主觀與客觀相統一的關鍵環節。

再次，在整個創作心理活動的機制中，茅盾特別強調了理性認識的作用。他說：「理性對於人的行動的決定，似乎畢竟是較強些。」〔註30〕因此，他要求作家要有一個「真能觀察、分析、綜合、體驗的好好地武裝過的頭腦」，以

〔註26〕《茅盾文藝雜論集》（上）第 310 頁，版本同前。
〔註27〕茅盾《我走過的道路》（中）第 3 頁，人民文學出版社 1984 年版。
〔註28〕《茅盾文藝雜論集》（上）第 1048 頁，版本同前。
〔註29〕《茅盾文藝雜論集》（上）第 577 頁，版本同前。
〔註30〕《茅盾文藝雜論集》（上）594 頁，版本同前。

便分析那複雜錯綜的生活，理解那複雜錯綜的生活，——由現象到本質，由局部到全體，由現在到過去和未來……以便從「醜惡的現實中體認出一個偉大光明的未來」。

總之，這一切要求和論述，都是為了保證創造藝術美的過程中的個體性和社會性的融合統一的。

個體與社會如何統一的問題，一直是中外思想史和美學史上討論的一個母題。中國古代孟子認為：「仁義禮智，非由外鑠我也，我固有之也。」〔註31〕這基本上是儒家學派的一致看法，認為倫理道德是人生來就在人的心理結構中，從而個體與社會的統一也完全是先驗的必然的統一。人們只要自覺努力保持住他自身的狀況就可以了，因此不需要社會實踐對人的「人化」。這就使得孟子的美學思想處在一個自我說明自我的封閉性體系當中。然而不得不指出「狼孩」的發現已經打破了這種「人之初，性本善」的美妙幻想。西方美學史大約從弗洛伊德等人開始由「自上而下」的美學轉為「自下而上」的美學之後，也企圖從心理學的角度探討個體與社會的關係這一母題。如果說弗洛伊德還強調社會對個體意識的壓抑，突出個體與社會的對立的話，那麼榮格則聰明地提出他的「集體無意識」的學說，他已經不再對弗洛伊德把一切都歸結到性欲的人性本原論感興趣，認為一個個體在他的心靈深處都存在著「集體無意識」，它並不像我們所理解的那樣是由於社會實踐而得到的，而是人類自身通過遺傳而內在具有的，藝術不過是使人們意識到它，從而使人的個體和社會達到一種和諧狀態。這樣，藝術創作即使需要社會生活，那也不過是為了喚醒而不是建造這種「集體無意識」。因此他的理論體系也是能夠自我說明自我的封閉型的。我們固然佩服他的理論解釋了許多創作過程中不可理解的現象，使我們有頓開茅塞之感，而且更重要的是，他也指出了藝術創作不是為了自己的創作，而是了為社會，指明了藝術家的社會責任。「有時這種責任的負擔是那樣沉重，以致藝術家是命中注定要犧牲他個人的幸福和常人所享有的那種生活中的一切樂趣。」〔註32〕但是，我們依然感到這種理論有些牽強附會，他所說的「集體無意識是很難去加以確證的」〔註33〕。

〔註31〕《茅盾文藝雜論集》（上）第594頁，版本同前。
〔註32〕榮格：《心理學與文學》，轉引自朱秋《當代西方美學》。
〔註33〕瓦倫丁：《美的實驗心理學》，轉引自朱狄《當代西方美學》。

　　馬克思主義認為一切社會規範都是人的外在形式，並不是人生來就存在於人的心理結構之中，個體與社會的對立是人類共產主義社會以前所必不可免的，因此要達到兩者的統一就必須投身於社會生活中去，參加物質實踐活動和其他一切社會活動。茅盾認為，由於中國現代從事文學創作的人大都是小資產階級知識分子，因此提倡到生活中去尤為必要。他說：「人們認為站在人民大眾的立場是很容易的，其實就不易呵！儘管說話時冠冕堂皇，而一遇考驗，便露了馬腳，這也許不是他們存心所為，而是小資產階級的意識作怪。」「而要真正時時不離大眾的立場，卻有待於克服小資產階級的意識，從生活中改造自己。」同時，也只有到生活中去，才能夠使社會的規範形式積澱在個體的內心結構中，變成自覺的要求和運動，才能真正達到個體與社會的統一。「只有從生活中把握的正確觀念方是真正的『正確』。」以上兩個方面，都要求藝術家必須參加社會實踐，運用理性思維觀察生活，分析生活，創作出具有社會意義和作用的成功的文學作品。提倡文學家到生活中去，這一要求經茅盾——毛澤東正式確立下來，成為中國現代文學史上一切進步文學家的必由之路。

　　應該進一步明確的是，茅盾生前雖沒有親自建立起他的美學體系，但並不是說他的美學思想不成體系。他在《「最理想的人性」》一文中評論魯迅的思想體系時說：「因為他的著作大部分是隨時隨地為了反抗惡勢力為了闡揚真理而寫成的，他沒有時間關起門來寫一部有頭有尾有間架，如古所謂『一家言』的著作。然則，魯迅著作就不成為『一家言』麼？他的思想就沒有體系麼？此又大大不然。淺識妄人曾以此譏魯迅為『雜感專家』，但這適足以表明他們的無知與成見，不足以損魯迅的毫末。現在凡是有識見，愛真理的人士都承認魯迅著作自成一家言，自有其思想體系，——儘管在形式上，是隨時隨地寫下來的作品和雜文。」我們認為這同樣適於說明他自己的美學思想體系的特點。他的美學見解是散見在他的文藝理論和文學批評當中，是在通過與他對立的文藝派別的論爭中建立起來的。如果說郁達夫的美學觀是強調人與自然的統一，那麼茅盾則強調人與社會的統一；如果說蔣光慈更偏於強調文學藝術的工具作用，那麼茅盾則同時也不忽視文藝的審美作用。這就使茅盾的美學思想既與感性原則相排斥，又與知性原則相排斥，形成了顯著的理性原則。他的美學思想結構中既有社會環境的因素，又有生理心理的因素，而其基礎和本體卻是作為社會關係（包括階級關係）中存在的人。這使他的

美學體系顯得博大而又精深。他既不到自然中去尋找他理論的根據，更不到社會之外的冥冥世界去尋找，他的美學體系緊緊環抱著作為社會物質實踐的主體，即大寫的人，從而使他的美學思想時時閃耀出中華民族古老文化傳統的「實踐理性」的光輝，是我國古代美學思想的繼承者和發展者。他在對現代文學理論的發展中作出的貢獻是卓越的，在中國現代美學史上的地位也是不可低估的。

1986.8

後　記

　　這本書稿，是我在「茅盾研究」教學中的一部分講稿，也是向「茅盾學術討論會」提交的學術論文。單看，獨立成篇；綜合起來，又構成體系。它的中心只有一個：就是討論茅盾與外國文學的關係。從茅盾對外國文學的研究、介紹、翻譯中，從茅盾對中國現實主義理論創建構成中，從茅盾小說的創作風格中，來探討外國文學對他的影響及他的消納與創新，從而看他為中國現代文學的建立和發展作出了怎樣卓越的貢獻。這裡有很多規律性的東西，值得我們今天借鑑吸取。

　　當然，就我個人來說，這種研究也還是初步的，談不上精密系統，甚至將不太成熟的《茅盾與巴爾扎克》（綱要）也作為「附錄」放在這裡。但是，就茅盾接受外國文學影響的大端而言，則初具規模；尤其對茅盾關係密切的幾位外國文學大師逐一比較研究，並分別安放在茅盾的文藝理論和創作風格的框架之內，看看他們各自的影響側面及茅盾的消納創新情況，還是自具特色的。所以願意公諸同好，希望能聽到批評意見，以便把茅盾研究推向一個新的階段。

　　書中《茅盾美學思想芻議》一書，是與李慶本同志合作的，個別節段也吸收了同行專家的某些觀點，但為了照顧本書體系，也一併收入。謹在此聲明，並表示感謝。

作者

1993 年 5 月記

附錄：茅盾與巴爾扎克（綱要）

一

在茅盾的文論中，談及法國批判現實主義文學大師巴爾扎克的地方是比較少的，巴爾扎克專論，更是一篇也沒有。其中緣由，無文字可考，不敢妄測。然而在他偶爾論及巴爾扎克的文字中，卻不難看出他對這位世界文豪的高度評價和由衷的傾慕之情。

眾所周知，茅盾曾「熱心地」提倡過左拉的自然主義，也受過左拉的一定影響，可是當他將左拉與巴爾扎克放在一起比較時，卻明顯地貶抑左拉，熱情褒揚巴爾扎克，讓人看出了巴爾扎克在他心目中的崇高位置。茅盾在《創作的準備》中說：左拉是為了寫小說才去經驗人生，巴爾扎克跟托爾斯泰一樣，則是經驗了人生才來做小說的，因而對托爾斯泰與巴爾扎克的做法深以為然，並引為同調。所以茅盾在創作時「不主張左拉那樣的辦法」，而主張採用巴爾扎克的辦法。〔註1〕在介紹《子夜》的創作經驗時，就明確表白自己採用了巴爾扎克的創作方法。

在評價巴爾扎克的創作時，茅盾說：「巴爾扎克在政治上是一個保皇黨，而在他的小說中，他卻寫出了保皇黨非沒落不可，讚美了資產階級新人。為什麼發生了這樣的矛盾呢？我以為原因之一就在巴爾扎克的政治思想雖然落後，他卻有一雙能看到典型與普遍的『眼光』。一個作家的政治主張如何，是一件事，他是否有一副不自欺的『眼光』，又是一件事，然而他如果有強烈的

〔註 1〕《茅盾論創作》第 467 頁，上海文藝出版社 1980 年版。

正義感，有能愛人斯能憎人的熱情，不鶩私利，胸襟寬大，──那麼他的作品將可以反映眞正的現實，而成爲一面時代的『鏡子』。」〔註 2〕在這裡，茅盾既指出了巴爾扎克政治觀與現實主義創作方法的矛盾，又充分肯定了巴爾扎克創作上的偉大成就，與恩格斯對巴爾扎克的評價基本一致。

恩格斯在評價巴爾扎克時，除了指出他「不得不違反自己的階級同情和政治偏見」，從而取得了「現實主義的最偉大的勝利」之外，還對他的現實主義藝術成就，作了熱情洋溢的讚揚和充分的肯定。恩格斯說：

> 巴爾扎克，我認爲他是比過去、現在和未來的一切左拉都要偉大得多的現實主義大師，他在《人間喜劇》裡給我們提供了一部法國「社會」的卓越的現實主義歷史，他用編年史的方式把蒸蒸日上的資產階級在 1816～1884 年這一時期對貴族社會日甚一日的衝擊幾乎一年年地描寫出來，這一貴族社會在 1815 年以後又重整旗鼓，盡力重新竪起了陳舊的法國生活方式的旗號。他描寫了這個在他看來是模範社會的最後殘餘怎樣在庸俗的滿身銅臭的暴發戶的逼攻之下逐漸滅亡，或者被這一暴發戶所腐化；他描寫了貴婦人（她們對丈夫的不忠只不過是維護自己的一種方法，而且這種方法是完全同在婚姻中給予他們的那種地位相適應的）怎樣讓位給專爲金錢或衣著而欺騙丈夫的資產階級婦女。在這幅中心圖畫的四周，他安置了法國社會的全部歷史，我從這裡，甚至在經濟細節方面（如革命以後動產和不動產的重新分配）所學到的東西，也要比從當時所有職業歷史學家、經濟學家和統計學家們那裡學到的全部東西還要多。
> 〔註 3〕

這也就是茅盾說的，巴爾扎克的創作反映了「眞正的現實」，從而「成爲一面時代的『鏡子』」。在這裡，茅盾怎樣接受──創造的情況不得而知，然而從茅盾的創作實踐看，的確也體現著「編年史的方式」，全面地反映「眞正的現實」，「成爲一面時代的『鏡子』」。尤其用社會分析的方法，深刻準確地反映了各自提供的那段歷史進程。這不會是偶然的巧合。然而我們仍然不想從影響──反應的角度進行比較研究（這方面可依據的資料太少），只想從類型相似方面作些比較評述，即從兩位作家創作方法的類似性作些比較研究。

〔註 2〕　《從思想到技巧》載《茅盾論創作》第 513 頁，版本同前。
〔註 3〕　《馬克思恩格斯列寧斯大林論文藝》，人民出版社 1964 年版第 59～60 頁。

捷克漢學家馬立安‧高利克說：「在現代的比較文學研究中，類型研究是一個重要的組成部分」。〔註4〕無疑，這是比較文學研究者們的共識。

二

在小說創作中採用編年史的寫法，法國除了巴爾扎克之外，還有一位左拉。左拉的《盧貢──馬卡爾家族》二十卷，就是用了編年史的寫法，也在一定程度上反映了法國王政復辟時期的歷史。但是，左拉寫的主要是一個「家族」的歷史，再加上他的遺傳學理論在創作中的重大影響，就大大妨礙了他的政治視野和社會分析的深度。巴爾扎克的《人間喜劇》，則是法國 19 世紀「風俗研究」、「哲學研究」的成果。它包括「巴黎生活場景」，「外省生活場景」、「私人生活場景」、「政治生活場景」、「軍事生活場景」和「鄉村生活場景」等六個部分，用編年史的方法，廣泛深入地描繪了這一時期法國社會政治、經濟和文化思想的變動，具有史詩的性質。所以恩格斯說：從它這裡所學到的東西（包括經濟細節方面），比從當時所有職業歷史學家、經濟學家和統計學家們那裡學到的全部東西都多。

茅盾所採用的編年史式的寫法，顯然更接近巴爾扎克，而不同於左拉。左拉的《盧貢──馬卡爾家族》，是用這兩個家族的成員分別作不同作品的主人公的，不同的輩分處於不同的時代，形成了自然的編年史，這樣寫雖然也反映了不同時代的社會風貌，然而他的主要用意卻在探討遺傳的影響和家庭血緣關係的演變。茅盾的創作顯然不是如此，他的作品很少寫人物之間的血緣關係，根本不提遺傳影響，更沒有用有血緣關係的人物來串連他的作品。還在「五四」時期，茅盾一步入文壇，就反對文學反映「一人一家的人生」，要求反映「一社會一民族的人生」，主張文學的社會化和平民化；就在提倡「自然主義」時，也特意聲明，反對左拉「專在人間看出獸性」的偏見和遺傳「定命論」思想。到他進行創作時，更是自覺追求反映社會時代的動態。因而他的小說，總是圍繞人民革命的歷史進程，寫出了中國社會政治、經濟、文化在人們心靈上的變化，提出了重大的社會課題，所以茅盾的寫法是更接近巴爾扎克的。如果說巴爾扎克描繪了 1816～1848 年蒸蒸日上的資產階級對貴族社會日甚一日的衝擊，及資產階級這個滿身銅臭的暴發戶怎樣逼迫進攻封建

〔註 4〕〔捷〕高利克：《中西文學關係的里程碑》第 335 頁。

社會的殘餘的徹底滅亡，或被這一暴發戶所腐化的歷史；那麼茅盾則在《春蠶》、《子夜》、《林家舖子》、《蝕》、《虹》、《霜葉紅似二月花》、《鍛煉》等作品中，深刻表現了中國民主革命的艱苦歷程，「繪製了規模宏大的歷史畫卷」。他們所反映的社會歷史內容不同，但文體是相似的。

　　不過，巴爾扎克的世界觀是十分複雜和相當矛盾的。在其年輕時期，他對資產階級革命是擁護的，贊成資產階級的民主選舉制，認為這一革命尚未結束，對學生和群眾遊行表示深切同情，然而他對資產階級的權力集中越來越感到不安，主張保留長子繼承權這種傾向貴族的法律措施，同時在《正直人法典》中又對貴族進行猛烈抨擊；後來受到聖西門的影響，認為人類社會是向前發展的，提出改善人類最多而又最貧困階級的主張，除了繼續反對封建等級制外，也猛烈反對大資產階級，尤其反對金融資本家和暴發戶，對七月王朝越來越不滿；為了找到反對金融資產階級的同盟軍，他參加了正統派（即茅盾說的保皇派），然而他與正統派的觀點並不完全一致，所以很快就被正統派所冷漠；在他計劃創作《人間喜劇》之後，對金融資產階級的不滿日甚一日，也開始改變了青年時代對資產階級領袖人物的崇敬態度，確認資產階級是社會發展的障礙；從這時開始，由對人民群眾的同情轉入了推重和讚揚，認為共和黨和人民群眾是最有魄力的，不可戰勝的。這是一個發展過程，每個階段又呈現出複雜的情狀。這是巴爾扎克世界觀內部的矛盾，即政治觀與社會觀的矛盾，也是政治觀與文藝觀的矛盾。茅盾則沒有這種情況。茅盾在小說創作中，始終站在人民群眾的立場上，與人民革命取同一步調，用歷史唯物主義的世界觀和革命現實主義創作方法，反映了「五四」至中華人民共和國成立這一歷史時期宏偉的歷史面貌。這是他不同於巴爾扎克的地方。

三

　　同是現實主義作家，其創作風格也是千差萬別的。然而茅盾和巴爾扎克的創作風格，從總體上看，卻有很多相似之處。他們在反映社會生活的真實時，都強調選取典型，進行全面本質的反映，強調對生活事件的社會分析和科學的解答（或暗示），強調反映時代精神；反對寫生活瑣事和機械地臨摹現實，反對孤立靜止地描寫現實生活中某些人物故事，甚至反對寫人物傳記，而主張通過普通人物寫出社會政治、經濟、文化的變動。創作主張的相似和創作風格的相近，使他們的現實主義藝術具有某些相同的類似性。

　　巴爾扎克從 1829 年發表了他的歷史小說《朱安黨人》，便開始了他的現實主義藝術生涯（此前主要是個浪漫主義者）。不過此後不再涉足歷史題材，而將他的藝術筆觸全部伸向了「當代的現實生活」，創作了《鄉村醫生》、《高利貸者》、《都爾的本堂神甫》、《驢皮記》、《夏倍上校》、《歐也妮‧葛朗台》、《三十歲的女人》、《高老頭》等反映現實生活的作品。雖然這時他還沒有將自己的作品歸納為「人間喜劇」的設想，然而已經讓人看到他那分析社會和諷刺現實的藝術才華。原蘇聯的巴爾扎克研究專家德‧奧勃洛米耶夫斯基說：「他揭示出了斑駁雜陳的當代生活，這種生活裡存在著革命（指資產階級大革命）前舊制度的殘餘，也存在著新制度的幼芽。他揭示出了當代生活中新舊事物的並存和鬥爭。不僅如此，他還看見新事物與舊事物的在哪裡，是什麼將舊制度排除了出去。」「他正是用這種方法揭示了當代生活的特徵」。〔註 5〕這就是說，巴爾扎克踏進現實主義藝術殿堂之後，就以其深刻的社會觀察和分析而獨樹一幟。他反對對現實主義作簡單化的理解，反對只寫一些「孤立的事實」，只跟「一些細節」打交道，「缺乏概括的觀點」；也反對只寫人物和事件的「外貌」──表面現象，而沒有「掌握人物和事物的精神和思想」。他要求用全力把握全局，全局中選取典型，通過個別的典型反映全貌，通過外表描寫來揭示隱藏在生活中的「秘密」，展示生活的變化和發展趨勢，並力求「準確」，也就是要求在個別人物和事件中寫出符合普遍性的社會生活規律。因而他的作品不僅「在細節上令人吃驚的忠實」，而且能「把現實中的內在矛盾滲透於自己的人物形象」，使其作品「更接近於真實」。〔註 6〕巴爾扎克在《古物陳列室》的「序言」中說：「一切時代，講故事的人都是自己同時代人的秘書」；沒有任何一位現實主義作家的「故事」，不是以「當時的真實事實」為「基礎」。藝術作品成功的「秘訣」，就在於它們的真實性。所以巴爾扎克極力反對創作中的「臆想」和「杜撰」。而現實生活是經常變動的，故依據現實生活創作，也必須寫出它的動態，從「動蕩生活事件」中寫出其發展中的「特殊性格」，不要作靜止的描寫，也不要寫固定化的性格。

　　另一方面，巴爾扎克又認為作家不是記錄員，不是攝影師，不應該機械

〔註 5〕　〔蘇〕德‧奧勃洛米耶夫斯基《巴爾扎克評傳》，中國社會科學出版社，1983年 11 月版第 190 頁。

〔註 6〕　《巴爾扎克評傳》1983 年中文版第 196 頁。

地複制現實，而應該是創造者。他在《一椿無頭公案》的「序言」中寫道：
現實人物是一定歷史時代的「人物」，藝術形象則應是「典型」，它是「集中
了與之相似的那些人的性格特徵」的藝術形象，並包含著作家心靈深處的體
驗和感受，因而這些形象比現實人物更加「光彩奪目」。如果把藝術的真實性
與現實生活的真實性等同起來，必將導致對作家作品的毀滅性判決。所以作
家還必須重視藝術形象的特殊性和藝術虛構的必要性。在巴爾扎克看來，「要
求按世界的本來面目描寫世界」的命題是不錯的，但不能局限於「臨摹」，也
不能單單滿足於在膚淺的形象中體現作者的思想感情；作家應鑽進現象的外
殼，揭示更為深刻的「第二層次」（即現象的內涵），直到把生活事件的「全
部根柢和盤找出」，反映出代表生活本質的真實，方為上乘藝術。他說：「天
才表現於對產生事實的原因的描繪之中」，「事實的堆砌」是「作家無能」的
表現。小說創作的主要目的是「表現時代精神」，作家必須經常研究「社會思
想領域裡的狀況」，「審視它，探摸自己時代的脈搏」，觀察它的面貌，「體察
它的病痛」。他的作品是與「當代思想」相符合的，也是對人們某種「需求」
的回答。在《幻滅》的「序言」裡，他明確表示要「全面地描繪社會」；在《一
個輕佻的女人》裡，又寫「序言」重申，要努力創作能組合成一部「當代風
俗史」的系列作品；在《比哀蘭德》的「序言」中，把自己的創作評為「標
誌著現代社會特徵的、廣泛的、包羅萬象的風俗、人物、事業和運動的廣闊
畫面。」所以巴爾扎克所說的現實，不是指個別生活細節和事件，不是孤立
的性格、情節，而是一個歷史時代的整體，是一代人的生活，是整個的社會
生活。他把社會生活從個別人物、事件的背景推到前台，每部作品只不過是
一個「生活片斷」，每個「生活片斷」又不過是社會整體的「一個組成部分」。
〔註7〕他的「人間喜劇」的構想，就是這樣逐步定型的。1842 年為《人間喜劇》
寫的「序言」，公佈了這套多卷集的設想、內容和綱目，雖然最終亦未能如願
以償，但到 1847 年就已出完 17 卷，包括 96 部作品，「給我們提供了一部法
國『社會』的卓越的現實主義歷史」。

　　巴爾扎克在文學上的這些觀點、主張和創作實踐，也是茅盾所一貫堅持
的，甚至有些用語都相當接近。

　　在對文學本體的認識上，茅盾早期就強調它的「真實性」品格。他那時
就說，「文學是用來反映人生的」，它是「時代的反映」、「社會背景的圖畫」，

〔註 7〕　上述引文，均載於奧勃洛米耶夫斯基的《巴爾扎克評傳》中。

〔註8〕要按照生活的本來面貌「如實描寫」，才是文學的上乘。因此，他提出了「『美』、『好』是眞實」的著名論斷，並堅信「眞實的價值不因時代而改變」。〔註9〕由此出發，在創作方法上一貫強調觀察、體驗、研究現實生活的重要性，把觀察、體驗和認識生活作爲創作的前提，作爲創作的第一要素。於是，他就成了一位非常嚴峻的現實主義作家。

在對現實生活或作品眞實性的理解上，茅盾與巴爾扎克一樣，也注重現實生活的社會性、時代性和全面性。茅盾在最早的文藝論著裡就說：「文學家所欲表現的人生，決不是一人一家的人生，乃是一社會一民族的人生。」不過由於小說和戲劇的特點，「不得不請出幾個人來作代表」。〔註10〕接著就反對名士派的「吟風弄月」、「無病呻吟」，或用記流水帳的方式只寫一些身邊瑣事，要求寫出足以表現時代特點的題材和人物性格，「人物的個性和背景的空氣愈明顯愈好」。因爲只有表現時代、反映社會生活的文學，才是眞文學，才是「與人類有關係的文學」。基於對文學與現實關係的這種理解，他在現代作家中最早喊出了「到民間去」的口號，要求深入觀察體驗民間的生活，寫出「廣闊」、「深厚」的作品來。後後，對怎樣觀察、認識社會生活，又提出了更精闢的見解。在《創作的準備》中，他說：「觀察一特定的生活，必須從社會總的聯帶關係上作全面的考察」。「你所接觸的，自然是一個一個的活人，但是你切不可把他們從環境游離開了觀察；你必須從他們的相互關係上，從他們與自己一階層的膠結與別階層的迎拒上，去觀察。」還必須記住，「人是在環境中行動的」，「人是在環境影響之下經常地變動著的！」「人與『環境』之間的作用，是交流的，是在矛盾中發展的。」〔註11〕在《漫談文藝創作》中又說：「文藝工作者對生活，既要站得高，鳥瞰全局；又要鑽得深，對所寫的具體事物有全面透徹的認識。站得高和鑽得深並不矛盾，而是相輔相成的。」先瞭解全局而後深入一角，這「一角」方是「全局」中的一角，方有典型意義，方有普遍的性質。正是基於對現實的這種理解，茅盾特別強調創作中的理性參與，強調創作中的社會分析，強調科學世界觀在創作中的指導作用，要求形象思維與邏輯思維相結合，寫出社會的動態，歷史

〔註8〕　《茅盾文藝雜論信》（上），上海文藝出版社 1981 年版第 52 頁。
〔註9〕　《茅盾文藝雜論信》（上），上海文藝出版社 1981 年版第 7 頁。
〔註10〕　《茅盾文藝雜論信》（上），上海文藝出版社 1981 年版第 3、4 頁。
〔註11〕　《茅盾論創作》第 462、467、472 頁，第 594 頁，上海文藝出版社 1981 年版。

發展的原因，時代的精神，使他的創作不但與人民革命的進程相一致，寫出這一壯闊的人民革命的歷史畫卷，而且要正確揭示出這一革命的內在政治經濟原因。因此，他要求作家在創作之前，「應得從深處去分析人生，去理解人生」，「認明人類歷史的進化路線，並且瞭解自己對於人類和社會的使命。」努力探求他所寫的人物「每一行動之隱伏的背景，探索到他們的社會關係和經濟的基礎。」所以，「僅有豐富的人生經驗是不夠的，主要的是他對於他的經驗有怎樣的理解」，他是否「有理解社會現象的能力」，是否已具備「解釋社會現象的社會科學的知識。」〔註12〕這就充分強調了科學世界觀和社會分析能力在創作中的重要作用。

從茅盾的創作實踐看，《幻滅》、《動搖》、《追求》三部曲，「是自己想能夠如何忠實便如何忠實的時代描寫」；《霜葉紅似二月花》，是要寫出從「五四」到 1927 年這一時期政治、社會和思想的大變動；《第一階段的故事》和《鍛煉》是寫中國人民的抗日救亡運動的；《春蠶》是有感於帝國主義經濟侵略對中國蠶絲業的打擊，造成了蠶農的破產——豐收成災而創作；《子夜》則是為了參加中國社會性質問題的大論戰，而寫的「形象化論文」。作品所寫的主要內容是四個方面：（一）國民黨內部的爭權鬥爭又一次引發為內戰；（二）歐洲經濟恐慌影響到中國的民族工業，使一些民工業瀕於破產；（三）中國民族資產階級為了挽救自己，加強了對工人的剝削，從而引起了工人的反抗，掀起了罷工浪潮；（四）處於三座大山壓迫下的廣大農民，在共產黨的領導下武裝起義，勢已燎原。這就表明，在帝國主義侵略下，在廣大落後農業的包圍中，中國社會的性質決不是資本主義的，而是半殖民地半封建性質的。而且，在這樣的社會裡，資產階級妄想自由發展也是不可能的；只有充分發動人民群眾，推翻壓在自己頭上的三座大山，才能求得自己的解放，才是中國的真正出路。……從這些作品的內容就可以看出，茅盾的創作不但也有「編年史」的體式，而且寫出了「城市農村的交響曲」，反映了中國社會歷史的動態，從而「成為一面時代的『鏡子』。」這就是說，茅盾的作品雖然還沒有巴爾扎克《人間喜劇》那樣的浩繁卷帙和宏偉規模，然而同樣具備了社會史的性質，因而使他們的作品風格十分相似。不過，由於他們的階級立場和世界觀的不同，卻使他們在觀察認識現實世界時，產生了差距。

☆巴爾扎克在他的《人間喜劇》裡，描繪的是 1816 年～1848 年這一歷

〔註12〕《茅盾論創作》第 425 頁。

史時期法國社會的生活圖景。在這幅宏偉廣闊的社會圖景中，居於核心地位的是資本主義制度怎樣一步一步地取代封建主義制度。巴爾扎克力圖通過這一核心過程的描繪，揭示出一種歷史發展的必然規律，而不管作家的主觀願望如何。「他的全部同情在注定要滅的那個階級方面」，但是，「當他要使他所深切同情的那些貴族男女行動起來的時候，他的嘲笑是空前尖刻的，他的諷刺是空前辛辣的。」而對於新興的「暴發戶」和他「政治上的死對頭」，則又常常用「毫不掩飾的讚賞口吻」來談論他的。這固然是巴爾扎克的現實主義的勝利，也應該是他的歷史發展觀的勝利。正因如此，他才把自己的《人間喜劇》與《一千零一夜》對立起來，也與司各特的歷史小說進行了區別。他認爲《一千零一夜》是奴隸社會的產物，是東方式的「單調、閉塞的世界」。在那個世界裡，房屋「被高墻圍著」，生活被社會「禁錮」。司各特的小說，寫的都是明顯被隔離出來的階層，致使小說除了故事本身外，並未能「提供更多的內容」。巴爾扎克的時代，則是新的、更完備的人類社會形態：它給人們帶來了政治「平等」和個人「自由」，所以產生了「無窮無盡、斑爛多彩的色調」，「形形色色的典型」和「緊張衝突」。它產生了這樣一種人：具有自主精神，充滿機智和活力；他是「社會性的人」，是屬於整個民族的人。所以巴爾扎克認爲，他的《人間喜劇》不會像《一千零一夜》或司各特小說那樣，可以在奴隸制社會或封建主義條件下創建出來。只有在「平等」、「自由」的時代，只有在許可一切人踏上「社會舞臺」的時候，只有在社會一切領域摧毀了孤立主義和孤立現象之後的時代，才能產生《人間喜劇》。〔註13〕

　　但是他所看到的日益發展的資本主義社會，卻是金錢支配一切的社會。這個社會，使人們變得毫無心肝，毫無道德，爾虞我詐，性格扭曲，出賣靈魂，出賣肉體。巴爾扎克認爲資本主義的生活方式和社會風尚，就是社會普遍腐化的根源。所以，他雖然看到了資本主義社會取代封建主義社會的必然性，但對這批新生的「暴發戶」還是嗤之以鼻的，他要批判他們，諷刺他們，稱自己的作品爲「人間喜劇」。他對資本主義社會有無比的觀察理解能力，並對這個社會持完全否定的態度，但他還沒有找到「未來的眞正的人」，未能提出任何能與之抗衡的東西，所以他就不能在自己描繪的形象和畫面中作出科學的結論。他只在「思想」、「欲念」、「靈魂」上找出路，就不自覺地轉向了溫情脈脈的貴族，在政治觀點上成了「正統派」（茅盾稱之爲「保皇派」）。晚

〔註13〕此段引文，均載於《巴爾扎克評傳》中。

年他也發現了人民群眾的偉大力量，但他仍不能充分信任他們，所以他的作品就成了一曲無盡的哀歌。這是歷史的局限，也是階級的局限。

茅盾則不然。他在創作之前就確立了歷史唯物主義的世界觀，對中國社會各階級的狀況、關係及未來發展趨勢，都有個比較清醒而深刻的認識，再加上他從小養成的冷靜、清醒的心理素質，在觀察體驗現實生活時，總能作出深刻準確的判斷。所以，他在創作中，始終站在人民的立場上，堅信人民群眾是歷史的創造者，與人民革命保持著同一步伐，以人民的好惡評品歷史功過和現實生活中的是非，且有著豐富的閱歷和學識，因而他的作品不僅能夠深刻準確的反映現實，而且能夠給現實生活指明正確的出路，從而受到人民的喜愛。這就是說，在對現實社會生活分析的準確性和透徹性上，茅盾是勝過巴爾扎克的。下面將巴爾扎克的《賽查·皮羅多盛衰記》和茅盾的《子夜》作一下比較，就會更具體地看清這一點。

此外，在表現、描述的客觀化上，兩位大師的主張和做法也是相近的。巴爾扎克強調要按生活的本來面貌來反映生活，不要將作者要說的話「硬派在」角色頭上，作者的敘述描寫要有把「自己化入人物」的本領，而不要「把自己摻和到人物裡去。」茅盾則主張「客觀描寫」，「生活是什麼樣子就寫成什麼樣子」，作者不要在作品中出面多嘴。所以他們的作品，幾乎沒有作者的出面介紹、議論和抒情，而是如生活本身一樣地客觀表現。然而，這樣一來，是否在作品中就沒有他們的主觀見解和審美感受了呢？不是的！他們的主觀見解表現在題材的社會分析裡，作品的精節結構裡；他們的審美感受滲透在人物行為的善惡褒貶和生活命運裡，而不是作家的議論和抒情。這樣就使作品顯得更加客觀和真實，從而形成了他們的嚴格現實主義的共同風格。

1993 年 3 月初稿

茅盾主要著譯書目

一、創作部分

（一）小　說

《幻滅》，商務印書館，1928 年 8 月初版。

《動搖》，商務印書館，1928 年初版。

《追求》，商務印書館，1928 年 12 月初版。

《蝕》（《幻滅》、《動搖》、《追求》三部曲合訂本），開明書店，1930 年 5 月初版。

《虹》，開明書店，1930 年 3 月初版。

《三人行》，開明書店，1931 年 12 月初版。

《路》，光華書局，1932 年 5 月初版。

《子夜》，開明書店，1933 年 1 月初版；人民出版社，1954 年版（修訂重排）。

《多角關係》，上海文學出版社，1936 年 5 月初版。

《腐蝕》，知識出版社，1941 年 9 月初版。

《劫後拾遺》，桂林學藝出版社，1942 年 9 月初版。

《霜葉紅似二月花》，桂林華華書店，1943 年 5 月初版。

《第一階段的故事》，重慶亞洲圖書社，1945 年 4 月初版。

《鍛煉》，文化藝術出版社，1981 年 5 月初版。

****

《野薔薇》，新文藝書店，1929 年 7 月初版。

《春蠶》，開明書店，1933 年 5 月初版。

《茅盾短篇小説集》（第一集），開明書店，1934 年初版。
《茅盾短篇小説集》（第二集），開明書店，1939 年 8 月初版。
《泡沫》，上海文學出版社，1936 年初版。
《煙雲集》，良友圖書印刷公司，1937 年 10 月初版。
《林家鋪子》，延安印工合作社，1944 年 3 月初版。
《委屈》，重慶建國書店，1945 年 3 月初版。
《夏夜一點鐘》，重慶開明書店，1945 年 3 月初版。
《手的故事》，重慶開明書店，1945 年 9 月初版。
《茅盾文集》（1～6 卷），人民文學出版社，1958 年初版。
《茅盾文集》（7～8 卷），人民文學出版社，1959 年初版。
《茅盾文集》（9～10 卷），人民文學出版社，1961 年初版。
《茅盾文集》（1～4 卷），人民文學出版社，1959 年 6 月初版。

（二）散文、雜記

《茅盾散文集》，上海天馬書店，1933 年 7 月初版。
《話匣子》，良友圖書印刷公司，1934 年初版。
《速寫與隨筆》，上海開明書店，1935 年 7 月初版。
《故鄉雜記》，上海今代書店，1936 年 5 月初版。
《印象‧感想‧回憶》，文化生活出版社，1936 年 10 月初版。
《炮火的洗禮》，重慶烽火社，1939 年 4 月初版。
《白楊禮讚》，桂林柔草社，1943 年 2 月初版。
《見聞雜記》，桂林文光書店，1943 年 2 月初版。
《茅盾隨筆》，桂林文人出版社，1943 年 7 月初版。
《時間的記錄》，良友復興圖書印刷公司，1945 年初版。
《生活之一頁》，上海新群出版社，1947 年 3 月初版。
《蘇聯見聞錄》，上海開明書店，1984 年 4 月初版。
《雜談蘇聯》，上海三聯書店，1949 年 8 月初版。
《躍進中的東北》，作家出版社，1958 年 10 月初版。
《脫險雜記》，中國社會科學出版社，1980 年初版。
《茅盾散文速寫集》，人民文學出版社，1980 年 12 月初版。

（三）戲劇、詩詞

《清明前後》，重慶開明書店，1945 年 10 月初版。
《茅盾詩詞集》，上海古籍出版社，1985 年 4 月初版。

《茅盾詩詞》，河北人民出版社，1979 年 11 月初版。

二、文藝論著

《小說研究 ABC》，上海 ABC 叢書社，1928 年初版。

《歐洲大戰與文學》，上海開明書店，1928 年 11 月初版。

《中國神話研究 ABC》，上海 ABC 叢書社，1929 年初版。

《騎士文學 ABC》，上海 ABC 叢書社，1929 年 6 月初版。

《六個歐洲文學家》，上海世界書局，1929 年 6 月初版。

《西洋文學通論》，上海世界書局，1930 年初版。

《希臘文學 ABC》，上海 ABC 叢書社，1930 年初版。

《北歐神話 ABC》，上海 ABC 叢書社，1930 年初版。

《漢譯西洋文學名著》，上海亞西亞書局，1935 年 4 月初版。

《世界文學名著講話》，上海開明書店，1936 年 6 月初版。

《創作的準備》，上海生活書店，1936 年 11 月初版。

《文藝論文集》，重慶群益出版社，1942 年 12 月初版。

《談最近的短篇小說》，作家出版社，1958 年 7 月初版。

《夜讀偶記》，百花文藝出版社，1958 年 8 月初版。

《鼓吹集》，作家出版社，1959 年 1 月初版。

《鼓吹續集》，作家出版社，1962 年 11 月初版。

《一九六〇短篇小說欣賞》，中國青年出版社，1961 年初版。

《關於歷史與歷史劇》，作家出版社，1962 年 11 月初版。

《讀書雜記》，作家出版社，1963 年 8 月初版。

《茅盾評論文集》（上下冊），人民文學出版社，1978 年 11 月初版。

《茅盾論創作》，上海文藝出版社，1980 年 5 月初版。

《茅盾近作》，四川人民出版社，1980 年 5 月初版。

《世界文學名著雜談》，百花文藝出版社，1980 年 8 月初版。

《神話研究》，百花文藝出版社，1981 年 4 月初版。

《茅盾文藝雜論集》（上下冊），上海文藝出版社，1981 年 6 月初版。

《茅盾論中國現代作家作品》，北京大學出版社，1980 年 1 月初版。

三、譯文部分

《近代文學面面觀》，世界書局，1929 年 5 月初版。

《桃園》（外國短篇小說輯譯），文化生活出版社，1935 年初版。

《回憶‧書簡‧雜記》，上海生活書店，1936 年初版。

《革命的女兒》，上海鐵流書店，1946 年初版。

《雪人》（外國短篇小說輯譯），上海開明書店，1928 年 5 月初版。

《文憑》，上海現代書局，1932 年 9 月初版。

《戰爭》，文化生活出版社，1936 年初版。

《復仇的火焰》，中蘇文化協會，1943 年 6 月初版。

《藍圍巾》，中蘇文化協會，1945 年 1 月初版。

《人民是不朽的》，中蘇文化協會，1945 年 6 月初版。

《上尉伏哈會隆科夫》，建國文化供應社，1946 年初版。

《蘇聯衛國戰爭短篇小說譯叢》，上海永祥印書館，1946 年初版。

《團的兒子》，上海萬象書店，1946 年 10 月初版。

《俄羅斯問題》，上海世界知識社，1947 年 9 月初版。

《百貨商店》，上海新生命書局，1934 年 3 月初版。

※《茅盾全集》多卷，正在由人民文學出版社陸續出版

回憶錄《我走過的道路》（上中下三冊），由人民文學出版社分別於 1981 年、1984 年、1987 年出版